거짓말쟁이 호머 피그의 진짜 남북전쟁 모험

우리같이 청소년문고 008
거짓말쟁이 호머 피그의 진짜 남북전쟁 모험

초판 1쇄 펴낸날 2011년 12월 1일
초판 2쇄 펴낸날 2014년 4월 1일

지은이 로드먼 필브릭
옮긴이 김희정
펴낸이 이정옥
펴낸곳 (주)우리같이 등록 제406-2011-59호
주소 경기도 파주시 청석로 300 909-501호
전화 031-942-6661 **팩스** 070-7781-5598
이메일 withours@gmail.com

ISBN 978-89-961890-9-1 44800
ISBN 978-89-961890-3-9 44800(세트)

이 도서의 국립중앙도서관 출판시도서목록(CIP)은 e-CIP 홈페이지(http://www.nl.go.kr/ecip)에서
이용하실 수 있습니다.(CIP제어번호: CIP2011004997)

거짓말쟁이 호머 피그의 진짜 남북전쟁모험

THE MOSTLY TRUE ADVENTURES OF HOMER P. FIGG

로드먼 필브릭 장편소설 | 김희정 옮김

우리가 ㅌ이

거짓말을 통해

진실로 가는 길을 되찾은 적이 있는

모든 이에게

· 차례 ·

1장

메인 주에서 제일 비열한 인간

내 이름은 호머 P. 피그. 이 이야기는 진짜 내 모험담이다. 지금부터 내가 겪은 모험 이야기를 하나하나 빠짐없이 모두 적을 생각이다. 영웅, 겁쟁이, 성인, 깡패 가리지 않고, 무고한 피를 손에 묻힌 사람, 영광스런 업적을 남긴 사람, 하늘로 올라간 사람, 하늘 말고 딴 곳으로 떨어진 사람까지 하나도 빼놓지 않을 거다.

내가 '진짜' 모험 이야기라고 강조하는 건 다 이유가 있어서다. 어떤 작가한테 거짓말을 좀 보태서 내 이야기를 한 적이 있는데, 그 사람이 내 이야기를 듣고는 신문에다가 나와 해럴드 형이 게티즈버그 전투에서 이긴 다음에 서로 총을 쏘아 죽였다는 둥 그러고도 다시 살아났다는 둥 하는 말도 안 되는 소리를 잔뜩 떠벌렸기 때문이다. 사실은 전투에서 이긴 부분만 맞고 나머지는 거의 다 거짓부렁이다.

진짜 이야기를 하는 게 나에겐 쉬운 일이 아니다. 그러나 열심히 노력해 볼 작정이다. 그 '진짜'라는 게 거짓부렁보다 더 쓸모없는 경우가 훨씬 많기는 하지만 말이다.

내 이름에 있는 P는 피어스의 약자다. 열병으로 세상을 떠난 우리 어머니 이름 애비게일 피어스 피그에서 따온 것이다. 어머니가 그렇게 된 뒤 나와 형은 돌아가신 이모의 남편인 스퀸턴 리치 집으로 오게 됐다. 우리 아버지 헨리 피그는 내가 태어나기도 전에 쓰러지는 나무에 깔려 세상을 떠났다. 어머니마저 돌아가시는 바람에 그렇지 않아도 별 볼 일 없던 내 팔자가 더 사나워진 셈인데, 줄여서 스퀸트라고 부르는 이모부는 메인 주 전체에서 가장 비열한 인간이기 때문이다. 아, 또 거짓말을 한 것 같다. 뱅거에 이모부보다 더 나쁜 놈이 있었다. 그 사람은 그냥 재미 삼아 고양이들을 독을 먹여 죽인다는 이야기를 들은 적이 있다. 그렇다고 해도 서머싯 카운티에서 이모부보다 더한 사람은 없다. 좋은 말씀으로 가득한 성경책마저도 이모부 손에 들어가면 우리를 후려치는 무기로 변하고 만다. 성경책을 휘두르며 자기는 욥이고 우리는 신이 자기를 벌주기 위해 내린 부스럼, 역병인 것처럼 신을 저주하는 사람이 우리 이모부다.

스퀸턴 리치. 이렇게 이름을 적는 것만으로도 소름이 끼친다. 자상한 여선생님이었던 어머니에게 늘 예의 바르게 말하라는 가르침을 받았으니 내가 스퀸턴 리치를 어떻게 생각하는지는 차마 내 입 밖에 내지 못하겠다. 그냥 광견병 걸린 스컹크, 엉덩이에 난 종기, 썩은 이빨 정도를 떠올리면 비슷하겠다.

나와 형은 이모부가 딱히 우리만 미워한다고는 생각하지 않았다. 스퀸트라는 사람이 미워하지 않는 것은 하나도 없었으니까. 이모부가 재수 없이 우리를 떠맡았다고 생각하는 것처럼 우리도 재수 없이 그가 미워하는 목록에 들어간 것뿐이다.

한번은 이모부가 못 참아 하는 것들의 목록을 만들어 보았다.

이모부가 미워하는 것

1. 자기가 일해야 하는 땅 … 단단한 자갈이 너무 많아서 자기 쟁기를 자꾸 무뎌지게 한다고.

2. 쟁기를 끄는 말 바비 … 바비가 먹는 건초 값이 아깝다고.

3. 자기 암소 베스와 플로스 … 우유를 충분히 만들어 낸 적이 한 번도 없다고.

4. 자기 집 … 지붕이 샌다고.

5. 자기 헛간 … 나랑 해럴드 형이 거기 산다고.

6. 여자들 … 남자애 둘을 자기한테 떠맡기고 죽어 버렸다고.

7. 남부 사람들 … 노예를 가졌다고.

8. 깜둥이들 … 노예가 되었다고 불평한다고.

9. 더글러스 상원의원 … 키가 작다고.

10. 링컨 대통령 … 키가 크다고.

11. 하늘 … 당장은 맑고 푸르러도 언젠가는 비가 오게 되어 있다고.

거기까지 썼는데 종이가 모자라 더 쓰지 못했다.

파인 스왐프 회중파 교회의 리드 목사님은 스퀸턴 리치는 삶 자체가 불만인 사람이라고 말한 적도 있지만, 그냥 그렇게 뭐든 증오하는 걸 즐기는 것 같다는 게 내 생각이다. 위스키나 럼주를 즐기는 사람들이 있는 것처럼 말이다. 이모부는 못되게 굴어 남을 괴롭히는 데서 큰 즐거움을 맛보는 사람이기 때문에 상황이 어떻게 바뀌든지 간에 상관없이 계속 못되게 군다. 그리고 그 대상은 언제나 우리 형이 되고 만다. 번번이 나를 감싸려다가 형이 당하기 때문이다.

바로 그 일도 형이 날 감싸다가 벌어진 것이다. 우리의 진짜 모험 말이다.

하루는 내가 돼지를 먹이면서 돼지 여물통에 섞인 냄새나는 빵 조각을 주워 먹다가 이모부에게 걸린다.

"돼지 먹이로 준 거야. 너 같은 놈 먹으라고 던져 넣은 게 아니라고."

그래도 난 계속 먹는다. 일이 나기 전에 될 수 있는 대로 많이 배 속에 넣어 주는 게 상책이다. 이모부가 자기 기분대로 한다면 주먹다짐은 기본이고 운이 나쁘면 발길질도 날아올 게 뻔하다. 이모부가 나를 치려고 주먹을 쳐든다. 그런데 그 순간 해럴드 형이 이모부 손목을 붙든다.

"이모부, 이 애가 배가 고파 이러잖아요. 사실 우리 둘 다 굶어 죽기 직전이에요. 돼지들이 우리보다 잘 먹으니 말 다했죠."

이모부 얼굴이 벌겋게 달아오른다. 욕지거리를 내뱉으면서 우리를 치려고 했지만 형한테 잡힌 손목을 빼지 못해 버둥댄다. 형은 비쩍 마르긴 했어도 힘이 세다. 결국 이모부는 자기 발에 걸려 넘어져 돼지우리에 얼굴을 처박고 만다. 얼굴에 진흙이며 그보다 더한 오물로 칠갑한 건 말할 나위도 없다.

이모부가 진짜 화가 난 건 바로 그때다.

나하고 형이 여기서 어물거리다 화를 당할 이유가 없다. 우리는 잽싸게 도망가서 헛간으로 들어가 안에서 문을 잠근다. 판자 틈새로 이모부가 겨우겨우 몸을 일으키더니 집 쪽으로 비틀거리며 걸어가는 게 보인다.

집 안에는 이모부의 총이 있다.

"우리 둘 다 총으로 쏴 죽일 거야."

내 말에 형이 고개를 젓는다.

"농장 일을 하려면 우리가 필요해."

"그러면 부상만 입힐까?"

"뭘 하든, 내가 못 하게 막을 거야."

형이 말하는데 무지하게 단호하고 확신에 찬 말투다. 이제 이모부의 약점을 알아냈으니 그걸로 우리를 지키겠다는 뜻 같다. 필요하면 이모부를 진흙탕에 꼬라박을 수 있을 정도로 자신이 컸다는 사실을 드디어 깨달은 것도 같은 말투다.

우리는 헛간에서 기다리면서 계속 집 쪽을 살핀다. 이모부가 옆문으로 휘적거리며 나가는 게 보인다.

수동식 사냥총을 들고 있는 게 분명한데, 놀랍게도 헛간 쪽으로는 고개도 한번 돌리지 않은 채 말을 풀어 놓은 작은 방목장으로 향한다. 그러더니 바비에 올라타고는 먼지를 날리며, 아니 늙은 바비가 낼 수 있는 최대한의 먼지를 날리며 사라져 간다.

"보안관을 데리러 간 거야. 우리 목을 매달려고."

형은 말도 안 되는 소리 말라는 표정을 짓는다.

"이모부가 우리보다 보안관을 더 싫어하는 거 너도 잘 알잖아."

"그럼 어딜 간 걸까?"

느낌이 좋지 않다. 헛간 문을 박차고 들어와 우리를 깔아뭉개도 시원치 않을 판에 외출을 하다니. 저렇게 말을 타고 서둘러 나가는 걸 보니, 이모부가 무슨 생각을 하고 있든 간에 그것보다는 차라리 얻어맞는 쪽이 나을 것 같다는 생각이 든다.

내가 걱정이 되어서 다 죽게 된 걸 보고 형이 말한다.

"걱정 마. 어떻게 할지 생각해 둔 게 있으니까."

"그럼, 같이해."

여기서 이렇게 무작정 이모부가 돌아오길 기다리느니 뭐라도 해 보는 게 나을 것 같다.

해럴드 형은 이번 생일이 지나면 자기도 열여덟 살이 되니 집을 나가 둘이서 어떻게라도 살아보자고 한다. 자기가 벌목장 같은 곳에 들어가 벌목공이 될 수 있을 거라고 하면서 도끼랑 톱 같은 것도 생길 거라고 한다. 형 이야기를 듣고 있자니, 모닥불을 피워 놓은 게 보이면서 커다란 무쇠솥에 스튜를 끓이는 냄새가 코를 스치는 것 같다. 초록 거인 같은 나무들이 쓰러져 천지가 진동하는 느낌도 난다.

커다란 통나무를 타고 큰 강을 따라 여행하기도 하고, 금가루와 쇠고기로 임금을 받고, 언젠가는 우리도 숲과 그 숲에 있는 모든 것의 주인이 될 날이 올 것이다. 형의 입을 거치니 그 모든 게 마냥 신나고 달콤한 일처럼 여겨진다.

내가 머릿속으로 열심히 나무를 베어 넘기면서 내 인생 최고의 행복을 맛보던 바로 그 순간, 스퀸턴 리치가 자기 패거리를 끌고 우리에게 온다.

2장

진흙투성이 블루스

놈들이 헛간 다락에 숨어 있는 형하고 나를 찾아내는 데는 시간이 그리 많이 걸리지 않는다. 오래되어 곰팡이가 슨 건초 더미 밑에 몸을 숨기고 숨죽이고 있는데 일당이 헛간 문을 부수고 쳐들어온다.

이모부가 있는 대로 욕을 해 대면서 어서 빨리 우리를 찾으라고 악쓰는 소리가 제일 먼저 들린다.

일당 중 한 명이 그만 입 좀 닫으라고 한다.

“리치, 어떻게 그 쪼그만 애가 너 같은 뚱땡이를 메쳤다는 거야? 돼지가 한 짓이 아닌 게 확실해?”

1, 2분쯤 지나 그 말을 한 사람이 다락으로 올라오더니 갈퀴로 바닥을 탁탁 치며 소리친다.

“순순히 나와라, 이놈들. 아님 이 갈퀴 맛을 보게 될 게다. 셋

셀 때까지다. 하나…… 둘…….”

숫자를 셀 때마다 갈퀴로 바닥을 치는 통에 날카로운 갈퀴발이 긴 칼날처럼 울린다. 스윙! 스윙! 그러고는 행진하는 군인처럼 절도 있게 착착 갈퀴를 휘두르며 우리가 숨어 있는 곳으로 바짝 다가온다.

“셋!”

형이 나를 툭 친다. 우리는 동시에 벌떡 일어선다. 온몸이 건초 범벅이 된 채.

갈퀴를 든 사람은 코르넬리우스 위담이다. 몰래 만든 위스키를 거래하면서 언덕 위의 오막살이에서 사는 인물이다. 목소리와 메쳤다고 하는 거친 말투만으로도 이미 누군지 알았다. 코니는 늙은 짐말에 질그릇 술병을 매달고 토요일마다 이모부를 찾아온다. 이모부는 사과술보다 독한 건 입에도 대지 않지만 둘은 잎담배를 즐긴다는 공통점이 있다. 저녁 무렵 포치에 앉아 담배 섞인 가래침을 뱉어 가며 자기들이 소싯적엔 그랬다는 둥 저랬다는 둥 과장기가 다분한 흰소리를 주고받는 게 두 사람의 취미다. 코니는 거짓말 천재라고 할 수 있다. 그쪽 방향으로 재능이 풍부하다는 뜻이다. 나와 형은 포치 밑에 숨어 코니가 진실을 질근질근 깔아뭉개는 소리를 듣곤 했다.

지금까지 이모부가 웃는 걸 딱 한 번 들었는데 그게 바로 코니가 실수로 벌레를 삼켰다가 위 아래로 동시에 그놈이 나왔다고 하는 이야기를 길고도 복잡하게 늘어놓았을 때다.

"안녕하시죠, 위담 아저씨?"

형이 머리의 건초를 털어 내며 말한다.

"안녕, 해럴드. 이번엔 제대로 스컨트 화를 돋웠구나."

"그런 것 같네요."

형이 대답한다.

나랑은 다르게 형은 한 번도 거짓말을 해 본 적이 없다. 바로 그것 때문에 우리가 마당으로 끌려 나온 뒤에 상황이 훨씬 더 나빠진다.

마당에 이모부가 있다. 화난 얼굴이 금방 번개라도 칠 것 같은 기세다. 마당에는 죽음의 아가리 앞으로 우리를 끌고 온 코니 말고도 카운티 치안판사인 J. T. 마스턴 씨가 떡하니 서 있다. 멍한 눈을 한 깡마른 몸집의 낯선 사람도 보인다. 푸른색 제복을 입고 있는데 얼마나 진흙투성이인지 이모부처럼 돼지우리에서 굴렀다 나온 것 같다.

진흙투성이 푸른 제복한테서 위스키 냄새가 확 풍긴다. 불안한 듯이 눈을 이리저리 두리번대면서도 형과 나를 바로 쳐다보지 못한다. 우리 처지가 딱하게 보여서 저러는지, 아니면 자기 처지가 딱하다고 생각돼서 저러는지 잘 모르겠다. 코니한테 받은 게 분명한 질그릇 술병을 손에 들고 자꾸 쳐다보면서 그때마다 술병이 비어 있는 게 실망스럽다는 표정을 짓는다.

"해럴드 피그, 널 고발한다!"

이모부가 주먹을 휘두르며 사납게 외친다.

"저놈이 날 죽이려 했소! 감옥에 처넣어야 마땅해!"

"아, 그만해. 바보 같으니라고."

마스턴 치안판사가 말한다. 목소리를 높이지 않고도 사람들이 자기 말을 듣게 하는 재주가 있는 사람이다.

마스턴은 아는 사람이다. 파인 스왐프 대부분이 그 사람 것이기 때문이다. 마스턴 건재상, 마스턴 하숙, 마스턴 대여소 등등. 사람들은 법도 마스턴 것이라고들 한다. 스스로 치안판사 자리에 오른 것도 다 그 때문이고. 땅을 사고팔 때마다 마스턴에게 수수료를 내지 않으면 법대로 한 게 아니고 카운티 지도에 올라가지도 못한다. 법 안에서 하는 일은 물론이고 법 밖에서 하고 싶은 일도 뭐든지 그를 거치면 안 되는 게 없다. 수수료만 내면.

마스턴은 하얗게 세고 성긴 턱수염을 배꼽까지 길렀다. 눈은 새까만 단추 같다. 우리를 보고 씩 웃자 누런 이빨이 죄다 드러난다. 사람을 물기 직전에 개가 이빨을 드러내 보이는 장면이 생각나게 하는 그 입으로 말한다.

"해럴드 조셉 피그, 1863년 3월 3일 공표한 군 입대에 관한 법률에 따라서 신체 건강한 남자를 대상으로 한 징병 의무에 응한다는 서약을 하라."

"입대요?"

형이 몸을 똑바로 하면서 말한다.

"전 나이가 안 됐는데요! 아직 열일곱 살이라고요!"

"거짓말이야!"

이모부가 소리친다.

"성경에 대고 맹세컨대 스무 살이야!"

"서약을 받아들인다."

마스턴이 귀찮은 파리를 날리듯 손을 한 번 저으며 말한다.

"상사, 서약을 하게 해."

푸른 제복은 딴 데 정신이 팔려 있다가 치안판사가 날카로운 말투로 재촉을 하자 그제야 비틀거리며 형한테로 다가선다.

"준비됐나?"

푸른 제복이 묻는다.

"뭔가 잘못됐어요."

형이 푸른 제복과 치안판사를 번갈아 보면서 말한다.

"아직 나이가 안 됐단 말이에요. 이모부, 어떻게 이럴 수가 있어요? 우리 호머는 누가 돌보라고요?"

"보호자는 나잖아."

이모부가 으르렁거리듯 말한다.

"저 악마 새끼는 내가 돌봐 주지. 확실하게."

"상사, 서약!"

마스턴이 재촉한다.

형이 고개를 젓자 푸른 제복은 권총집에서 권총을 꺼내 힘없이 다리 옆에 늘어뜨린 채 묻는다.

"병사, 서약을 하지 않으면 탈영병으로 간주되어 총살당한다. 어느 쪽인가?"

"아이를 쏜다고요?"

형이 믿기지 않는다는 듯 묻는다.

"아직 나이가 안 됐다고요. 당신도 알고 있는 것 같은데요."

푸른 제복이 처음으로 형을 똑바로 쳐다본다.

"지금껏 내 총에 맞은 아이들이 여러 명이야. 한 명 더 쏜다고 문제될 건 없지. 자, 오른손을 올리고 미합중국 헌법과 메인 주 법률을 준수하고 상관들 명령에 복종하겠다고 서약해."

형이 더없이 슬픈 얼굴로 날 쳐다보면서 고개를 젓는다.

"미안하다, 호머야. 이번엔 이모부한테 제대로 걸린 것 같아. 저들이 시키는 대로 하는 수밖에 없겠어."

형이 스퀸트의 성경에 대고 서약을 한다. 그리고 다음 한순간에 바로 북부 연방군 병사가 된다. 이제 3년 동안 군 생활을 하든지, 그 사이에 죽든지 둘 중 하나밖에 없다.

"상사를 따라가."

마스턴이 형에게 말한다.

"알아서 해 줄 거야."

"나는요?"

내가 소리친다.

"나도 가면 안 돼요? 나도 서약할 테니 데려가, 이 악당들아!"

코니가 웃음을 터뜨린다.

"악당들이라고? 조막만 한 놈이 못하는 소리가 없군. 네 엄마 책에 그런 말이 씌어 있던?"

"우리 어머니 말 함부로 하지 마!"

코니가 고개를 저으며 느물느물 웃는다.

"꼬맹인 헛간으로나 다시 들어가지. 가서 전쟁이 끝날 때까지 건초 밑에 숨어 있으라고."

"우리 형하고 같이 갈 테야!"

"호머야, 이제 그만해."

형이 나를 한 번 재빨리 껴안아 주며 말한다.

"이젠 어쩔 수 없어. 어쨌든 내가 서약을 했으니 그걸 어길 순 없잖아."

그래도 난 몸부림을 치다가 주먹을 쥐고 이모부에게 달려든다. 그것도 마음대로 되지 않자 물어뜯어 보려고도 한다. 쥐새끼는 쥐새끼처럼 대하는 수밖에.

"코르넬리우스! 이놈 데려다가 지하실에 가둬 버려!"

코니가 몸부림치는 나를 지하실로 끌고 간다. 맨발에 히코리 나뭇가지를 어깨에 걸친 채 진흙투성이 푸른 제복한테 끌려가는 광경이 내가 마지막으로 본 형의 모습이다. 위스키 한 병에다가 거짓말을 얹으면 저렇게 쉽게 사람을 군대에 팔 수 있나 보다.

군대에서 형한테 진짜 총하고 신발을 주었으면 좋겠다. 신발이 있어야 집으로 돌아올 수 있을 테니까.

3장

지독한 거짓말

사람들은 대개 지하실에 음식을 저장한다. 그런데 스퀸턴 리치는 아니다. 한구석에 오래된 비버 가죽이 쌓여 있는데 냄새가 어찌나 심하게 나는지 코가 문드러질 것 같다. 언젠가 이모부가 비버 가죽을 헐값에 파느니 썩히는 게 낫겠다고 하면서 도로 가져다 무더기로 쌓아 놨는데 그게 진짜로 썩고 있는 거다. 빈 유리병이 담긴 나무 상자 세 개는 각종 벌레들의 천국이 되어 있고, 그 옆에 놓인 5갤런들이 통에 든 사과술은 식초가 된 지 오래다. 부서진 가구들도 좀 있는데 어쩌면 우리 어머니 집에서 가져온 것일 수도 있다. 확실치는 않다. 이모부가 한 번도 보여주질 않았으니까. 두꺼운 판지로 만든 여행용 가방도 보이는데 손잡이가 부러진 상태다.

그게 전부다. 자갈과 먼지는 지천으로 깔려 있지만. 이모부는 배를 곯게 되면 돌멩이를 씹어 먹을 생각이었나 보다.

아무래도 먹을 것 생각이 머리에서 떠나지 않는다. 내가 마지막으로 입에 넣은 게 바로 이 모든 문제를 일으킨 돼지한테 갈 빵조각이었기 때문이다.

모두 내 잘못이다. 더 생각할 것도 없다. 내가 돼지 밥을 훔쳐 먹지만 않았어도 형이 군대에 끌려가는 일은 없었을 테니까. 그럼 아직도 우리 둘이 함께 이모부에게 대항하고 있었을 테니까. 형만 돌아올 수 있다면 뭐든 할 수 있을 것 같다. 나 혼자라는 생각 자체가 거미보다 더 무섭다. 이제까지 나한테 일어난 그 수많은 나쁜 일들, 부모님을 잃는다든지 이모부 집에 와서 살게 됐다든지 하는 일들을 겪는 동안엔 언젠가는 모든 게 다 괜찮아질 거라고 말해 주는 형이 항상 내 옆에 있었다. 그리고 난 형의 말을 늘 믿었다.

형이 끌려간 지 한 시간도 채 안 됐는데 끔찍하게 보고 싶다. 게다가 난 전쟁터에서 어떤 일이 벌어지는지 알고 있다. 전투를 하다가 죽거나 병들어 죽은 우리 지역 사람들의 이름이 신문에 매주 나온다. 그 사람들이 어떻게 죽었는지는 제대로 밝히지 않고 그냥 '맬번힐에서 주님에게 돌아갔다'거나 '부상으로 사망'이라고만 씌어 있다. 그렇게 죽으면 대부분 집으로 돌아오지도 못하고 죽은 자리에 묻히고 만다.

형은 너무 진실하고 용감하고 두려움을 몰라서 전쟁터에서 죽음을 자처할 게 분명하다.

형에게 무슨 일이 일어날지 생각하니 걱정이 돼서 죽을 것 같다. 나는 힘없이 한구석에 웅크리고 앉는다. 나도 불쌍하고 형도 불쌍하다는 생각이 절로 들면서 지금까지 날 슬프게 만든 모든 일이 떠오른다. 죽은 사람들이랑 중얼거리는 유령들도 생각나고 먹을 것이 있었으면 좋겠다는 생각도 난다. 뭘 좀 먹어야 배고프다는 생각을 덜 하고 내가 이렇게 비참하게 된 이유를 제대로 짚어 볼 수 있을 텐데…….

그러다가 그 중얼거리는 게 유령들 소리가 아니라 내 머리 위에서 사람들이 떠드는 목소리라는 것을 깨닫는다. 이모부와 코니가 자기들이 한 짓을 떠벌리고 있는 소리다.

두 사람의 목소리가 마루 판자 사이로 선명하게 들린다.

코니가 이모부를 입에 침이 마르도록 칭찬하고 있다. 스퀸트가 이렇게까지 영리한지 몰랐다고 하면서 우리 형을 군대에 팔아넘기고 둘 다 돈을 벌게 되어 좋아 죽을 지경이다.

"연극 한번 잘하던걸, 스퀸트. 그래 판사한텐 얼마나 줬나? 30달러? 아니면 은 30냥?"

"어디 제 몫을 안 챙겨 갈 사람인가? 어쩔 수 없지."

"어디 보자, 해리스 상사한테 준 술값 2달러, 증인 선 값으로 나한테 20달러."

"그게 처음부터 정한 가격이잖나."

이모부가 아주 딱딱하게 말한다.

"그럼 자넨 한 200달러 남기겠군. 마스턴의 부자 친구가 자기 금지옥엽 아들내미를 군대에서 빼 준 값을 게워 내면 말이야."

"그 돈을 다 받아 내려면 몇 달은 걸릴 거야."

이모부가 계속 엄살을 부린다.

"돈을 다 받기 전까진 오히려 손해지."

"하지만 언젠가는 다 받아 내지 않겠나. 자네라면 말일세."

코니가 말한다.

"50달러 투자해 가지고 수입이 꽤나 짭짤한걸."

"그놈은 내 친척이야. 그러니까 내가 제일 많이 챙기는 게 당연하지."

코니가 웃으면서 자기 술잔을 바닥에 소리 나게 내려놓는다.

"이봐, 스퀸트! 자기가 얼마나 못됐는지 자네도 잘 알지? 녀석이 그렇게 순진하다니! 정말 자네는 운도 좋아. 서약이 연극이었고, 징병법이 아직 정식으로 시작되기 전이라는 걸 알기도 전에 녀석은 총알받이가 되고 말겠지. 자넨 정말 머리가 잘 돌아가. 녀석이 스무 살이라고 거짓말한 걸 보면 말이야."

"진짜 스무 살일 수도 있어."

이모부가 변명하듯 말한다.

"그놈 덩치를 좀 봐. 게다가 그놈보다 더 어린 녀석들도 자원하잖나. 어린놈들이 나이를 속이고 군대에 들어들 가잖아. 그놈이라고 그러지 말라는 법 있어?"

그 말을 듣고 있으려니 어찌나 화가 나는지 목이 이렇게 바짝바짝 타들어 가지만 않았어도 침을 뱉었을 거다. 새로 만들어진 징병법을 두고 건재상에서 사람들이 하는 이야기를 들은 적이 있다. 그 법은 부자들이 가난한 사람에게 돈을 주고 자기 대신 군대에 가서 죽어 달라고 만든 법이다.

이모부라는 사람이 형에게 한 짓이 바로 그거다. 250달러에 우리 형을 노예처럼 팔아 버린 것이다. 형은 백인이고 자유의 몸인데도 말이다. 아직 징병이 시작되지도 않았고, 코니 말에 따르면 아직 완전히 법으로 정해진 것도 아닌데 말이다. 그러니까 형이 한 서약은 아무 소용 없는 거다. 한마디로 말해 무효다. 거짓말에 속아 넘어가서 한 서약이니까.

이제 내가 무엇을 해야 할지 알 것 같다.

메인 주 파인 스왐프에 있는 스퀸턴 리치의 농장에서 도망쳐 나가서 형을 찾아야 한다. 해럴드 형을 전쟁터에서 구해 내야 한다. 늦기 전에.

4장

세상의 그림자

문이 잠긴 지하실에서 빠져나가려면 두더지처럼 생각해야 한다. 이모부와 코니가 잡소리를 지껄이는 동안 나는 부서진 의자에서 막대를 하나 뽑아내서 바닥에 깔린 돌 주변을 후벼 판다. 얼마 가지 않아 흔들거리며 틈을 보이기 시작한 돌 틈새에 막대를 지렛대처럼 넣어 돌을 파낸다. 흙바닥에 돌을 내려놓느라 큰 소리가 나지만, 이모부가 코니의 벌레 이야기를 들으면서 개가 짖는 것처럼 웃어 대는 바람에 아무 소리도 듣지 못한다.

이제는 두 손으로 땅을 파면서 작은 돌과 흙더미를 치워 낸다. 최대한 빠른 속도로 구멍을 만든다. 이모부한테 화가 나고 형이 걱정돼서 제법 속도가 난다.

몸집이 작은 것의 장점은 빠져나갈 구멍이 크지 않아도 된다는 것이다. 내가 콧구멍에 흙이 가득한 상태로 달빛 아래 눈을 번뜩이며 집 옆의 땅에서 솟아오른 것은 땅을 판 지 한 시간도 채 지나지 않아서다.

코니가 목구멍이 터져라 노래를 부르며 문을 열고 나온 것도 바로 그 순간이다. 그가 비틀거리며 마당으로 나서기 직전에 나는 가까스로 장작더미 뒤로 들어가 몸을 숨긴다.

"더 이상 지체하지 말아 주우, 내 사랑, 당신을 기다리는 내가 여기에!" 큰 소리로 계속 노래를 한다. "아름다운 달님이 나에게 미소를 던지고!"

돼지 멱따는 소리가 너무 역겨워 달이 쪼개질 지경이지만 그렇다고 그만둘 코니가 아니다. 냄새 또한 고약하다. 위스키며 기타 역한 냄새가 내게 물씬 풍길 정도로 가까이 지나간다. 그런데 술에 취해 눈이 반쯤 멀었는지 나를 그냥 지나쳐 간다. 집으로 향하는 길을 신발이 이끄는 대로 휘적휘적 걸어간다. '내 사랑'과 '달님' 어쩌고 하는 노래를 계속 부르면서 대충 북쪽으로 방향을 잡아 가는 게 보인다. 코니가 말을 끌고 가는지 말이 코니를 끌고 가는지 모르겠다.

그때 이모부가 포치로 나서는 게 보인다. 바깥으로 난 지하실 문 쪽으로 가서 내가 그대로 있는지 확인하려는 것 같다. 내 간이 금세 콩알만 해진다. 그런데 그냥 그 자리에서 배를 긁적거리더니 천년쯤 잠을 못 잔 사람처럼 늘어지게 하품을 하고는 안으로 들어가 버린다.

몇 분 후 불빛이 꺼지고 집 전체가 어둠에 휩싸인다.

어렸을 적에 나는 어두운 걸 끔찍하게 무서워했다. 어둠 속에서 내가 잠들 때까지 해럴드 형이 내 옆을 지켜 줬다. 10분 만에 잠들 때도 있었지만 한 시간 넘게 걸릴 때도 있었는데 형은 한 번도 불평한 적이 없다. 어둠을 무서워하는 게 바보 같은 짓이라는 생각도 들지 않게 해 줬다. 형이 그렇게 하는 게 우리 어머니가 원하는 것이고 또 그런 기회가 있는 게 기쁘다고 하면서.

이제는 옛날만큼 어둠이 무섭지 않다. 그러나 어두운 걸 좋아한다고 말할 수는 없다. 암흑 속에서 숲의 눈이 날 지켜보는 느낌이 든다. 심장이 어찌나 빠르고 세게 뛰는지 귓불까지 뜨거워진다. 지하실로 다시 기어들어 가 숨고도 싶지만 여기서 되돌아갈 수 없다는 걸 누구보다 잘 안다.

잠시 후 이모부가 코고는 소리가 들린다. 그 소리가 얼마나 요란한지 장작더미 뒤는 물론이고 옆 마을까지 들릴 지경이다.

지금 아니면 영원히 기회는 없다. 나는 장작더미 뒤에서 일어나 이모부가 말을 놔둔 작은 방목장으로 간다.

내 생각엔 우리 어머니가 살아 있었다면 내가 전쟁터로 가서 형을 구해 주길 원했을 것 같다. 형이 나를 어둠 속에서 지켜주길 원했듯이. 걸음으로는 형을 따라잡을 수 없으니 어머니도 내가 말을 타고 가야 한다고 생각할 거다. 어떤 사람들은 그걸 훔치는 거라고 말할지 모르겠지만. 사실 바비는 어머니 소유였다가 이모부에게 온 것이다. 그러니 정확하게 법적으론 내 것이 아니지만 이모부보다는 내가 먼저 인연이 닿은 말이다.

바비는 법 같은 건 신경 쓰지 않는다. 내가 방목장으로 들어가자마자 내게로 다가와서 내 손에 코를 마구 비벼 댄다. 이 녀석은 늘 이런 식이다. 한 번도 자기에게 줄 설탕덩이나 사과를 가진 적이 없는데도 나를 반긴다. 어쩌면 바비가 내 냄새를 알아보는 건지도 모르고, 어쩌면 그냥 누가 자기랑 함께 있어 주는 게 좋은 건지도 모르겠다.

"안녕, 바비."

내가 속삭인다.

"우리 산책이나 좀 할까? 자, 착하지. 쉬잇. 조용히 하고."

이모부가 고삐를 그대로 둔 데다 안장은 낡은 담요 말고는 써 본 적이 없어서 바비를 데리고 방목장에서 나와 집 반대편으로 가려고 하기까지 1, 2분도 걸리지 않는다. 말발굽 소리와 자갈을 밟는 내 발소리가 이모부는 말할 것도 없고 죽어 누워 있는 사람들까지 깨울 정도로 시끄럽게 느껴진다.

이모부가 끝까지 깨지 않아 무사히 바비를 데리고 첫 언덕을 넘을 즈음에는 달도 지고 세상의 그림자가 사방을 감싸고 있다. 서로 경주하듯 빠르게 달려가는 구름 사이로 드러나는 몇 개의 별빛만으로도 어느 쪽이 남쪽인지 알아볼 수 있다. 보이는 건 아니지만 형이 남기고 간 발자국을 따라가는 느낌이다.

해가 뜨기 전에 될 수 있는 대로 멀리 가야 한다. 이모부가 뒤쫓아 올 게 확실하다. 나는 몰라도 이 말만은 되찾으려고 할 것이고 그 손에 잡히면 영락없이 죽음이다.

5장

집채만 한 곰들

이미 아는지 모르겠지만, 말은 밤에 돌아다니는 걸 별로 좋아하지 않는다. 뭘 좀 아는 사람들이 그렇듯이. 말도 나름대로 일과가 있고 습관이 있는데 밤은 그냥 서성거리다가 잠드는 시간이다. 바비는 두려운 듯 한동안 눈을 하얗게 뜨고 자꾸 되돌아가려고 한다. 그렇지만 상황에 비해 그다지 크게 반항하지는 않는다.

"자, 착하지, 착하지."

나는 계속 그렇게 속삭인다. 실은 내 목소리라도 들어야 살 것 같아서이기도 하다. 아까부터 숲에서 자꾸 신음소리 같은 게 나서 간이 덜렁거리기 때문이다.

나는 이 모든 게 키 큰 나무들이 내는 소리일 뿐이라고 계속 나 자신에게 이른다. 소나무랑 전나무랑 미루나무가 바람에 흔들리는 소리야. 긴 나뭇가지가 손가락처럼 흐느적거리며 내는 소리가 뼛속까지 사무치는 한숨 소리처럼 들리는 것뿐이야.

"착하지, 착하지, 우리 바비 착하지."

나는 계속 중얼거린다. 우리 속도가 빠른 건 아니다. 바비가 늙어서 속도가 안 나는 점도 있지만, 젊은 말이라 해도 이런 어둠 속에서 속도를 냈다가는 다리를 삐고 말 것이다. 어디 땅이 보여야 뛰든지 말든지 할 것 아닌가.

나는 바비의 고삐를 쥐고 몇 마일 가량 걷다가, 안장 없이 바비의 등 위에 올라타서 또 몇 마일을 간다. 거인 같은 나무들이 던지는 칠흑 같은 어둠 속에서 나랑 착한 바비랑 그렇게 더듬더듬 길을 찾아가며 걷는다.

그러는 동안에도 형은 한순간도 내 마음을 떠나지 않는다. 그 히코리 나뭇가지에 짐을 매달아 어깨에 멘 채 형은 걷고 또 걷겠지. 형 뒤에서 그 망할 놈의 위스키 상사가 소리소리 지르겠지. 집에서 그렇게 멀리 떠나면 겁나지 않을까? 내가 뒤따라가는 걸 알고 있을까? 발이 아프지는 않을까? 그러다가 형이 곰한테 잡아먹히지 않을까 하는 걱정이 되기 시작한다. 집채만 한 곰한테. 그러고 보니 저기 있는 그림자가 곰처럼 보인다. 전나무 가지가 곰의 기다란 엄니처럼 딱딱거리면서 나와 바비의 꽁무니를 따라온다.

내가 무서워한다는 것을 느끼고 바비도 덩달아 무서워한다. 바비의 발걸음이 빨라진다.

"워워, 자, 멈춰!"

고삐를 당겨도 바비는 멈추려하지 않는다. 지금 바비의 머릿속엔 오직 한 가지만 자리 잡은 것 같다. 이 어둠과 그림자로부터 도망가야겠다는 생각. 어서어서 햇빛이 비치는 곳으로 가서 세상을 다시 봐야겠다는 생각 말이다.

별도리 없이 바비의 굵은 목을 꽉 붙잡고 떨어지지 않도록 있는 힘을 다하는 수밖에 없다. 나뭇가지가 온몸을 치고 지나간다. 얼마나 가까운지 솔잎 향기까지 맡을 수 있을 정도다. 바비는 두려움에 가득 차 히힝, 히힝 울면서 고삐를 뿌리치려고 고개를 내젓는다. 발이 제 갈 길을 찾겠지 믿고는 아무것도 보이지 않는 암흑 속을 전속력으로 내달린다. 다음번 발을 내디딜 때 무슨 일이 닥칠지 전혀 개의치 않는다.

금방이라도 바비가 발을 헛디뎌 다리가 부러지고 그길로 나도 같이 나동그라져서 나무나 바위에 머리를 부딪칠 것 같다. 머리가 깨지면 내 모험도 거기서 끝장이겠지 하는 순간, 바비가 속도를 늦춘다. 갑자기 뛰기 시작한 것처럼 그렇게 갑자기. 금세 기력이 다하자 자기가 얼마나 늙었는지가 실감 나고, 이제는 예전처럼 그렇게 빨리 뛸 수 없다는 사실도 깨달은 모양이다. 바비가 숨을 헐떡거리며 부걱부걱 게거품을 문다.

쉬게 하지 않으면 그대로 죽을 것 같다. 얼마나 기진맥진했는지 불쌍하게도 온몸을 부들부들 떤다. 목구멍 저 안쪽에서 이상하게 가르랑가르랑하는 소리를 계속 내는 것이 아직도 무서움이 가시지 않은 듯하다.

나도 바비와 다를 게 없다. 어둠 저쪽에서 들리지 않아야 할 소리가 자꾸 들려오고 있기 때문이다.

목소리.

아, 사람들이 말하는 소리다. 두 사람인 것 같다. 둘 중 한 목소리는 너무 낮아 무슨 말인지 잘 알아듣지 못하겠지만, 훨씬 말이 많은 다른 목소리는 똑똑히 알아듣는다.

"저 빌어먹을 놈 죽여 버려."

목소리가 말한다.

"기회 있을 때 죽여 버려야 해."

6장

세상에서 제일 독한 냄새

"지금 죽여 버리면 돈은 절대 못 받아 내."

"그건 아니지, 스팅크. 왜 그렇게 항상 판 깨는 소리만 해? 언젠가는 죽여야 할 놈이잖아."

"성질내기 전에 그만둬, 스멜트. 왜 그렇게 생각이 없냐?"

스팅크와 스멜트. 피도 눈물도 없는 살인자 둘이 숲 속에서 싸우고 있다. 그것도 내 심장 뛰는 소리가 들릴 만큼 가까운 곳에서. 설상가상으로 점점 날이 새고 있다. 어둠이 더 길었으면 하고 바랄 날이 올 줄 누가 알았을까마는, 이런 때 날이 밝으면 저놈들 손에 잡힐 건 불 보듯 훤한 일이다.

그런데 결국 발각된 건 날이 밝아서가 아니다. 그 순간 바비가 히힝 울기로 마음먹은 탓이다.

"잠깐! 방금 그 소리 들었어?"

잠시 후 덩치 큰 남자가 전나무를 헤치고 나와 말 뒤에 숨으려는 나를 발견한다. 눈 하나가 없어져 그 자리엔 빈 구멍만 남아 있는 한 눈으로도 나를 잘도 찾아낸 것이다.

"말한테서 떨어져!"

내가 한 발짝 움직이기도 전에 그 덩치가 나를 콩 자루처럼 한 손으로 들어 올려 흔들어 대더니 이렇게 소리친다.

"너 판사 스파이 노릇하는 거지? 널 보낸 게 그 판사 놈이지?"

언젠가 한여름에 수탉 한 마리가 건초 더미 위에 올라가 죽은 적이 있다. 그때 형이랑 나는 그게 이 세상에서 제일 나쁜 냄새라고 생각했다. 그런데 이제 보니 그건 스팅크 멀린스를 만나 보지 못한 사람들이나 할 소리다. 스팅크의 온몸 구석구석에서 썩은 냄새가 진동을 한다. 꺼멓게 썩은 이빨, 딱지가 앉은 눈구멍, 더러운 턱수염 등등에서 나는 냄새에 비하면 병든 돼지나 방귀 냄새 같은 건 꽃향기로 느껴질 정도다.

냄새가 어찌나 지독한지 숨도 제대로 쉴 수 없는 마당에 치안판사 스파이 노릇을 하는 게 아니라고 말하고 자시고 할 정신이 어디 있겠는가. 뭔 판사? 뭔 스파이? 벌써 전쟁터에 도착하기라도 한 거야?

"응? 뭐라고 말 좀 해 보시지?"

대답하기도 전에 스팅크가 나를 땅에 떨어뜨린다. 그대로 숨이 딱 멎을 것 같다.

"이건 뭐야?"

스멜트라고 불린 사람은 키도 작고 덩치도 훨씬 작다. 냄새도 훨씬 덜하지만 족제비를 쏙 빼닮았다. 날 두고 빙빙 도는 품이 어디 물어뜯을 구석이 없나 찾는 것처럼 보인다. 그가 나를 장화 발로 툭툭 친다. 나는 못 차게 막으려고 그의 발을 붙잡는다.

그가 으르렁거리면서 발을 흔들어 나를 뿌리친다.

"어디서 온 거야?"

스멜트가 묻는다.

"어디서 왔냐?"

스팅크가 나한테 묻는다.

나는 숨을 가다듬고 어디서 왔는지 대강 얘기한다. 이모부가 나를 벌써 찾고 있을 것에 대비해 스퀸트라는 이름이나 농장 이름은 꺼내지 않는다.

"파인 스왐프 지역에서 왔다고?"

스팅크가 묻는다.

"그 근처요. 그게 제일 가까운 마을이에요."

"그럼 판사가 보내서 온 거 맞네. 내가 말했잖아."

"누가 보내서 온 거 아니에요. 숲 속에서 길을 잃었어요. 그뿐이에요."

"거짓말이야."

내 눈을 들여다본답시고 스멜트가 몸을 숙이며 말한다.

"판사가 보낸 거 맞아. 판사 스파이야"

"난 호머 피그예요. 귀 놔줘요. 아파요."

둘 다 웃음을 터뜨린다.

"귀야 잘라 버리면 더 이상 아플 일이 없지."

스멜트가 칼에 손을 가져가며 말한다.

"잠깐. 귀를 잘라 버리면 우리 말도 들을 수 없잖아."

"그럼 혓바닥을 자르지 뭐. 혓바닥이 없으면 거짓말도 못 할 테니까."

스멜트가 고집을 피우며 말한다.

"호머 피그. 피그, 피그."

스팅크가 수염을 비비다 생각난 듯 묻는다.

"잠깐. 옛날에 헨리 피그라는 사람을 알았는데. 친척이냐?"

"우리 아버지예요."

스팅크가 코웃음을 친다. 썩은 양파보다 더 지독한 입 냄새가 내풍긴다. 눈에서 눈물이 빠질 지경이다.

"그래? 진짜 네 애비라면 어떻게 죽었는지도 알겠구만."

"쓰러지는 나무에 깔려 돌아가셨어요."

"맘에 안 드는 놈이었어. 뭐든 다 아는 척을 했거든."

스팅크가 만족스럽다는 듯이 말을 잇는다.

"그래도 그 나무에 대해선 몰랐나 보지?"

그러고는 나를 집어 들고 전나무 가지로 만들어 놓은 임시 움막으로 데려간다. 삼베로 만든 밀가루 포대를 머리에 뒤집어쓰고 돼지처럼 손발이 묶인 사람이 움막 안에 쓰러져 있다.

"이놈도 묶는 게 낫겠지."

스팅크가 바비를 데리러 간 사이 스멜트가 내 손목과 발목을 생가죽 채찍으로 묶는다.

밀가루 포대를 뒤집어쓴 사람이 신음 소리를 내며 몸을 뒤틀다가 스멜트한테 한 대 차이고 나서 다시 조용해진다. 마음속에서 자기 자신이 움직이지 못하도록 꼭 붙잡은 것처럼.

"그래, 그거야."

스멜트가 포대 쓴 사람에게 말한다.

"쥐 죽은 듯 있으면 해 뜰 때까진 살 수 있을지도 몰라. 금방 해가 뜨겠지만."

스멜트가 내게 주의를 돌린다. 쭈그리고 앉아 씩 웃으며 나를 본다. 하나밖에 없는 이빨을 혓바닥으로 더듬거리면서 나를 빤히 쳐다보는 모양새가 꼭 두꺼비가 파리를 노리는 것 같다.

"네가 정말로 파인 스왐프에서 왔다면 거기 치안판사를 알겠군. 미스터 J. T. 마스턴."

"알고말고요. 그 사람이 우리 형을 군대에 팔아먹은걸요."

차갑고 작은 눈이 검은 유리알처럼 반짝인다.

"흐음, 딱 그놈이 할 만한 짓이구만."

그가 턱을 쓰다듬으며 말한다.

"시어 터진 피클 한 통에 제 어미도 팔아먹을 놈이니까."

"제발 저 좀 놔줘요. 제발요."

나는 그렇게 사정하면서 한껏 불쌍한 표정을 지어 보인다. 상황이 상황이니만큼 그런 표정을 짓는 게 그다지 어렵지 않다.

"내가 왜?"

스멜트가 정말 궁금하다는 듯이 묻는다.

"절 보내 주면 보상을 받도록 해 줄게요. 우리 부자 이모부가 금화로 백 냥은 줄 거예요."

스멜트 귀가 솔깃해진다.

"부자 이모부가 있다고? 이모부가 돈이 얼마나 많은데?"

"메인 주에서 제일가는 부자예요. 카운티 세 개에 있는 나무랑 목초 대부분이 몽땅 다 우리 이모부 거예요. 철도랑 기관차, 객차도 다 가지고 있고요. 금화 백 냥은 우리 이모부한테 아무것도 아니에요."

"그래? 근데 네 부자 이모부 거라는 이 숲 속에서 이 시간에 넌 대체 뭘 하고 있었던 거냐?"

"우리 형이 전쟁터에서 죽기 전에 찾아야 해요."

스멜트는 그 말이 재미있다는 듯 말한다.

"그러니까 너랑 네 부자 이모부가 네 형을 북부 군에서 빼내 오겠다는 말이지? 네 주머니 다 털어 봤어. 돈이라곤 하나도 없던데? 단 한 푼도. 안장도 없고, 신발도 없고, 가진 거라곤 아무짝에도 쓸모없는 저 늙어 빠진 말뿐이잖아. 저 말도 지금부터는 우리 거지만. 우릴 귀찮게 한 값이라고 생각해."

"그럼 말 도둑이 되는 거예요!"

스멜트가 내 뺨을 친다. 세게는 아니고 몸을 움찔할 정도로만.

"말조심해! 말 도둑은 교수형 감이야. 그럼 날 도둑이라고 부르는 넌, 저 말이 네 거라는 서류라도 있냐?"

"네, 있어요. 한 뭉텅이 있어요. 증서에, 영수증에, 소유권에."

"숲 속에 숨겨 놨냐?"

"아니요, 우리 이모부 은행 금고에 들어 있어요."

"흠, 너 정말 거짓말 대장이로구나. 내 눈 똑바로 쳐다보면서 그 말 다시 한 번 해 봐."

난 스멜트 눈을 빤히 쳐다보면서 말한다.

"서류가 있어요. 저 말은 내 말이에요. 법적으로나 뭐로나."

"흠, 대단한데. 보통 사람 같으면 너한테 다 속아 넘어가겠다. 하지만 저건 가난한 농부한테서 훔친 게 분명해."

"아니에요! 우리 아버지 말이었다가 돌아가시면서 우리 어머니한테 남겼는데 어머니마저 돌아가셨단 말이에요. 그러니까 나하고 우리 형 말이나 마찬가지예요."

스멜트는 내 말이 처음부터 끝까지 거짓말이라는 걸 다 알고 있다는 듯이 고개를 끄덕인다.

"네 거나 마찬가지라는 거하고 네 거라는 거하고는 다르지. 말은 포기해. 어떻게 하면 너 자신을 쓸모 있게 만들지나 궁리해. 그래야 목숨을 부지할 수 있을 테니까."

그때 스팅크가 피가 흐르는 손을 싸쥐고 움막 쪽으로 온다.

"말한테 물렸어."

스팅크가 놀란 목소리로 말한다.

"그래서 어쨌어?"

스멜트가 묻는다.

"나도 물어 줬지."

"조심해, 스팅크. 말 같은 걸 물어뜯으면 이빨에 안 좋아."

"그래서 네 이빨이 다 빠졌구나."

스팅크가 코웃음을 치며 대꾸한다.

스멜트는 그 말을 무시해 버리고 딱 하나 남은 이빨을 혀로 핥으며 깊은 생각에 빠진다.

"네가 말이나 물어뜯는 사이에 난 좋은 아이디어를 하나 생각해 냈어."

스멜트가 이어 말한다.

"이 꼬맹이 녀석을 써먹을 데가 있을 것 같아."

"써먹는다고? 제 무덤도 못 파게 생겼구만."

"아니."

스멜트가 말한다.

"저놈, 거짓말에 아주 능해. 그렇지, 호머 피그?"

지금 이 순간만큼은 거짓말을 하지 말아야겠다는 생각이 든다. 그렇지 않으면 내 무덤을 파게 될 것 같아서다.

"네! 거짓말 잘해요."

7장

포대를 뒤집어쓴 남자

언젠가 파인 스왐프 교회의 리드 목사님에게 우리 어머니와 아버지는 돌아가신 게 아니라 빅토리아 여왕을 만나러 여행을 떠난 거라고 한 적이 있다. 나랑 해럴드 형을 데리러 곧 사람을 보낼 거라는 말까지 덧붙였다. 목사님은 다섯 살밖에 안 된 아이가 여왕 이름까지 알고 있다는 사실에 감동을 받았다. 우리 아버지가 여왕님에게 영국에 있는 나무를 모두 베는 임무를 받았고, 그렇게 하는 데 일주일도 걸리지 않을 거라는 말을 듣고는 더 크게 감동했다. 목사님은 대영 제국에 남아 있는 나무가 그렇게 조금인 줄 몰랐다고 했다. 그래서 우리 아버지가 나무 한 그루를 베는 데 도끼를 한 번만 휘두르면 되니까 숲 전체를 다 베는 데 한 시간 정도밖에 걸리지 않는다고 말해 줬다. 물론 아버지 기분에 따라 조금 차이는 있을 거라는 말도 빠뜨리지 않았다. 아버지가 숲에서 나무를 베는 동안 어머니는 궁전에서 여왕님에게 철자법을 가르치느라 바쁘다는 이야기도 잊지 않았다.

여왕님이 철자를 모른다니 정말 놀라운 일이라고 목사님이 말해서, 나는 아주 최근까지만 해도 여왕이나 왕이 글을 읽거나 쓸 줄 몰라도 하인들이 모두 대신 해 줘서 불편함이 없었다고 설명했다. 목사님은 내 나이의 아이가, 아니 나이와 상관없이 세상일을 이렇게 잘 아는 사람이 있다니 참 놀랍다고 했다.

목사님은 내가 지어낸 이야기를 듣고 그저 재미있다고 생각했을지 모르지만 형은 아니었다. 형은 사랑하는 어머니에게 항상 진실하게 말하고 진실하게 행동하겠다고 맹세를 했으며 그 맹세는 나한테도 적용되는 거라고 했다. 그런 맹세를 하기에 내가 너무 어릴지 모르지만, 내가 거짓말을 한 번 할 때마다 천사 한 명이 하늘에서 떨어진다는 이야기도 해 주었다.

그래서 그 뒤로 며칠 동안 하늘에서 떨어진 천사를 찾아다녔는데 하나도 만나지 못했다. 그래서 나는 형이 그런 일이 일어날 거라고 믿고 있을지 모르겠지만, 아마 뭔가 잘못 알고 그러는 거라고 결론 내렸다. 내가 거짓말하는 걸 형이 아무리 싫어해도 이럴 때 내가 살기 위해 거짓말하는 건 형도 괜찮다고 하면서 나를 봐줄 것 같다.

물론 그것도 내가 무슨 거짓말을 해야 하는지 알기 전의 이야기이다.

스멜트는 먼저 포로를 일으켜 앉힌다. 머리에 포대를 뒤집어

쓴 사람은 불쌍해 보이기 마련이다. 다음 순간 무슨 일이 벌어질지 몰라 아주 작은 기척에도 몸을 움찔움찔하기 때문이다. 허름한 움막으로 새벽빛이 비치고 있다. 포대 쓴 사람을 묶고 있는 줄 아래로 손이 검게 부어올라 있는 것이 보인다.

"그 안에서도 내 말 들리지, 페스터스?"

스멜트가 말한다.

"셋을 센 다음에 포대를 자를 거다. 머리도 같이 잘리고 싶지 않으면 바른대로 불어."

스멜트가 널찍한 가죽 벨트에서 날이 두꺼운 칼을 꺼내 든다. 섬뜩하게 휜 칼날이 돼지 멱이나 사람 목을 따기에 딱 좋게 생겼다. 그가 번뜩이는 칼날을 밀가루 포대 밑으로 넣고 손목을 휙 재끼자 포대가 단번에 좍 벌어진다. 포대가 떨어지자 그 안에 있는 쟁반만 하게 벌어진 두 눈이 보인다. 우유를 약간 탄 커피색깔 얼굴에서 번쩍이는 커다랗고 하얀 눈이.

"페스터스는 우리 깜둥이 친구야, 그렇지 않나, 페스터스?"

하얀 두 눈이 가늘어진 상태로 스멜트를 향한다. 이 깜둥이 남자는 두려움에 떨고 있지만 화도 난 것 같다.

"난 페스터스가 아니야. 아니라고 처음부터 말했잖아."

"우리가 그렇다면 그런 거야."

스팅크가 그 사람 얼굴 앞에 주먹을 흔들어 보인다.

그 사람은 고집스럽게 고개를 저으면서 스팅크를 노려본다.

"내 이름은 새뮤얼 리드고 난 자유인이야. 로드아일랜드 주에서 자유인 어머니에게서 태어났어."

스멜트가 커다란 칼을 쥔 채 천천히 쪼그려 앉는다. 얼굴에 짓는 저 웃음을 보니 배 속이 다 울렁거린다. 뱀이 웃는다면 꼭 저렇게 보일 것 같다.

"여긴 로드아일랜드가 아니야. 그리고 네가 누구한테서 태어났는지, 깜둥이가 백인처럼 말할 수 있다는 말도 안 되는 생각은 어디서 배웠는지 다 상관 않겠어. 중요한 건 도망간 노예들을 모두 어디다 숨겼는가 하는 거니까."

"그 사람들은 노예가 아니야!"

깜둥이 남자가 말한다.

"링컨 대통령이 해방시킨 사람들이라고."

"그래? 더 이상 노예가 아니면 왜 다들 도망 다니는 건데?"

깜둥이 남자는 대답하지 않는다. 입을 다물고 조용히 있는 품새가 해가 높이 떠오르기 전에 죽겠구나 하는 것 같다. 어쩌면 입 밖에 내지 않고 기도를 하고 있는지도 모르겠다.

"그냥 없애 버리고 손 털자."

스팅크가 제안한다.

스멜트가 칼로 그를 겨냥하며 말한다.

"마지막 기회야. 말해, 아니면 저세상으로 가는 거야."

깜둥이 남자가 고개를 작게 젓는다. 그가 칼을 무서워하고 있으며 죽고 싶어 하지 않는 게 느껴진다. 하지만 곧 죽어도 도망친 노예들이 숨어 있는 곳을 말할 것 같지는 않다.

나도 칼이 무섭지만 내 속에서 뭔가가 복받쳐 올라 입을 놀리지 않을 수가 없다.

"그냥 땅에 구멍을 파고 돈을 버리는 쪽이 낫겠네요!"

"뭐라고?"

스멜트와 스팅크가 나에게로 주의를 돌린다.

"저 사람을 죽여 버리면 팔 수도 없잖아요."

스팅크는 나를 한 대 칠 기세지만 스멜트가 말린다.

"잠깐, 저놈 말에도 일리가 있어. 소유권 서류 같은 거야 쉽게 만들 수 있는 거고, 그러면 보상금을 챙길 수 있잖아."

"보상금이요?"

내가 묻는다. 말을 많이 할수록 칼 쓸 일이 적어질 거라는 생각에서다.

"도망친 노예들을 메릴랜드로 잡아가면 하나당 10달러야."

스멜트가 설명한다.

"경계선에 있는 주에선 노예 해방도 효력이 없어. 법적으로."

노예 해방 선언을 두고 하는 이야기다. 나도 토요일 오후면 잡화상에 모여 담배를 피우는 사람들이 하는 이야기를 들은 적이 있다. 링컨 대통령이 남부 연합의 노예들은 자유라고 선언하면서도 메릴랜드, 델라웨어, 켄터키 같은 주들의 노예들까지 포함시킬 엄두는 내지 못한 것 같았다. 그 주들이 토라져서 반대 세력에 가담할까 봐 두려워서였을 거다. 그 선언은 전쟁에서 이기면 이렇게 해 주겠다는 약속에 더 가까웠다. 그러니 노예들에게 아직은 별 효용 가치가 없는 것이다.

스멜트와 스팅크가 둘이서 뭐라 뭐라 하더니 깜둥이 남자를 일단은 살려 두겠다고 한다. 꼬맹이 도움으로 도망간 노예들이 어디 숨었는지 찾아낼 때까지는, 자기들을 부자로 만들어 줄 꼬맹이가 거짓말을 아주 그럴듯하게 해서 지하 철도로 잠입해 들어갈 때까지는 말이다.

너무 무서우면 사람이 좀 멍청해지기도 하나 보다. 그 꼬맹이가 다름 아닌 나라는 사실을 깨닫기까지 한참이 걸렸으니.

스팅크가 새뮤얼 리드라는 그 깜둥이 남자를 맡고, 스멜트와 나는 길을 찾아 소나무 숲으로 향한다. 내 목에 밧줄이 묶여 있다. 당나귀나 개한테 매는 목줄처럼. 세게 잡아당기면 밧줄이 목을 조인다.

"네가 잽싸다는 거 다 알아. 하지만 아무리 빨라도 내 칼보다 빠를 수는 없다는 걸 명심해."

시범으로 휙 던진 칼이 쌩하니 날아가 나무둥치 한가운데 깊숙이 꽂힌다. 이 밧줄을 끊고 도망칠 날이 오겠지만 지금 당장은 시키는 대로 할밖에.

땅에 쌓인 잎들이 푹신푹신하게 밟히고, 전나무와 소나무 향기가 진동하고, 양치류 이파리가 무릎을 간질인다.

움막에서 1마일 정도 떨어진 곳에서 마침내 길을 만난다. 마차와 말들이 최근에 지나간 것 같다. 스멜트가 보잘것없는 턱수염을 만지며 혼자 고개를 끄덕이더니 입을 연다.

"이제 얼마 안 남았으니까 네 얘기를 좀 정리해야겠다."

"내 얘기요?"

"네가 누구인 척해야 하는가 하는 얘기 말이야. 도망간 노예들을 숨겨 주는 집이 브루스터네야!"

말하는 모양이 자기 말을 듣고 내가 깜짝 놀라기라도 해야 할 것 같은 분위기다.

"브루스터 광산이라고 들어 봤어?"

나는 고개를 젓는다.

"이런, 별로 아는 게 없군. 제베디아 브루스터는 펜실베이니아에서 와서 보석 쪽에서 큰돈을 번 늙은이야. 요새는 구리하고 납을 군대에 팔아서 번 돈으로 노예들을 캐나다로 보내지. 거길 가면 아무도 손을 못 대거든. 그 늙은이가 지금도 노예 서른 명을 자기 집에 숨겨 놓고 있다는 정보가 있어. 확실해. 근데 집안 어디에 숨겨 놨는지를 모른단 말이야. 그게 바로 네 임무야. 그걸 알아내는 거."

"네엡!"

"어디 도망치기만 해 봐. 그 깜둥이 자식부터 죽이고 네 말을 팔아 버린 다음에 즉시 널 찾아낼 거니까."

"도망치지 않는다고 약속할게요."

"넌 거짓말쟁이잖아. 네놈 약속 같은 건 아무 가치도 없어."

그가 코웃음 치며 말한다.

"이것만 알아 둬. 도망치면 내 칼이 네놈 등짝을 찾아 날아갈 거라는 거."

"네엡!"

길을 따라간 지 반 마일도 채 되지 않아 땅이 비탈지고, 나무가 뜸해지면서 햇빛이 가득한 하늘이 커다랗게 보인다. 언덕 아래에 돌로 잘 쌓아 놓은 담장이 있다. 교장 선생님 잣대처럼 똑바른 그 담장 너머 부드러운 녹색 언덕 위에 커다란 집이 왕관에 박힌 보석처럼 서 있다. 엄청난 집이다. 돌과 벽돌로 지은 커다란 집의 앞면에는 하얀 기둥이 서 있고 창문마다 커튼이 나부끼고 슬레이트 타일이 덮인 지붕 곳곳에 굴뚝이 솟아 있다.

저런 집에 살 수만 있다면 무슨 짓이라도 할 수 있을 것 같다. 저렇게 부자여서 아무 걱정 없이 살 수 있다면 얼마나 행복할까. 그때 스멜트가 내 목을 감은 밧줄을 휙 잡아채며 말한다.

"그럴싸한 거짓말엔 진짜 얘기가 좀 섞여야 맛이 나지. 네 이름은 호머 피그, 네 형을 찾고 있다고 말해. 말을 누가 훔쳐가 버렸고 무지하게 배가 고프다는 얘기도 하고."

스멜트가 밧줄을 풀고는 나를 잡고 한번 흔든다. 내가 정신을 집중하고 있는지 확인이라도 하겠다는 심보다.

"알겠어? 어떻게 해서라도 집 안으로 들어가야 해."

"네엡!"

"아마 널 곧장 부엌으로 데려갈 거야. 브루스터네 요리사들이 너처럼 깡마른 꼬마를 보면 야단법석을 떨겠지. 비스킷에 버터에 꿀에 갖은 걸 다 먹여서 살을 찌우려고 들 거야. 어때, 구미가 당기지 않아?"

"네엡!"

구미가 당기는 정도가 아니다.

"부엌에서 일하는 여자들은 집 안에서 벌어지는 일은 뭐든지 다 알아. 광산에서 일어나는 일도. 넌 그냥 정신 바짝 차리고 눈하고 귀를 활짝 열어 두면 되는 거야."

"네엡!"

"저녁 먹고 나서 뒷간에 간다고 하고 집 밖으로 나와. 기다리고 있을 테니까."

내가 또 "네엡!" 하려는데 스멜트가 내 입술에 손가락을 대고 말한다.

"쉬잇! 나한텐 거짓말하지 마. 네놈이 무슨 생각하는지 다 아니까. 어떻게 하면 이 스멜트를 속여 넘길까 생각하고 있겠지. 날 팔아서 비스킷하고 버터나 어떻게 좀 얻어먹어 볼까 하고. 이것만 알아 둬. 스멜트한테 네 발로 오지 않으면 스멜트가 너를 찾아갈 거라는 것."

그런 다음에야 나를 놔준다.

8장

천당에서 먹는 팬케이크

언덕배기에 있는 집은 가까이 갈수록 점점 더 커진다. 창문에 비친 뭉게구름이 하늘을 배경으로 움직이는 걸 보고 있으니 집도 움직이는 것처럼 보인다. 꼭 지구가 돌고 있는 느낌이다. 발을 어디다 둬야 할지 모르겠다. 이 모든 게 날 너무 어지럽게 만든다. 언덕의 완만한 경사가 점점 더 가팔라지더니 마침내 완전히 곧추 선다. 정신을 차려 보니 내 얼굴이 풀밭에 박혀 있다.

먹을 걸 못 먹어서 기절한 것이다. 비스킷, 버터, 꿀 그런 이야기를 들으니 이모부가 돼지한테 주려던 빵을 먹은 뒤론 아무것도 입에 넣지 못했다는 사실을 갑자기 내 배가 알아차린 모양이다. 우리 형이 군대에 끌려가는 이 끔찍한 일의 시초가 된 그 빵 조각 말이다.

풀밭이 부드럽고 폭신폭신하다. 베개보다 더 편하다. 배고픈

것도 잊게 해 준다. 아니 모든 것을 잊게 해 준다.

다음 순간 내가 둥둥 떠가고 있다. 아니, 떠가는 게 아니고 누군가에게 들려 가고 있다. 조용조용 말하는 소리가 들리고 물이 흐르는 소리가 들린다. 따뜻한 곳이다. 누가 내 입술에 컵을 대고 마시라고 말한다.

"조금씩 마셔."

목소리가 말한다. 잠시 동안 나는 그게 그리운 우리 어머니라고 생각한다. 깨어나 보니 커다란 회색 눈동자가 나를 빤히 바라보고 있다. 커다란 회색 눈, 장밋빛 볼, 하얗게 센 머리.

"칠면조 육수란다. 먹으면 조금 나아질 거야."

회색 눈의 아주머니가 내가 일어나 앉는 것을 돕는다. 내가 육수를 조금씩 마시도록 컵을 들고 있다. 지금까지 이렇게 맛이 좋고, 몸이 따스해지고, 안전하고 살아 있는 느낌을 주는 음식은 먹어 본 적이 없다.

"여기가 어딘 줄 아니?"

아주머니가 묻는다.

"큰 집이요."

"브루스터 씨 댁이란다. 나는 빈(Bean: 사람 이름)이고."

"브루스터네 빈(bean: 콩)이라고요?"

나도 모르게 말이 튀어나온다.

"나는 이 댁 요리사란다. 앞마당에서 굶주린 아이를 발견했으니 나한테 데려오는 게 당연하지."

빈 아주머니는 다 마신 컵을 가져가면서 더 줄 수 있으니 원하면 말하라고 한다. 아주머니는 통통한 팔로 팔짱을 끼고 서서 나를 곁눈으로 슬쩍 쳐다본다. 내 머릿속을 들여다보고 싶기라도 한 듯.

"너 원래 그렇게 좀 멍하니? 아니면 너무 배가 고파서 횡설수설하는 거니?"

나는 머릿속을 정리하려고 숨을 한번 깊게 들이쉰다. 그런 다음 내가 누구인지 말한다. 스멜트가 시킨 대로. 형을 찾고 있다는 것도, 말을 도둑맞았다는 것도 말한다. 그러나 내가 어디서 왔는지는 정확히 밝히지 않는다. 누군가가 스퀸턴 리치한테 사람을 보낼 경우를 대비해서.

빈 아주머니는 내 말을 거의 곧이곧대로 믿는지 고개를 끄덕이며 "저런, 저런"을 되풀이한다. 내 말을 완전히 믿게 하려면 잃어버린 형을 그리워하는 눈물을 지금 이 순간에 한두 방울쯤 흘려야 한다. 그러자 아주머니가 곧바로 나를 안고 머리를 쓰다듬어 주면서 브루스터 씨가 해럴드 형을 꼭 찾아 줄 거라고 약속한다.

"제베디아 브루스터 씨가 마음만 먹으면 안 되는 일이 없지!"

하얀 앞치마를 툭툭 털면서 아주머니가 장담한다.

"이따가 브루스터 씨가 돌아오시면 나한테 한 이야기를 모두 해 드리는 게 좋겠다. 어린 고아가 형을 찾아다닌다는 이야기를 들으시면 바로 관심을 보이실 거야."

브루스터 씨가 돌아오기 전까지 내 배를 채우는 걸 지상 최대의 과제로 결정한 듯한 빈 아주머니가 내게 그레이비소스를 얹은 고기를 먹겠느냐, 팬케이크와 베이컨을 먹겠느냐 묻는다. 나는 팬케이크를 선택한다. 우리 어머니가 삼발이라고 부르던 커다란 주물 프라이팬 위에서 베이컨이 지글거리며 익는 동안 나는 스토브 옆에 앉아서 구경한다. 빈 아주머니가 일하는 걸 보는 것만 해도 상당한 구경거리다. 아주머니의 통통한 손이 찬장, 항아리, 상자를 들락거리며 뭘 꺼내는 모습이 꼭 하얀 새가 온 방안을 분주히 날아다니는 것처럼 보인다.

"너, 신발도 없구나."

아주머니가 파랑 그릇에 밀가루를 반죽하며 말한다.

"오다가 잃어버렸니?"

진실을 이야기하는 건 오늘은 그만큼 했으면 됐다는 생각이 든다. 그래서 이렇게 대답한다.

"네, 진짜 좋은 부츠였어요. 방울뱀 가죽으로 만든 거였는데."

"뱀 가죽이었다고! 아이코!"

"네. 뱀한테 몰려 딱 물릴 지경이었는데 해럴드 형이 맨손으로 잡았어요. 뱀이 형 눈에 독을 쏘아서 눈을 멀게 하려고 했지만 형이 조금 더 빨랐죠. 단번에 목을 꺾어 버렸거든요."

"대단하구나. 목이 있는 뱀이라니."

"한 10미터쯤 됐나 봐요."

아주머니가 고개를 끄덕인다. 하얀 가루 한 줌이 반죽 그릇에서 풀썩풀썩 날린다.

"그러니까 네 형이 그 뱀 가죽을 벗겨서 신발을 만들어 줬다는 말이구나?"

나는 잠시 생각해 보고 이야기를 조금 바꾸기로 한다.

"아, 그건 아니고요. 사실은 해럴드 형이 껍질을 벗겼지만 부츠를 만든 건 저예요. 세트로 벨트까지 만들었어요. 그러느라 가죽이 다 들어갔고요.

"네 말을 훔쳤다는 도둑들 말이다, 가만, 말 이름이 뭐라고 했더라? 킹 뭐라고?"

"프린스 바비예요. 우리 바비는 순종 경주마예요. 세 살이고 화살처럼 빠른 놈이에요."

"놀랍구나. 그래 네가 온 곳이 어디라고 했지?"

"북쪽이요. 별로 잘 알려지지 않은 곳이에요."

나는 그냥 대충 둘러댄다.

"그래? 하지만 동네 이름은 있을 것 아니냐? 아무리 작아도 이름 없는 동네는 없거든."

"스멜트예요."

나는 순간 영감처럼 떠오른 그 이름을 댄다.

"뭐라고?"

"스멜트요. 사람들이 그렇게 불러요. 근처에 늪이 있어서 그런가 봐요."

스팅크라고 하지 않은 게 정말 잘한 일로 여겨진다. 스팅크라고 하면 믿기 힘들 텐데, 스멜트는 뭔가 미묘하면서 흔치 않은 느낌이다.

"처음 들어 보는 이름이네."

아주머니가 말하면서 차분한 회색 눈으로 나를 빤히 본다.

"메인 주에 있는 동네는 다 아는 줄 알았는데. 적어도 이름이라도 들어 봤을 텐데 스멜트라는 이름은 한 번도 들어 본 적이 없네."

나는 스멜트도 빈 아주머니에 대해서는 한 번도 들어 본 적이 없을 거라고 하려다가 꾹 참는다. 괜히 건방지게 입을 잘못 놀렸다가 다 먹게 된 팬케이크를 놓칠 수는 없는 일이니까.

나는 입을 꾹 다문 채 아주머니의 멋진 부엌을 찬찬히 살펴본다. 부엌 하나가 이모부네 집 전체보다 더 큰 데다 스토브, 오븐, 무쇠 압력솥이 걸린 커다란 벽난로까지 갖춰져 있다. 찬장에는 통조림이 파인 스왐프의 잡화상에 있는 것보다 더 많이 쌓여 있다. 돌로 만든 개수대가 세 개나 되는데 하나는 설거지에, 하나는 채소 씻는 데 쓰는 것 같고, 나머지 하나는 그냥 있다. 앞면이 유리로 된 찬장이 여러 개, 각종 구리 냄비, 돌과 단풍나무로 된 작업대, 빈 아주머니가 그대로 박물관에 가져가도 손색이 없을 거라고 하는 골동품 버터 항아리. 그리고 서랍들. 큰 서랍, 작은 서랍, 빵 서랍, 칼 서랍, 냅킨 서랍, 나머지를 넣는 서랍 등등.

아주머니가 이 서랍 저 서랍 자꾸 열어 보지 말고 이제 앉아서 팬케이크를 먹는 게 어떻겠냐고 하면서 의자를 하나 빼내 나를 식탁에 앉힌다. 사기로 만든 하얀 접시 위에 꿈에서나 그리던 팬케이크가 하나 가득 쌓여 있다. 이모부한테선 오래된 빵과 시어 빠진 당밀 말고는 얻어먹어 본 게 없는데 노란 버터가 흘러내리는 팬케이크라니. 따뜻한 메이플 시럽에 빠진 채 김이 모락모락 나는 팬케이크라니.

스멜트 손에 죽어서 천당에서 깨어난 게 틀림없다. 아니면 너무 배가 고파 아직도 정신을 못 차렸든가. 그러다가 나는 아무리 팬케이크가 맛있어도 여기가 천당일 수 없다고 결론짓는다. 구름도, 금색 하프도, 잠자리 날개를 단 천사들도 보이지 않기 때문이다. 하나님도 보이지 않는다. 여기가 천당이라면 하나님이 있는 게 당연하지 않은가?

그런데 바로 그때 거실에서 누군가가 들어오는데 머리끝에서 발끝까지 검은색 옷을 입고 있다.

하나님이 나타난 것이다.

9장

퀘이커 식 말투

하나님처럼 보인 사람은 이 집의 주인인 제베디아 브루스터 씨다. 하얗게 늘어진 턱수염과 뭐든지 꿰뚫어 볼 듯한 파란 눈, 소리를 지르면 부엌의 그릇들이 덜거덕거릴 정도로 커다란 목소리를 가진 어른이다. "어서 와라!" 하는 목소리에 내 머리가 완전히 얼어붙어 버려서, "이름이 무엇인고?", "집이 어디 인고?" 같은 간단한 질문에도 대답을 못 한다.

퀘이커 식 말투다.

"이 녀석은 이름이 호머고, 스멜트에서 왔다고 합니다."

빈 아주머니가 끼어든다.

"거짓말이 아닌 건 배가 고프다는 것뿐이에요."

"스멜트라? 재미있군."

브루스터 씨는 친절하게 나를 맞아 준다.

"주님의 양들은 모두 어딘가에서 왔지. 그게 정확히 어디인지는 중요하지 않아. 호머, 그대를 환영한다. 그대가 누구든, 어디서 왔던 간에."

브루스터 씨는 식탁에 앉아 검은색 소매를 잠시 만지작거리더니 빈 아주머니에게 물 한 그릇만 주면 무척 감사하겠다고 한다. 뒤미처 아주머니가 내민 물그릇을 두 손으로 받아 들고 고맙다고 한 다음 단 세 모금에 그 물을 다 마셔 버린다. 턱수염 안으로 커다란 목이 보이고 목구멍으로 물 내려가는 소리가 오래된 펌프에서 물이 콸콸 쏟아지는 것처럼 들린다.

"물맛이 정말 좋군."

그렇게 선언하고 하얀 냅킨으로 턱수염을 단정하게 닦는다.

"바로 이 샘물 때문에 여기에 자리를 잡았지. 맑고 차가운 샘물. 몸에 좋은 미네랄로 가득한 물이란다. 장기를 건강하게 하고 피를 정화하는 기능이 있지. 이 물을 병에 담아 한 방울 한 방울 소중한 만병통치약으로 팔려고 했는데 지하수를 파다가 보석을 발견하게 된 거란다. 신비로운 주님의 뜻이지."

브루스터 씨는 기도하는 것처럼 기다란 손가락을 모아 쥐고 한동안 나를 찬찬히 살핀다. 내 영혼을—만일 내게 영혼이 있다면—들여다보니 부족한 데가 많다고 생각하는 것처럼. 이렇게 누가 나를 빤히 쳐다보면 몸을 그냥 둘 수 없지만 나는 어찌어찌 그 눈길을 받아 낸다. 빈 아주머니나 브루스터 씨 모두 내가 거짓말을 시작하길 기다리고 있다는 것을 알았기 때문이다.

"보석에 관해 많이 알고 있는가, 호머?"

브루스터 씨가 최대한 친절한 말투로 묻는다.

마음 같아서는 평생 보석 거래를 해 온 내 육촌 형제 커티스 맥타빗 이야기를 하고 싶다. 맥타빗이 죽은 해적 블랙비어드의 미망인한테서 세상에서 가장 큰 루비를 사들였는데 알고 보니 저주 받은 루비였다는 이야기를. 그 후 맥타빗은 자기가 지은 지하 감옥에서 숨어 지내면서 그 루비가 지금껏 저주를 내린 사람들의 유령이 자기에게 말을 건넨다고 믿고 있다는 후일담도 들려주고 싶다. 물론 나한테 맥타빗이라는 육촌이 있을 리 없다. 실은 사촌이고 육촌이고 팔촌이고 간에 내가 아는 한 내게 친척이라곤 하나도 없다. 나는 이를 악물고 이야기하고 싶은 충동이 지나가기를 기다린다.

"이제 조용해졌네."

빈 아주머니가 의심스럽다는 듯 말한다.

"배가 고파서 횡설수설했는지도 모르겠어요."

브루스터 씨는 숨을 크게 한번 쉬고 만족스럽다는 듯 고개를 끄덕인다.

"호머 피그."

브루스터 씨가 선언하듯 말한다.

"그대가 결백한 나그네든, 우리 일에 반대하는 사람들이 보낸 스파이든 간에 한 가지 확실한 것은, 이 모든 것이 주님의 뜻이라는 사실이다. 우리 집에 온 배고픈 아이를 그냥 돌려보내는 건 주님도 원치 않으실 것이다."

빈 아주머니가 어깨를 으쓱하면서 나에게 미소를 지어 보인다. 아주머니는 브루스터 씨가 무슨 말을 하건, 어떤 일을 하건 놀라지 않는 것 같다.

"나를 따라오라."

브루스터 씨가 일어서며 말한다.

"브루스터 광산의 비밀을 보여 주겠다."

"애를 좀 씻겨야겠어요."

빈 아주머니가 나선다.

"올해는 목욕한 적이 없는 것 같아요. 작년에도 그렇고."

"광산을 둘러본 다음에."

브루스터 씨가 내 어깨를 꼭 잡으며 말한다.

"우리 광산을 둘러본 다음에는 아이 몸을 피가 나도록 문질러도 아무 말 않겠소."

그 말도 퀘이커 식 말투에 불과하기를 바라지만, 빈 아주머니의 눈에서 비누 거품이 가득한 묘한 광채 같은 게 흘러나온다. 이 상황에서 벗어날 꾀를 내기도 전에 나는 브루스터 씨한테 이끌려 문 밖으로 나온다. 풀이 길게 자란 곳을 지나 집을 뒤로 하고 언덕을 올라간다. 따뜻한 부엌도 뒤로 하고. 하늘이 어찌나 높고 시리고 파란지 바라보고 있어도 왠지 숨을 헐떡이게 된다.

얼마 지나지 않아 마차 바퀴 자국에 깊게 팬 길이 나온다. 그 다음엔 녹슨 쇠로 된 난간이 보인다. 우리는 그 난간을 따라 계속 발걸음을 옮긴다. 어디선가 잔잔하게 물 흐르는 소리가 들려온다. 그런데 정작 흐르는 물은 보이지 않는다. 아마 언덕 때문에 소리가 묘하게 울리는 것 같다.

그동안 브루스터 씨는 커다랗게 울리는 목소리로 내내 이야기를 한다. 그 말을 듣고 있자니 이 분은 목에 칼이 들어와도 비밀을 간직할 수 있는 사람이 아니라는 생각이 든다. 비밀을 지키려면 거짓말을 해야 하는데 이제까지 한 번도 거짓말을 한 적이 없을 것 같아서다. 그러다 보니 해럴드 형이 생각난다. 지금쯤 형은 전쟁터가 있는 곳까지 절반은 넘게 갔을 텐데……. 형이 걱정 되어 브루스터 씨가 하는 말에 집중하기가 어렵다. 보석이랑 광산, 왜 하나님이 우리를 이 땅에 만드셨는지, 그리고 왜 우리를 자꾸 시험하시는지에 관한 이야기도 흘려듣게 된다.

"몸을 낫게 해 주는 물을 찾다가 결국 무지개를 찾은 셈이 됐다. 무지개가 끝나는 곳에 묻혀 있다는 황금 단지는 아니지만 무지갯빛이 나는 전기석을 찾은 것이다."

전기석. 무슨 해적 이름같이 들린다. 무슨 말을 들어도 왜 계속 해적 생각이 나는지 모르겠다. 뭔가 이유가 있을 것 같기는 한데. 브루스터 씨는 전기석이 준보석이라고 설명한다. 세공을 하면 어떻게 깎느냐에 따라 다이아몬드, 루비, 에메랄드처럼 빛이 난다고 한다.

"전기석은 내게 큰돈을 가져다주었다."

브루스터 씨가 말한다.

"그러나 지혜를 배우거나 나아가야 할 길을 가르쳐 준 것은 아니다. 지혜는 주님으로부터, 나아가야 할 길은 프레더릭 더글러스에게서 배웠지."

더 자세한 설명을 듣기 전에 광산에 도착한다. 나는 이야기책에서 본 것 같은 광산, 산 옆구리에 제대로 낸 터널 같은 것을 상상했다. 그런데 브루스터 광산은 땅에 난 커다란 구덩이처럼 보인다. 그 아래로 녹슨 양철 지붕과 허름한 판잣집 같은 것이 보인다. 광부들이 땅에서 돌덩어리를 파낸 다음 흙과 보석을 분리해 내는 작업을 하는 곳인 것 같다. 그런데 어디에도 일하는 광부들은 보이지 않는다. 단 한 사람도.

브루스터 씨는 나를 데리고 텅 빈 구덩이로 내려가는 좁은 길을 따라 내려간다.

"이것이 바로 브루스터 광산의 비밀이다."

브루스터 씨가 무척 쾌활한 목소리로 선언한다.

"2년 전에 생산을 멈췄다. 전쟁이 시작됐을 때지."

"그런데 그게 왜 비밀이에요?"

"왜냐하면 광산은 아직도 계속 생산 중이니까."

브루스터 씨가 수수께끼 같은 말을 한다.

"여기서 벌어지는 일들이 광물을 파내는 일이라고 사람들이 생각하면 편리하니까. 사람들은 우리가 북부군에 납과 구리를 공급한다고 생각한다. 그것은 사실이 아니다. 그런 소문을 바로잡지 않는 것을 주님이 용서해 주시길 기도한다. 진실하지 않게 행동 하는 것은 더 나은 진실을 지키기 위해서다."

나는 평생 처음으로 나답지 않게 입을 닫고 브루스터 씨가 나에게 하고 싶은 말이 뭔지 기다린다. 금방이라도 광산 어딘가에 도망간 노예들이 숨어 있다고 고백할 것 같기 때문이다. 스멜트가 말한 대로 말이다. 나는 그 사실을 모르는 것으로 되어 있기 때문에 브루스터 씨가 그런 말을 하면 깜짝 놀라는 시늉을 할 마음의 준비까지 한다.

그런데 그런 말은 나오지 않는다. 적어도 내가 기대하는 방향은 아니다.

브루스터 씨가 그 기다란 팔을 내 어깨에 걸치고 나를 붙든다. 마치 내가 금방 도망이라도 갈 것처럼. 그러고는 커다란 목소리를 한껏 죽여 속삭인다.

"에벤에셀 스멜트는 이 근방에선 아주 잘 알려진 사람이다."

그가 고백하듯 말한다.

"스멜트는 윌리엄 멀린스랑 자주 어울려 다니지. 스팅크라고도 부르는 사람이다. 내가 이 이야기를 하는 이유는 그대가 빈 부인에게 스멜트라는 곳에서 왔다고 말했기 때문이다. 내가 알기론 그런 지명을 가진 곳은 없다. 따라서 그 잔인한 스멜트와 그의 사악한 친구가 그대와 관계있다고 추정할 수밖에 없다."

원래는 일부러 입을 꼭 다물고 말을 안 하는 편으로 시작했지만, 이제는 브루스터 씨 덕에 무슨 말을 하려고 해도 할 수가 없게 됐다.

10장

강이 아기처럼 울 때

해럴드 형이 한번은 다른 사람의 마음속을 들여다볼 수 있는 능력을 지닌 남자에 관한 이야기를 읽어 준 적이 있다. 그 사람은 누가 숫자를 생각하면 바로 그 숫자가 쓰인 카드를 뽑아내고, 다른 사람들이 무슨 생각을 하기도 전에 그 생각을 알아맞힐 수 있었다. 밀드레드 숙모의 생일이나, 사촌이 말을 몇 마리 가지고 있는지, 누가 사과 파이보다 대황 파이를 더 좋아하는지 하는 것까지 모두 알았다. 그런데 결국 그 사람은 그 능력 때문에 곤란에 빠져 기차를 타고 도망가 버린다. 실은 이야기 중에서 그 부분이 제일 재미있었다.

나는 혹시 브루스터 씨도 다른 사람의 마음을 읽어 내는 능력을 가지고 있는 게 아닐까 의심한다. 내가 고작 단어 하나 잘못 내뱉은 것 가지고 모든 걸 다 꿰뚫어 봤을 리가 없다.

그런데 알고 보니 '스멜트'라는 단어 하나만 가지고 그렇게 생각 한 게 아니다. 스멜트를 보기까지 한 거다.

"스멜트가 우리를 미행하고 있다."

브루스터 씨가 낮은 소리로 설명한다. 그러면서 냉정한 푸른 눈을 들어 주변의 언덕을 샅샅이 살핀다.

"자기가 굉장히 영리한 줄 알겠지만, 주님은 내게 매처럼 날카로운 눈을 주셨지. 저기 보이는 게 더러운 족제비가 아니라 바위 사이로 족제비처럼 숨어 다니는 에벤에셀 스멜트다. 스멜트 색이 흙과 다르지 않지만 내 눈을 피할 수는 없다."

"그렇게 시켰어요."

나는 가까스로 그렇게 말한다.

"강제로 저한테 여기 와서 거짓말을 하도록 시켰어요."

브루스터 씨와 빈 아주머니가 나한테 그렇게 친절하게 대해 주었는데 거짓말을 했다고 고백하려니 울고 싶어진다.

"그랬을 수도 있고 그렇지 않을 수도 있다."

브루스터 씨가 불친절하지는 않게 말한다.

"상관없다. 우리 전략은 변함이 없으니까. 스멜트랑 그 동료가 우리를 계속 관찰하도록 놔두겠다. 저렇게 악마처럼 나쁜 짓을 해서 무엇을 얻는지 두고 보자."

"깜둥이를 잡고 있어요."

지금까지 내가 한 거짓말에 대해 조금이라도 용서를 받아 보려고 말한다.

“잡아서 죽이려고 하는 것 같아요. 아니면 노예로 팔든지.”

브루스터 씨는 언덕에서 눈을 떼지 않은 채 나를 곁눈으로 슬쩍 본다.

“깜둥이라는 말은 좋지 않은 말이다.”

말투가 무척 엄격하다.

“검은 피부를 가진 사람은 흑인이라고 부르거나 아프리카인이라고 부르면 된다. 그보다 더 좋은 건 피부색에 대해 말하지 않는 것이다. 우리 피부색이 분홍색인지 갈색인지 주님이 상관을 하시나? 장담컨대 주님은 그런 것에 전혀 상관하지 않으신다.”

“그 사람 머리에 포대를 씌워 놨어요. 그 흑인 말이에요.”

“새뮤얼 리드 차장이 틀림없다.”

브루스터 씨가 눈을 찡그리고 멀리 있는 언덕을 바라보며 말한다.

“노예들이 자유롭게 살 수 있는 곳으로 인도하는 일을 해 왔는데 이틀 전 납치를 당했다. 그 이후로 계속 주변을 감시해 왔지.”

차장이라고 해서 나는 그 흑인이 기차에서 표 받는 일을 하는 줄 알았는데, 브루스터 씨는 보통 기차랑은 완전히 다른 지하 철도가 있다고 말한다. 그리고 그 지하 철도에는 철도가 있는 것도 아니고 기차가 있는 것도 아니라고 설명한다. 그래도 도망간 노예들을 이 역에서 저 역까지 안내하는 차장은 있다고 한다. 각 ‘역’은 집인 경우도 있고 지하실, 움막, 탄광 같은 은신처인 경우도 있다. 노예 제도가 불법인 캐나다로 가는 길에 몸을 숨길 수 있는 곳은 모두 은신처가 된다.

"여기를 거쳐 간 사람이 수천 명이다."

브루스터 씨가 설명한다.

"여기를 비롯해서 많은 역들은 그 사람들에게 안전한 은신처를 제공한다. 새뮤얼 리드 같은 사람들은 다른 사람들이 자유를 찾는 걸 돕기 위해 자신의 자유를 포기할 준비가 된 사람들이다. 반면에 멀린스나 스멜트 같은 사람들은 항상 어두운 곳에서 기다리면서 은화 몇 냥에 그 사람들을 팔아넘길 준비가 돼 있지. 돈 때문에 사람들이 얼마나 사악해질 수 있는지, 항상 놀라울 따름이다. 그대는 그 사람들과 어떤 관계인가, 호머 피그? 진실을 말하라. 거짓을 말하면 내가 알게 될 것이다."

제베디아 브루스터 씨에게 거짓말하는 것은 하나님에게 거짓말하는 거나 마찬가지라는 생각이 든다. 하나님이나 브루스터 씨를 속여 넘길 수는 없다. 그래서 어떻게 스팅크와 스멜트를 숲 속에서 만나게 됐는지, 그들이 어떻게 내 말 바비를 훔치고 나를 포로로 잡았는지 모두 털어놓는다. 도망간 노예들이 어디 숨었는지 알아내서 밤이 되면 스멜트를 만나기로 한 것까지 빼놓지 않고 덧붙인다.

브루스터 씨가 고개를 끄덕인다.

"내가 생각했던 대로군. 이리 오너라, 호머. 스멜트가 우리를 감시하고 있는 것을 모르는 척하고 다시 집으로 돌아간다. 오늘 저녁 식사를 한 후 그대는 스멜트가 원래 시킨 대로 그 사람에게 보고를 하도록."

"무슨 말을 어떻게요?"

브루스터 씨 얼굴에 떠오른 미소가 다이아몬드처럼 차갑게 빛난다.

"진실을 이야기하라."

브루스터 씨는 이렇게 덧붙인다.

"진실이 그대를 자유롭게 하리니."

밤이 오기를 이토록 오래 기다려 본 적은 없다. 나를 괴롭히려고 누군가가 해를 하늘에 못 박아 놓은 것 같다. 지금 이 순간 세상에서 가장 싫은 것이 스멜트와 대면하는 것이다. 나를 보는 그길로 스멜트가 나를 멀리 데려가 버릴 수도 있고, 브루스터 씨는 진실을 이야기하라고 했지만 그 진실을 가지고 스멜트가 어떻게 할지도 두렵다. 가장 두려운 것은 밤이 왔을 때 무슨 일이 벌어질지 내가 전혀 알지 못한다는 사실이다.

브루스터 씨는 눈을 덮어쓰고 앉아서 바람에 깎여 없어지길 기다리는 오래된 산처럼 차분하다. 서두르는 법이 없다. 기다리는 일이 평생 자신이 하고 싶었던 일인 것처럼 마냥 차분히 기다리고 있다.

"나는 사람들이 퀘이커라 부르는 형제들의 단체에서 자랐다."

브루스터 씨가 흰 수염이 난 올빼미처럼 나를 빤히 바라보면서 말한다.

우리는 집 옆으로 난 포치에 앉아 있다. 여기서 서쪽 언덕에 진 그림자가 보이는데, 하나같이 나를 데려가려고 다가오는 누군가의 모습 같다. 크고 따뜻한 부엌에서는 빈 아주머니가 저녁을 짓고 있다. 포치로 흘러나오는 쇠고기와 감자 냄새를 맡으니 목이 빼근해지면서 침도 삼키기가 힘들어진다. 목에 거짓말이 걸린 느낌이 이런 걸까.

"우리 형제단은 사람은 그 누구도 다른 사람의 노예가 될 수 없다고 믿는다."

브루스터 씨는 계속 엄격한 말투로 설명한다.

"우리는 또 어떤 사람도 다른 사람을 죽일 권리가 있다고 생각하지 않는다. 전쟁 중이라도 마찬가지다. 그 전쟁의 명분이 아무리 정당한 것이라 할지라도 말이다. 전쟁터에 나가 직접 싸울 수 없으니 정의를 위해 내가 할 수 있는 다른 길을 찾아야만 했다. 여기 바로 그 길이 있다."

그렇게 말하면서 일어서는 제베디아 브루스터 씨가 거인처럼 느껴진다. 그가 내 손을 잡는다.

"자, 따라 오너라, 호머 피그. 그대가 봐야 할 광경이 있다."

그러면서 나를 데리고 지하실 문으로 간다. 이모부처럼 나를 지하실에 가두고 문을 잠근 다음에 열쇠를 던져 버리지는 않을까 걱정된다. 그런데 브루스터 씨 집에는 문을 잠그는 자물통 자체가 없다.

"두려워하지 마라."

브루스터 씨가 말한다.

"그대에게 해를 입히는 일은 없을 것이다."

브루스터 씨가 랜턴을 켜고 지하실 문을 열어젖힌다. 아래쪽에도 랜턴이 켜져 있는지 불빛이 흘러나오고 조용조용 소곤거리는 사람들의 목소리가 깊은 강물 소리처럼 들린다.

깊은 강물이 아기처럼 울고 있다.

11장

족제비가 찾아오다

브루스터 씨네 지하실은 완전히 딴 세상이다. 지하실에 숨어 있는 사람이 스무 명은 되어 보이고 강보에 싸인 아기가 둘이다. 새로운 삶을 찾아 도망가는 가족 두셋이 메릴랜드에서부터 노예 사냥꾼들에게 쫓겨 계속 도망하는 중이다. 사람들은 마르고 굶주리고 공포에 질려 약간만 소리가 나도 몸을 움찔움찔한다. 빈 아주머니가 부엌을 가로지를 때 나무판자가 끼익하는 소리, 바람에 유리창이 흔들리는 소리, 처마 밑에서 비둘기가 처연하게 구구거리는 소리—모든 소리가 그들을 초조와 공포로 몰아넣는다. 공포심은 노예들이 짊어지게 되는 짐이라고 한다. 국경을 넘어 캐나다에 안전하게 도착해서 아무도 그들을 잡아가지 못하게 되기 전엔 저 공포심을 떨쳐 낼 수 없을 것이다. 어떤 사람들은 이번이 처음이 아니다. 도망갔다가 노예 사냥꾼들에게 잡혀 다시 노예 신세가 되었다가 또다시 도망치는 사람들도 많다고 한다. 이번 가족들은 훨씬 더 어려운 상황에 처해 있다. 이들을 안내할 용감한 새뮤얼 리드 차장이 온데간데없이 사라져 버렸기 때문이다. 새뮤얼 차장이 당할 정도라면 자기들이 무슨 수로 막아 낼 수 있겠는가.

스팅크와 스멜트가 자기들 뜻대로 된다면 이 사람들도 똑같은 일을 당하게 될 것이다.

"나는 그저 하루 이틀 밤 정도 숨을 곳을 제공할 뿐이다."

브루스터 씨가 설명한다.

"진짜 일, 정말 위험한 일은 리드 씨 같은 분들이 하지."

지하실은 상당히 잘 꾸며져 있다. 카펫이 깔린 바닥에 튼튼한 간이침대들이 줄줄이 늘어서 있고 음식도 충분하다. 지하실 창문으로 불빛이 새 나가지 않게 특별히 만든 커튼도 쳐 있다. 나랑 해럴드 형이 살던 헛간보다 훨씬 낫다. 그러나 브루스터 씨가 아무리 잘 꾸며 놓고 문을 잠그는 자물쇠와 체인이 없다고 해도 지하 감옥이나 다름없는 곳이다. 공기 중에 그것이 느껴진다. 여기서 나가고 싶어 하는 사람들의 욕구, 그게 어디가 됐든 두려움 없이 살고 싶어 하는 사람들의 욕구 말이다.

"이 사람들을 내 집의 손님으로 묵게 하고 싶지만 그렇게 하면 우리 집에 불을 질러서라도 집 밖으로 사람들을 빼내 자기들 손안에 넣으려는 놈들이 너무도 많다."

브루스터 씨가 나와 함께 지하실에서 올라오면서 말한다.

"이 집 정도 불 지르는 건 아무것도 아니라고 생각하는 놈들이지! 그대는 도망가는 노예들이 두려움에 질려 있다고 생각하나? 그들이 느끼는 두려움은 백인들이 흑인에게 느끼는 두려움에 비하면 아무것도 아니다. 열렬한 노예 해방론자들마저도 교회에서 흑인들과 함께 앉아 예배를 드리려 하지 않는다. 피부색이 엷은 사람들과 짙은 사람들이 섞이는 건 정결하지 않다고 생각하지."

"저 사람들은 어떻게 목적지까지 가나요?"

"여기까지 온 것과 같은 방법으로. 걷기도 하고 마차도 타지만 대부분은 걷는다. 노예 사냥꾼들이 노리기 때문에 어둠을 틈타 밤에만 움직여야 한다. 구름이 끼고 달이 뜨지 않는 밤에만. 오늘 밤처럼."

브루스터 씨가 정확히 밝히지는 않았지만 노예들이 오늘 밤에 이동할 거라는 뜻인 것 같다.

"제가 어떻게 해야 하지요?"

내가 묻는다.

브루스터 씨는 나를 식탁에 앉힌다. 빈 아주머니가 차려 놓은 그레이비소스가 듬뿍 뿌려진 쇠고기와 감자 요리가 탁자 위에서 기다리고 있다.

브루스터 씨가 말한다.

"그대는 그대가 진실이라고 생각하는 것을 따라야 할 것이다. 내가 그대에게 무엇을 강요할 수도 없고, 내가 믿는 것을 그대가 믿게 만들 수도 없다."

평생 이렇게 많은 음식 접시를 본 적이—스퀀트 이모부는 접시조차도 자주 사용하지 않았다—없다. 그런데 지하실에서 본 광경 때문인지 입맛이 없어진 것 같다. 남자, 여자, 어린이, 아기들. 모두 자기를 사슬로 묶어서 가축처럼 사고파는 사람들로부터 도망쳐 온 사람들이다. 스퀀턴 리치가 나와 형을 가두고, 벨트로 때리고, 결국은 우리 형을 자기 물건인 것처럼 군대에 팔아넘겼을 때 얼마나 싫었는지 생각이 난다.

"총을 준비하세요."

나는 브루스터 씨에게 그렇게 하라고 재촉한다.

브루스터 씨는 흰머리가 가득한 잘생긴 머리를 가로젓는다.

"그건 할 수가 없다. 나는 평화롭게 살기로 맹세한 사람이다."

"빈 아줌마, 총을 준비하라고 말 좀 해 주세요."

아주머니가 쿡쿡 웃으면서 슬픈 미소를 짓는다.

"그건 나도 몇 년 전에 포기했단다. 아무리 그래도 믿음을 절대 저버리지 않으실 분이야."

"총을 들지 않으시겠다면 제가 어떻게 해야 하는지 그거라도 알려 주세요."

나는 그렇게 간청한다.

브루스터 씨가 한숨을 깊게 쉰다. 한숨이 어찌나 길고 깊은지 창문이 다 흔들릴 정도다.

"결정은 그대가 해야 한다."

브루스터 씨가 다시 한 번 말한다.

"그러나 이것만은 말해 줄 수 있다. 간단히 말하면 사람의 힘으로 내릴 수 있는 결정은 단 두 가지뿐이라는 것이다. 뭔가를 하거나 혹은 아무것도 하지 않거나."

"그게 무슨 뜻이에요?"

"그대가 아무것도 하지 않으면 이 집에 계속 남아 있을 수 있다. 안전하게 보살핌을 받으면서 다시는 배고프지 않아도 된다. 빈 부인이 그 점은 확실히 해 줄 테니까. 아니면 그대가 뭔가를 할 수도 있다. 즉 스멜트와 그 동료를 돕는 일을 할 수도 있고, 자신들을 묶은 사슬에서 탈출한 사람들을 돕는 일을 할 수도 있다는 뜻이다."

"공정하지 않아요."

빈 아주머니가 그레이비소스를 뜨던 국자를 흔들어 대면서 브루스터 씨를 나무란다.

"아직 어린애에 불과한걸요. 게다가 잘 먹지도 못해서 저렇게 쪼끄만 애를!"

"알고 있어요."

브루스터 씨가 안됐다는 목소리로 말한다.

"그러나 이 잔혹한 전쟁엔 아이들도 나서서 싸우고 있답니다. 아이들도 노예가 되고, 그런가 하면 아이들이 노예를 소유하고 있기도 하고. 아무도 피할 수 없는 상황입니다. 모든 사람들이 각자 결정을 내려야 합니다."

"총을 들지 않으시겠다면 저한테라도 총을 주세요."

나는 그렇게 사정해 본다.

"이 집에는 총이 없다. 적어도 그대가 쓰려는 목적으로 사용할 수 있는 총은 없다."

나는 고개를 젓는다. 제베디아 브루스터 씨가 돌았다는 생각이 든다. 마치 하나님이 돈 것처럼. 역병과 페스트가 돌고, 아버지 위로 나무가 쓰러지게 만든 것도 다 하나님이 돌아서 그런 것 아닌가? 우리 사랑하는 어머니를 그렇게 일찍 돌아가시게 한 것도, 이모부가 우리한테 그렇게 못되게 구는 것도 다 하나님이 돌아서 그런 것이다. 머리가 터질 정도로 묻고 싶은 게 많은데 하나님과 브루스터 씨가 결정해 주면 좋을 것을 나더러 직접 결정하게 만들다니 정말이지 견딜 수가 없다.

"어디 가니?"

내가 식탁에서 일어나자 빈 아주머니가 외친다.

"어떻게 하려고?"

나는 아무 대답도 하지 않고 그대로 내달려 문을 나선다. 스멜트가 기다리고 있는 숯처럼 검은 암흑 속으로 달려간다. 그 끔찍한 칼을 지닌 스멜트에게로. 아마 총도 있겠지. 나는 뭘 어떻게 해야 할지 아는 것도 하나 없는데.

내가 아는 건 단 한 가지다. 아무것도 하지 않을 수 없다는 것. 아무것도 하지 않는 건 생각할 수도 없다는 것이다.

12장

땅에 난 문

브루스터 씨네 뒷간은 이모부네 집만큼이나 크고 그보단 훨씬 더 깨끗하다. 겉에 멋진 나뭇조각을 덧대고 깨끗한 하얀색 페인트가 칠해져 있고 문에는 반달 모양의 구멍도 뚫려 있다. 문화생활이라는 게 있다면 바로 이런 게 아닐까 싶다. 아무튼 형이랑 내가 일을 볼 때면 헛간 뒤에 소들이 도망치지 못하도록 파 놓은 도랑으로 가야 했던 것에 비하면 정말 딴 세상이다.

내가 뒷간 문에 채 닿기도 전에 어디선가 흙 비슷한 색깔의 손이 튀어나오더니 내 입을 막고는 뒷간의 뒤쪽으로 끌어당긴다.

내 예상대로 칼로 무장한 스멜트다.

"잘 있었느냐, 꼬마야."

그렇게 속삭이면서 야비한 눈으로 집 쪽을 한번 흘낏 본다.

"소리 지르면 모가지를 비틀어서 뒷간 구덩이에 처넣어 버릴 거야. 알아들었으면 고개를 끄덕여 봐."

내가 고개를 끄덕이자 스멜트가 그 하나 남은 이빨을 보이며 씩 웃는다.

"어때, 잘 먹여 줬지? 수선을 떨어 대며 널 돌본다고 난리를 폈을 거고? 충분히 즐겼길 바란다, 꼬마야. 정신도 바짝 차리고 말이다. 도망간 노예들을 어디에 숨겼는지 알아내지 못했다면 호머 피그가 더 이상 이 세상에 남아 있을 이유가 없거든. 그냥 저 똥구덩이에 뛰어드는 게 너나 나나 덜 괴로울 수도 있어."

브루스터 씨 집에서 뛰어나온 순간부터 나는 머리를 이리저리 바삐 굴리고 있다. 나와 도망친 노예들, 브루스터 씨까지 모두를 구할 수 있는 거짓말을 생각해 내야만 했기 때문이다. 스멜트가 칼끝으로 내 옆구리를 툭툭 건드리며 칼이 잘 들어갈 만한 곳을 찾는 그 순간, 생각이 난다. 잘 통할지는 모르겠지만 이것 말고는 다른 생각이 나질 않는다.

"보석!"

내가 외친다.

"전기석!"

"목소리 죽여, 꼬마야."

스멜트가 속삭인다.

"광산이에요. 이제는 안 쓰는 전기석 광산에 숨어 있어요."

스멜트의 더러운 손이 내 목을 조이기 시작한다.

"광산이라고? 누가 얘기해 줬지? 요리사? 아니면 그 노인네?"

"보여 줬어요."

스멜트의 손이 점점 더 내 목을 조여 오는 바람에 나는 숨을 헐떡이며 대답한다.

"그러니까 브루스터가 너를 직접 광산에 데리고 가서 노예들이 숨어 있는 데를 보여 줬다는 말이냐? 그걸 믿으라고?"

스멜트가 나와 브루스터 씨를 미행한 사실을 우리가 모르고 있었다고 믿어야 내 거짓말이 통할 수 있다. 제일 잘 통하는 거짓말은 스멜트 말대로 약간의 진실이 섞여 있는 거짓말이다. 예전에 내가 우리 아버지가 깔린 나무가 뿌리에서 나무 꼭대기까지 1마일이 넘었다고 사람들에게 이야기했을 때 해럴드 형은 정말 미칠 듯이 화를 냈다. 아버지가 나무에 깔린 건 사실이지만 나무가 1마일이 넘는다는 건 거짓이다. 그때 형은 진실을 가지고 부분적으로 거짓말을 하면 더 나쁜 거짓말이라고 했다.

스멜트의 눈을 보니 내 말이 거짓말인지 아닌지 살피느라 꽤나 바쁘다. 아직은 내가 거짓말을 한다고 생각하지 않는 것 같다. 왜냐하면 브루스터 씨가 나를 광산에 데려간 사실을 알고 있기 때문이다.

"거긴 다 뒤져 봤어."

스멜트가 이리저리 머리를 굴리면서 말한다.

"도망간 노예들은 하나도 못 봤어. 그것들이 숨을 만한 곳도 없었고."

"녹슨 양철 지붕이 있는 오래된 창고예요."

나는 즉석에서 말을 지어내어 계속 이어간다.

"창고에 비밀 통로가 있어요."

"그 창고엔 흙하고 돌 말고는 아무것도 없어."

그가 의심스럽다는 듯 말한다.

"흙을 조금만 파내면 문이 있어요. 브루스터 씨가 그 문 아래로 날 못 내려가게 했지만 발로 문을 열어서 안에 있는 사다리를 보여 줬어요."

"흙 밑에 있는 구덩이 같은 건 별로 대단한 게 아니야. 광산이라 그런 구덩이는 쌔고 쌨다고."

"아기가 우는 소리를 들었어요."

스멜트가 내 말에 귀를 기울이기 시작한다. 도망간 노예들이 아이들을 데리고 있다는 정보를 들었는지도 모른다.

"아기가 울었다고?"

"네엡."

그가 칼을 지그시 누른다. 조금만 더하면 피가 나올 지경이다.

"이제 거짓말은 닥치고 제대로 얘기해. 왜 제베디아 브루스터 같은 사람이 너한테 도망간 노예들이 숨어 있는 곳을 보여 줬지? 왜 너 같은 거짓말쟁이를 믿고 그런 걸 보여 줬냐는 거야?"

"나한테 직접 결정하라고 했어요. 누구를 돕거나, 도망가거나 내가 결정하라고요."

스멜트가 얼굴을 찡그려 보이면서 혼자 고개를 끄덕인다.

"그 퀘이커 바보가 할 만한 소리군."

"이제 알고 싶은 걸 알았으니 됐죠?"

"그럴 수도 있고 아닐 수도 있지."

"시키는 대로 다 했으니까 내 말 돌려줘요."

스멜트가 웃음을 터뜨린다.

"이젠 내 말이야. 하잘것없는 네 목숨을 살려 준 대가지."

"봐준다고 약속했잖아요. 형이 전쟁터로 가기 전에 찾아야 한단 말이에요."

어둠 속에 보이는 그의 얼굴이 핼러윈데이에 들고 다니는 호박 등 같다. 바보 같은 내가 우습다는 듯 이빨 하나를 내놓고 웃는 핼러윈 호박 등.

"그런 약속은 한 적 없어. 내가 시키는 대로 하면 널 살려 줄지도 모른다고 했지. 확실히 살려 준다곤 안 했어. 자, 흙에 덮여 있다는 그 문을 보여 봐. 그럼 누가 거짓말을 하는지 누가 살아남을지 알 수 있겠지."

그러고는 내 입에 헝겊 조각을 쑤셔 넣고 밧줄로 손목을 묶은 다음 나를 암흑 속으로 끌고 간다.

어릴 적에 처음 스퀸턴 리치네 가서 살게 됐을 때 어둠 말고 또 내가 무서워했던 건 해럴드 형이 사라져 버리는 것이었다. 아버지도 사라져 버리고 어머니도 사라져 버렸으니 다음엔 형마저 사라져 버리고 이 세상에 나 혼자 남을 것만 같았다. 자다 깨서 겁에 질려 우는 나를 달래려고 형이 해적과 인디언 이야기를 들려줬다. 해적과 인디언들은 항상 우리를 잡으려 했지만 아무리 애를 써도 절대 성공하지 못했다. 그때 형은 우리 둘을 구하는 사람을 항상 나로 만들었다. 내가 해적들을 속여서 우리 둘이 탈출을 하거나, 인디언들이 우리를 못 찾게 숨는 방법을 내가 형에게 알려 주곤 했다. 형은 내가 정말 영리하고 용감하다고 칭찬해 줬다. 사실 이야기를 만든 건 내가 아니라 형이었는데.

형은 진짜 해적들이 있다고 믿지 않았다. 그리고 파인 스왐프에 남아 있는 인디언들은 다들 목재 회사에서 나무 베는 일을 했다. 그저 내가 안심할 수 있도록 지어낸 이야기일 뿐이었다. 그때 우리는 에벤에셀 스멜트 같은 사람이 나오는 이야기는 한 번도 한 적이 없다. 세상에 그렇게 나쁜 사람이 존재할 거라고는 생각지 않았기 때문이다. 죄 없는 사람들을 동물처럼 사냥하고, 밤의 암흑을 틈타 어린아이를 죽이겠다고 위협하면서 끌고 가는 사람이라니!

알고 보니 정말 나쁜 악몽보다 더 나쁜 것이 에벤에셀 스멜트다. 그보다 더 나쁜 것도 있는데 바로 스멜트의 파트너 스팅크 멀린스다. 그 끔찍한 악마가 숲에서 우리를 기다리고 있다.

숲에 도착하자마자 스팅크가 밧줄을 움켜쥐고 나를 땅에 쓰러뜨린 다음 숨이 막힐 정도로 걷어찬다.

"너, 뭔가 나쁜 생각을 하고 있었지."

스팅크가 만족스럽다는 듯 말한다.

"또 그런 생각하면 어떻게 되는지 이제 알았지?"

그러고는 내 입에서 헝겊 조각을 빼내 푹 꺼진 눈자위를 닦는다. 다행히도 그 헝겊을 다시 내 입에 넣지 않고 자기 주머니에 쑤셔 넣는다.

“어디 숨었대?”

스팅크가 스멜트에게 묻는다.

“저놈이 알아냈어?”

“광산에 있대. 비밀 통로 안에.”

“그걸 믿어?”

“내 눈으로 직접 보기 전엔 어림없지. 페스터스는 어디 있어?”

“움막에. 칠면조처럼 꽁꽁 묶어 놨지.”

스팅크가 낄낄 웃으며 말한다.

“저 깜둥이는 너무 겁이 많아. 도망은 고사하고 손가락 하나도 움직이질 못해.”

이놈들이 새뮤얼 리드 차장을 왜 자꾸 페스터스라고 부르는지 모르겠다. 내가 한 거짓말이 탄로 나면 그 사람이나 나나 동틀 때까지 살아 있기도 힘들 것이다. 둘 다 풀려날 수 있는 더 그럴 듯한 거짓말을 얼른 생각해 내지 못하면 말이다.

“오늘 밤에 움직인대?”

스팅크가 부츠 끝으로 나를 툭툭 차며 묻는다.

나는 고개만 겨우 끄덕인다. 그러자 일당이 바로 움직이기 시작한다. 달도 뜨지 않은 하늘에 별 몇 개만 구름 사이로 흐린 빛을 발하고 있는데도 스팅크와 스멜트는 어디로 가야 하는지 잘도 안다. 얼마 가지 않아 바퀴 자국이 난 광산으로 향하는 길에 도착한다. 어둠이 숨도 쉴 수 없을 정도로 두껍고 무거운 담요처럼 느껴진다. 발바닥에 닿는 땅은 딱딱하고 울퉁불퉁하다.

갑자기 스멜트가 손을 들어 모두 멈추라고 신호한다.

"저 소리 들려?"

사방을 둘러싼 언덕에서 자갈 구르는 소리가 들린다.

"여기는 땅이 항상 조금씩 흔들려."

스팅크가 말한다.

"광산을 한답시고 땅을 죄다 파헤쳐서 그래."

"저기 뭔가 있어."

스멜트가 불안한 듯 말한다.

"뭔가 살아 있는 것 말이야."

"너구리나 스컹크겠지."

스팅크가 웃음을 터뜨리며 말한다.

"뭐가 무서운데?"

"아무것도 안 무서워."

"자기 자신을 지키는 데 손가락 하나 까딱 않는 퀘이커 늙은이가 무서워? 아님 죽도록 겁에 질린 깜둥이 한 무리가 무서워?"

"입 닥쳐."

이상한 건 광산이 가까워질수록 내 마음이 차분히 가라앉는다는 거다. 말이 되지 않지만 사실이다. 헛간 안에 지하로 통하는 문이 없다는 것을 저놈들이 알았을 때 어떻게 대처해야 할지도 생각나지 않는데도 말이다. 어쩌면 이 이상하게 차분한 느낌은 사람들이 총살되기 직전에, 혹은 교수대에 올라갈 때 갖는 느낌일지도 모른다. 기다리는 부분이 거의 끝났고 무서워하는 것에도 지쳤기 때문에 차분해지는 게 아닐까?

사형수와 다른 점이 있다면 주변이 너무 깜깜해서 내 눈에 눈가리개를 할 필요가 없다는 거다.

드디어 일당이 오래된 양철 창고에 도착한다. 다 텅텅 비어서 유령마저 떠난 것처럼 느껴진다.

스팅크가 밧줄을 당겨 나를 멈추게 한다. 똥구덩이보다 더 지독한 냄새가 풍긴다. 썩은 달걀, 죽은 고양이도 스팅크에 비하면 아무것도 아니다.

"질질 끌 필요 없어."

스팅크가 칼을 빼 들면서 스멜트에게 말한다.

"노예들이 여기 있든 없든 간에 이제 호머 피그를 살려 둘 필요가 없지."

내가 눈을 감아야 할지 말아야 할지 결정하지 못하고 망설이고 있는데, 갑자기 어둠이 움직여 사람 모양으로 변한다.

묶고 있던 밧줄을 푼 새뮤얼 리드 차장이 사람 키만큼이나 큰 쇠막대기를 야구방망이처럼 휘두른다. 그 쇠방망이 앞에서 스팅크 멀린스는 홈런왕한테 걸린 야구공 신세가 되고 만다.

13장

희망을 가득 실은 마차

처음 휘두른 쇠막대기에 스팅크가 감자 자루처럼 힘없이 푹 쓰러져 기절한 채 꼼짝 못한다.

내가 에벤에셀 스멜트고, 내 동료가 저렇게 당하는 걸 봤다면 바로 줄행랑을 쳤을 것이다. 그런데 스멜트는 물러서지 않기로 결심한 듯하다.

"무기를 내려놔!"

스멜트가 소리친다.

"넌 합법적인 내 포로야!"

스멜트가 싸울 태세를 갖추고 커다란 칼을 꺼내서 상대방의 허점을 노려보지만, 새뮤얼 리드 차장 몸에 칼을 갖다 댈 수 있을 정도로 가까이 가지는 못한다.

리드 차장은 한마디도 하지 않은 채 그 무거운 쇠막대기를 나뭇가지처럼 휘두른다. 쇠막대기가 몽둥이가 되어 공기를 가르는 소리가 마치 차가운 강철 뱀이 공격하는 소리처럼 들린다.

"넌 교수형 감이야!"

스멜트가 그렇게 외치지만 목소리에 공포가 섞여 있다.

리드 차장은 조심스럽게 겨냥하고 있다가 스멜트가 가까이 오자 쇠막대로 그의 손을 쳐서 칼을 어둠 속으로 날려 버린다.

스멜트는 욕지거리를 내뱉으며 칼을 찾으려고 더듬거리다가 쇠몽둥이에 엉덩이를 얻어맞고 바닥에 납작 엎어진다. 다시 일어나 앉으려고 하는—정말 큰 실수다—스멜트의 머리통을 쇠몽둥이로 세게 내리치자 눈이 하얘지면서 정신을 잃고 쓰러진다.

그다음엔 아주 이상한 일이 벌어진다. 새뮤얼 리드 차장이 불에 손을 덴 것처럼 쇠막대기를 떨어뜨리더니 손으로 눈을 가리고 울기 시작하는 게 아닌가.

"이겼잖아요?"

내가 좀 혼란스러워하면서 묻는다.

"둘 다 처치했잖아요!"

리드 차장은 숨을 크게 들이쉬더니 울음을 멈춘다.

"난 죽은 거나 다름없었어."

쉰 목소리로 말한다.

"죽은 사람은 잃을 게 없으니 무서울 것도 없어. 그런데 이제 다시 사람들이 있는 세상으로 돌아오고 나니까 이다음에 무슨 일이 벌어질지 너무 무서워 죽을 지경이야. 말이 되니?"

지금 유일하게 말이 되는 건, 저 두 악당이 일어나서 다시 우리를 죽이려 들기 전에 확실히 처리해야 한다는 것이다. 나는 리드 차장의 도움을 받아 내 손목을 묶은 밧줄을 푼 다음에 둘이 힘을 합쳐 스팅크와 스멜트의 손을 뒤로 해서 함께 묶어 놓는다. 리드 차장은 온몸의 힘이 다 빠져 버려서 매듭이 단단한지 어떤지 내가 일일이 확인한다.

일을 마치자 우리 둘은 브루스터 씨 집으로 향한다. 왜 그리 멀게 느껴지는지. 리드 차장이 기진맥진해서 다리가 휘청휘청한다. 내 부축을 받는 수밖에 없다.

"젖 먹던 힘까지 다 써 버렸어."

리드 차장이 숨을 헐떡이며 말한다.

"사흘 동안 아무것도 먹지 못했어. 물도 거의 못 마셨지."

"그런데 어떻게 밧줄을 풀었어요?"

"제베디아 씨가 숲 속에 잡혀 있는 나를 찾아냈단다."

리드 차장이 숨찬 목소리로 말을 잇는다.

"네 이야기를 듣고 나를 어디서 찾아야 할지 알아낸 거지. 제베디아 씨는 이 부근 지리를 자기 손바닥처럼 꿰고 있거든."

"왜 우리를 따라 광산까지 온 거예요? 도망친 노예들을 데리고 그냥 떠나 버리면 되잖아요?"

리드 차장이 어깨를 으쓱해 보인다.

"처음엔 그렇게 하려고 했지. 될 수 있는 대로 빨리 도망가는 것 말이다. 그런데 저 두 악당이 곧 우리를 뒤쫓아 올 게 분명하고, 게다가 네가 숲 속에서 날 도와준 일도 생각났지."

"한 것도 별로 없는데요 뭐."

"아니, 아주 큰 도움이었어."

리드 차장이 내 머리를 쓰다듬으며 말한다.

"네가 나서서 내가 아직 쓸모가 있다는 말로 저놈들을 설득하지 않았으면 날 벌써 죽였을 거야."

"그럼 이제 우리 서로 공평해졌네요. 아저씨도 내 목숨을 살려 줬으니까요. 나도 완전히 죽은 목숨이었는데."

달도 없는 깜깜한 밤에 짐마차 바퀴 자국이 난 길을 따라 걸어가는 사이 차장 아저씨는 기력을 조금씩 회복해 간다. 눈에 남은 마지막 눈물 자국을 닦고 오늘 밤은 굉장히 바쁜 밤이 될 거라고 말한다. 아직 할 일이 많다면서.

"도망하는 사람들이 안전한 곳까지 가려면 얼마나 걸려요?"

내가 묻는 말에 차장 아저씨가 차근차근 설명해 준다.

"오늘 떠날 거야. 국경까지는 이삼 일 걸리겠지. 날씨가 허락한다면."

"아저씨가 안내를 할 건가요?"

"그게 내가 하는 일이거든."

우리는 브루스터 씨 집에서 흘러나오는 따뜻한 랜턴 불빛을 등대 삼아 길을 걷는다. 서로 부축을 해 가며 마침내 집 앞마당으로 들어서자 짐마차 두 대가 서 있다. 마차에 묶인 말들이 히힝 하며 발굽으로 땅을 긁어 댄다. 어서 길을 떠나고 싶어 하는 것이다. 지하실에 숨어 있던 도망자들이 얼마 되지 않는 짐을 들고 서로 부둥켜안은 채 마차에 올라타고 있다. 내 평생 저렇게 우울한 집단은 본 적이 없는 것 같다. 자유를 찾아가는 게 아니라 장례식에라도 가는 것 같다.

어둠 속에서 걸어 나오는 우리를 제일 먼저 발견한 사람은 빈 아주머니이다.

"저기 와요!"

아주머니가 외친다.

"살아 있어요! 둘 다!"

도망자들이 마차 밖으로 몰려나온다. 다들 기뻐서 어쩔 줄 몰라 하면서. 모두 새뮤얼 리드 차장을 붙잡고 등을 토닥거리다가 다 함께 차장 아저씨를 둘러메고 마차로 향한다. 눈물을 흘리면서도 얼굴 가득 미소를 짓고 있다. 자신들의 영웅이 살아 돌아온 것이 더없이 기뻐서다. 장례식 같았던 분위기가 얼마나 순식간에 환영 파티 분위기로 바뀔 수 있는지 그저 놀랍기만 하다. 또 차장 아저씨가 친구들을 만나는 것만으로도 얼마나 큰 힘을 얻는지 놀라울 따름이다. 이젠 쇠몽둥이를 휘두를 때만큼이나 강해진 것처럼 보인다.

"쉬잇! 이제 조용히 합시다!"

차장 아저씨가 웃으며 말한다.

"온 동네가 다 깨겠어요. 자, 빨리빨리 마차로. 어서 서둘러요. 동이 트기 전에 가야 할 길이 멀답니다."

몇 분 지나지 않아 사람들은 다시 마차에 올라타서 떠날 준비를 마친다. 희망에 가득한 저 검은 얼굴들. 아기들도 이제는 울음을 그치고 엄마 품에 안겨 행복한 옹알이를 하고 있다.

차장 아저씨가 앞에 선 마차의 마부대에 올라타 고삐를 쥔다.

브루스터 씨가 랜턴을 든 채 앞으로 나선다. 차장 아저씨와 악수를 하며 말한다.

"안전한 여행이 되기를. 그리고 신의 은총이 함께하기를. 그대가 안전하게 국경을 넘었다는 기별을 받고 나서 스멜트와 그 동료를 풀어 주겠네."

리드 차장이 고삐를 잡아당긴다. 마차가 문으로 향하는 기다란 통로를 따라 움직이다가 금방 밤의 어둠 속으로 사라진다.

이제 내가 떠날 차례다. 우리 말 바비를 찾을 수 있는지 알아보고 나도 얼른 길을 떠나야 한다. 내가 여기서 허비하는 1분, 1분이 형이 전쟁터로 가까이 가는 1분, 1분이 된다.

내가 가려고 몸을 돌리는데 빈 아주머니가 통통한 팔로 나를 안아 올린다. 그러고는 내 얼굴 가득 입을 맞춘다.

"좋은 사람이 거짓말쟁이일 줄은 몰랐단다. 그런데 널 보니 그럴 수도 있을 것 같구나."

빈 아주머니 말씀이다.

14장

배고픈 쥐

폭신한 거위 털 매트리스 때문에 절대 현실이 될 수 없는 꿈을 꾸게 된 것 같다. 내가 부모님이 살아 있는 우리 집에서 살고 있고, 아버지는 벽난로 옆에서 파이프 담배를 피우고, 어머니는 나와 형에게 무릎에 놓인 책을 읽어 주는 꿈이다. 어머니는 인디언 정찰대가 깊은 숲 속에서 벌이는 모험 이야기를 읽어 준다. 또 동굴에서 백 년 동안이나 잠을 잔 이상한 사람 이야기도 있다. 아니 그 이야기는 해럴드 형이 들려준 건가? 잘 모르겠다. 왜냐하면 꿈이 점점 희미해져 가는데, 그걸 붙잡을 수가 없기 때문이다. 아무리 애를 써 봐도 불가능하다.

제베디아 브루스터 씨 집의 아침. 빛이 따뜻한 꿀 색깔로 비쳐 들고 빈 아주머니가 부엌에서 만드는 음식 냄새가 풍겨온다. 구운 사과와 황설탕, 계피가 들어간 요리임에 틀림없다.

침대에서 일어나기가 너무 싫다. 이렇게 부드럽고 아늑한 느낌은 처음이다. 다시 잠들어 부모님이 아직 살아 있고 해럴드 형도 안전하고, 전쟁은 그냥 책에서나 나오는 옛날이야기에 불과한 꿈의 세계로 돌아가고 싶다.

사실 그렇게 할 수도 있다. 브루스터 씨는 내가 계속 여기 머물렀으면 한다. 열두 살짜리 소년이 전쟁터로 가는 군대를 쫓아가는 건 말도 되지 않는다고 하면서 여기서 지하 철도를 운영하는 일을 도와 달라고 한다. 스멜트랑 스팅크는 흑인한테 당한 게 너무 수치스러워 다시는 우리를 못살게 굴지 않을 것이고, 앞으로도 수많은 도망자들을 도와줘야 하기 때문이다.

실은 나도 그렇게 하고 싶은 마음이 굴뚝같다. 형은 잊어버리고 이 호화로운 생활을 계속하고 싶다. 팬케이크에, 사과 파이에, 돼지 구이에, 팬에 노릇노릇하게 구운 닭고기, 설탕을 올린 생강 과자 같은 것을 실컷 먹고 좀 통통해지고 싶다. 멋진 마차를 타고 신사처럼 근사한 옷을 차려입고 언젠가 파인 스왐프로 돌아가 스컨트 이모부에게 자기가 헛간에 짐승처럼 가뒀던 그 말라깽이 소년이 어떻게 자랐는지 보여 주고도 싶다.

그러나 아무리 애를 써도 해럴드 형을 잊을 수가 없다. 신발도 없이, 어쩌면 진짜 총도 없이 전쟁터로 내몰릴 우리 형 말이다. 차가운 땅바닥에서 잠을 자고, 먹을 것도 충분치 않고, 마실 만한 물도 없이 전염병이 가득한 곳에 있을 형. 너무나 용감하고 올바르고 자기 자신을 생각지 않는 성격이라 형은 전쟁터에 가면 금방 죽고 말 것이다. 그렇게 되면 그 모든 게 내가 형을 구하기 위해 최선을 다하지 않은 탓이다.

빈 아주머니가 내게 스크램블드에그와 감자튀김, 사과 과자 등을 양껏 먹이고 있는데 브루스터 씨가 부엌을 들여다본다.

"잘 잤는가, 호머. 그래, 그대는 결정을 내렸는가?"

"아침이라도 맘 편하게 먹게 하세요."

빈 아주머니가 브루스터 씨 쪽으로 국자를 흔들며 말한다.

"그대 말이 맞소. 그래. 미안하다."

브루스터 씨가 그렇게 말하며 부엌에서 나간다.

"아니요."

내가 외친다.

"잠깐만요."

브루스터 씨가 다시 부엌으로 들어온다. 나를 바라보는 얼굴이 온화하지만 염려스러운 표정도 섞여 있다. 빈 아주머니는 고개를 저으며 한숨을 내쉬고 스토브 앞에서 바삐 일하는 척한다.

"가족이라고는 우리 형밖에 없어요. 형은 속아서 노예처럼 군대에 팔려 갔어요."

"그래서 무슨 대가를 치르더라도 형을 찾겠다는 말인가?"

"네, 그래야만 해요."

"그렇다면 그대는 어떻게 형을 찾을 계획인가?"

브루스터 씨가 알고 싶어 한다.

"먼저 제가 데려온 말 바비를 찾아볼 생각이에요."

브루스터 씨가 생각에 잠겨 묻는다.

"그대가 그 말을 찾는다고 가정하고, 그런 다음에는?"

이미 계획은 다 서 있다. 귀찮도록 세세한 부분만 빼고.

"군대를 찾을 때까지 남쪽으로 갈 거예요."

"그게 다인가?"

브루스터 씨가 의심스럽다는 듯 묻는다.

"그냥 남쪽으로 가면서 일이 잘 되기만을 바란다?"

"남쪽으로 방향을 잡는 건 잘할 자신이 있어요. 나침반도 필요 없어요. 해가 어디서 떠서 어디로 지는 지만 알면 되니까요."

"그대가 너무 어리니 내 보호를 받으면서 이 집에 머물러야 한다고 하면 어떻게 할 셈인가?"

브루스터 씨한테는 거짓말해 봐야 아무 소용 없다. 그래서 그냥 내 진심을 털어놓는다.

"호의는 고맙습니다만, 도망갈 거예요. 그래야만 하니까요."

브루스터 씨가 하얀 머리를 끄덕인다. 마치 내 대답을 다 알고 있었다는 듯이.

"그 늙은 말은 마구간에 있다. 잘 씻겨서 털도 다듬고 여물과 물도 충분히 먹여 놨다."

바비가 살아 있었다니! 우리 바비가! 사과 과자를 다 먹지 않았는데도 나는 바비가 보고 싶어서 식탁에서 벌떡 일어난다.

"그대는 다시 앉으라."

브루스터 씨가 엄한 말투로 말한다.

"이 집에 내린 은총으로 마련된 음식은 마저 먹어야 한다."

"네에……."

나는 다시 의자에 털썩 주저앉으며 대답한다.

"하지만 바비…… 우리 바비는……."

"그 말은 잘 살아 있을 것이다. 그대가 증기선과 기차를 타고 뉴욕으로 가는 동안 아주 잘 지낼 것이다."

"증기선이요?"

무슨 말인지 알아들을 수가 없다.

"뉴욕이요?"

브루스터 씨가 빈 아주머니를 바라본다. 아주머니는 여전히 스토브 앞에서 바쁜 척하면서 우리가 무슨 바보 같은 이야기를 나누든 상관 않겠다는 태도다.

"내가 그동안 좀 알아봤다."

아주 심각하고 중대한 이야기가 나올 것 같은 분위기다.

"최근에 메인 주에서 모집된 병사들은 먼저 뉴욕으로 갔다가 북부군에 들어갈 것이라는 정보가 있다. 그대 형도 그중 한 명일 확률이 높다. 아마도 군용 기차나 증기선을 타고 이동할 것이다. 그러니 말을 타고 가기엔 너무 먼 거리지."

우리 형이 수백 명의 다른 병사들과 함께 기차에 타고 있는 장면이 문득 떠오른다. 형은 한 번도 기차를 타 본 적이 없다. 무서워했을까? 신 났을까? 형이라면 둘 다일 것 같다. 나는 형이 전쟁터까지 행군해서 갈 거라고만 생각했다. 그런데 듣고 보니 병사들을 기차에 태워 이동시키는 것이 더 합리적이다. 서로 총을 쏘아 대고 있는 곳으로 하루라도 먼저 병사들을 보내려면 그렇게 하는 편이 훨씬 빠를 테니까.

“거기까지 가는 데 돈이 많이 들까요?”

내가 묻는다.

“저한테 바비를 사세요. 나이는 좀 들었지만 아주 좋은 말이거든요.”

브루스터 씨가 미소를 짓는다.

“나이가 들었다는 말은 맞다. 여행비용은 걱정하지 않아도 된다. 내가 기꺼이 댈 테니. 여기 일이 이렇게 급하고 복잡하지만 않았어도 뉴욕까지 함께 가 줄 텐데, 지금으로선 엄두를 낼 수가 없다. 에벤에셀 스멜트는 처치했지만, 그런 짓을 할 사람은 아직도 많으니까.”

“제 걱정은 마세요.”

나는 용감하게 선언한다.

“호머 피그는 걱정하지 않으셔도 돼요!”

내 말에 빈 아주머니가 어이없다는 듯이 눈을 한번 크게 굴린다. 그러나 미소만큼은 얼굴을 떠나지 않는다.

“안 된다.”

브루스터 씨가 말한다.

“내 양심 상 그대를 홀로 보낼 수는 없다. 이미 그대의 보호자가 되어 줄 젊은 감리교 목사를 수소문해 놓았다. 그대 형을 군대에서 빼내 올 수 있을 만큼의 돈을 그 목사에게 맡겨 놓겠다."

괜찮은 계획인 것 같다. 아니, 괜찮은 정도가 아니다. 기차가 어떻게 생겼는지 구경도 하고 증기선도 타 보는 기회도 얻은 데다 해럴드 형은 군대에서 빠져나올 수 있게 된 것이다. 그다음엔 형과 함께 여기로 와서 브루스터 씨와 살면 된다. 이 집에서는 우리를 헛간에 살라고 하는 일은 없을 것이다.

따뜻하고 멋진 부엌에 앉아 있으니 머지않아 내 꿈이 모두 이루어질 것 같은 생각이 든다.

물론 이다음에 무슨 일이 벌어질지 미리 알았더라면 우리 바비를 데리고, 아니 내 발로 걸어서라도 그 자리를 떠났을 것이다. 어떻게 해서라도 그 기차에 타는 일은 피했을 것이다.

문제는 내가 굶주린 쥐와 다르지 않았다는 것이다. 치즈에 정신이 팔려 덫이 있는지조차 모르는 쥐 말이다. 나를 덮칠 덫의 이름은 윌로우다.

웹스터 B. 윌로우 목사.

15장

영광을 향해 떠나가는 기차

아침을 먹고 얼마 되지 않아 내 새로운 보호자가 거실로 들어온다. 발걸음이 꼭 신발 바닥에 뭔가 끈적거리는 게 붙어 있어서 발을 떼기가 어려운 것 같은 걸음걸이다. 키 크고 비쩍 마른 체격에 좁은 어깨는 머리랑 너비가 거의 비슷하다. 기다랗고 깡마른 팔이 해진 소매 밖으로 길게 쑥 삐져나와 있다. 허리가 너무 짧은 오래된 검은 성직자복에 무릎이 반들거릴 정도로 닳은 바지를 입고 아무렇게나 구부러지고 구겨진 신사용 모자를 문틀에 부딪치며 들어온다.

"죄송합니다, 죄송합니다."

그가 얼굴을 붉히며 말한다.

"사과드립니다! 아이쿠, 이런!"

웹스터 B. 윌로우는 해럴드 형보다 나이가 그리 많아 보이지 않는다. 좁다란 턱에 난 가느다란 금색 털들은 턱수염으로 자랄지 말지 결정을 못하고 망설이고 있는 듯이 보인다. 두 눈 사이는 어찌나 가까운지 마치 자기 코를 더 자세히 들여다보고 싶어 하는 것 같기도 하고 코 반대편을 보려고 하는 것 같기도 하다. 무엇보다 눈에 띄는 건, 실내에 들어오면서 신사들이 하는 것처럼 모자 벗는 것을 잊어버린 게 너무 속상해서 다시 밖으로 나갔다가 처음부터 다 다시 했으면 하는 모양새다.

"모자는 신경 쓰지 말게나, 웹스터."

브루스터 씨가 급한 마음에 조급한 어투로 말한다.

"모자는 중요하지 않네. 들어오게. 그대가 얼른 호머 피그를 만났으면 하네. 그대가 보호자 역할을 해야 할 아이일세."

"좋습니다, 좋아요. 만나서 반가워요."

그는 나를 제대로 보지도 않은 채 내 손을 잡고 흔든다.

"좋은 기회지요. 좋습니다."

포틀랜드까지는 기차로, 거기서 뉴욕까지는 밤새 운항하는 증기선을 타고 가야 한다고 브루스터 씨가 설명하는 동안에도 그는 형편없이 구겨진 자기 모자를 만지작거리고 있다.

"호머의 형이 정확히 언제 어디로 배치됐는지는 알 수 없네."

브루스터 씨가 말한다.

"새로 징집된 병사들은 일단 뉴욕이나 뉴저지에 집합할 확률이 높지. 거기서 전쟁터로 이동할 걸세. 알아들었나?"

"전쟁터요, 네."

윌로우 목사가 말한다.

"뉴욕에 도착하면 그대가 여기저기 알아봐야 하네."

브루스터 씨는 젊은 성직자를 뚫어져라 바라보며 말한다.

"신문사 편집장들과 그 지역에 있는 우리 교회 소속 장로들에게 보여 줄 소개장을 써 줄 테니 필요하면 쓰게나. 하지만 이 임무를 완수하는 데는 그대 나름의 지혜와 재능을 동원해야 하네."

"예, 지혜와 재능이요."

윌로우 목사가 말한다.

"물론이지요."

"항상 그대가 원하는 것이 무엇인지를 분명히 밝혀야 하네, 웹스터. 그렇지 않으면 스파이로 몰리기 쉬우니."

윌로우 목사가 깜짝 놀란다.

"스파이요? 스파이로 몰리면 교수형을 당하는 거 아닌가요?"

"맞네."

브루스터 씨가 근엄한 표정으로 대답한다.

"그러나 그대가 하는 일은 스파이 노릇이 아니네. 그대는 단지 속아서 군대에 팔려 간 미성년 병사를 찾는 것뿐일세. 그대는 반드시 그 아이를 합법적인 방법으로 찾아내서 군대에서 풀려나도록 해야 하네."

브루스터 씨의 설명을 듣고 있으니까 그 모든 일이 그다지 어렵지 않게 느껴진다. 그냥 어느 곳을 찾아가서 질문 몇 가지를 하고 나면 금방이라도 형이 풀려날 것 같다.

그다음 날 나와 윌로우 목사는 마차로 오랫동안 이동해서 역에 도착한 다음 '보스턴 앤드 메인 철도' 소속의 포틀랜드 행 기차에 몸을 싣는다. 기관차가 철로 위에서 증기를 축적하는 사이, 우리는 윤이 반질반질 나는 참나무로 만든 좌석에 자리를 잡고 앉는다. 사람들은 모두 교회에 가는 것처럼 차려입고 있다. 여자들은 풀 먹인 드레스를 입고 턱 밑에서 얌전히 리본을 매는 보닛을 쓰고 있고, 검은 모직 양복을 입은 남자들은 의자 위쪽에 모자를 놓도록 특별히 마련된 선반에 신사용 모자를 올려놓고 있다. 멋진 제복 차림의 차장들이 돌아다니면서 표 검사를 한다.

"10분 후에 출발합니다, 신사 숙녀 여러분!"

차장이 외친다.

"10분 후에 출발! 자리에 앉으세요! 자리에 앉아 주십시오!"

윌로우 목사는 조금 긴장한 얼굴로 자기는 지금껏 뉴욕은 물론이고 포틀랜드에도 한 번 가 본 적이 없다고 고백한다.

"사실은 기차도 한 번 타 본 적이 없고 증기선도 내 눈으로 직접 본 적이 없단다."

나는 너무 걱정하지 말라고 말한다. 며칠 전까지만 해도 나도 장에 가느라 스코히간에 한 번 가 본 것 말고는 파인 스왐프를 벗어나 본 적이 없다는 말도 해 준다.

"포틀랜드까지 얼마나 멀어요?"

내가 궁금해서 묻는다.

윌로우 목사도 모른다고 해서 차장에게 물어본다.

"이 역에서 포틀랜드 역까지는 정확히 38마일입니다."

차장은 그걸 알고 있는 게 자랑스럽다는 듯 말한다.

"시간은 약 한 시간 반 정도 걸릴 겁니다."

거의 40마일이나 되는 거리를 두 시간도 안 돼 도착할 수 있다니! 경주마보다 더 빨리 달린다는 얘기다. 게다가 말들은 몇 마일 뛰고 나면 휴식을 취해야 하지 않는가. 기차와 말의 속도 등에 대해 이야기를 나누면서 그게 얼마나 흥미로운지 소감을 말하고 싶은데, 윌로우 목사는 그저 어지럽다고 한다.

"몸이 아주 좋지 않아."

그가 허약한 목소리로 불평한다.

"움직임 때문에 토할 것 같아. 이런 걸 기차멀미라고 한다지?"

"아직 기차는 출발하지도 않았는데요, 윌로우 목사님."

내가 지적한다.

그의 얼굴은 정말 창백하다. 그런데 호각 소리가 나고 기차가 덜컹덜컹하면서 앞으로 움직이기 시작하자 기분이 조금 나아지는 듯 보인다. 건물, 나무, 전신주 들이 창문 너머로 휙휙 지나간다. 바퀴가 철도에 닿으면서 덜컹거리는 소리도 상당히 평화롭고 기분 좋게 들린다.

"별로 나쁘지 않네."

윌로우 목사가 이럴 줄 몰랐다는 표정으로 말한다.

"정말 나쁘지 않아."

기분이 좀 나아지자 윌로우 목사는 자신에 관한 이야기를 하고 싶어 한다. 자기가 성경 공부를 한 작은 학교 이야기, 성경을 암송해서 상을 탄 이야기, 그리고 노예 해방 촉구 시위에서 어떻게 운 좋게 제베디아 브루스터 씨를 만나게 되었는가 하는 이야기, 그 후로 브루스터 씨가 자기 후원자가 되어 성직자로 봉직할 수 있는 자리를 알아봐 주고 있다는 이야기가 끝도 없이 이어진다.

"현재는 특정 회중에 소속되어 있지 않아."

그가 고백한다.

"나는 어떤 가능성도 고려할 준비가 되어 있어, 그럼, 그럼."

말하는 걸 듣고 있자니, 윌로우 목사는 내가 형을 찾는 것을 도와주는 일을 일종의 시험으로 생각하는 것 같다. 그리고 이 시험에 통과하면 브루스터 씨가 자신이 봉직할 수 있는 회중을 찾아 줄 거라고 여기는 듯하다.

"정말 위대한 분이 나를 신뢰하고 있으니 절대 실망시키지 않을 생각이다."

그가 아주 엄숙하게 선언한다.

얼마 되지 않아 그의 목소리가 철도 위를 덜컹거리는 바퀴 소리와 섞여 들린다.

기차 창밖으로 정말이지 놀라운 풍경이 지나가고 있다. 농장, 밭, 숲, 줄지어 선 나무, 집, 그리고 벽돌로 만든 커다란 공장. 마치 우리가 이야기책 속을 지나가고 있는 것 같다. 모퉁이를 돌 때마다 새 페이지가 열리는 느낌이다. 지금까지 한 번도 들어본 적이 없는 이야기라서 어떻게 끝날지도 모른다. 페이지가 바뀌고 그림이 바뀔 때마다 새로운 무언가가 기다리고 있다. 기관차에서 내뿜는 검은 연기가 하늘에 어두운 그림자를 드리우고, 증기가 나오면서 불어 대는 휘파람 소리는 뭔가 살아 있는 생물 같은 느낌을 준다. 기차가 "여기 내가 간다, 길을 비켜라, 칙칙 폭폭! 여기 내가 간다, 길을 비켜라, 칙칙 폭폭!" 하고 외치는 느낌이다.

잠에서 깨어 보니 포틀랜드에 도착해 있다. 바로 여기가 본격적으로 어려운 일이 시작되는 곳이다.

16장

프랭크 T. 니블리, 분부만 내리십시오.

돌이 깔린 오래된 길을 따라 가면 포틀랜드 항구로 향한다. 우리가 물어보는 사람마다 정말 찾기 쉬운 길이라 길을 잃으려야 잃을 수도 없다고 했지만, 결국 우리는 길을 잃고 만다. 윌로우 목사의 방향 감각은 갓 태어난 새끼 고양이보다도 못한 것 같다. 게다가 소매치기와 도둑들이 무서워 사람들에게 변변히 길을 묻지도 못한다.

"정말 위대한 분이 나한테 맡긴 돈이야."

그는 주머니를 확인하면서 그렇게 중얼거린다.

"절대 잃어버릴 수 없어."

나도 못된 사람들이 근처에 있는지 살펴본다. 포틀랜드에도 스멜트나 스팅크 같은 사람들이 있을 것 같아서다. 그런데 그런 인상은 하나도 보이지 않는다. 실은 커다란 느릅나무가 늘어선

잘사는 주택가를 헤매는 우리에게 관심을 보이는 사람조차 없다.

"이런, 같은 길로 다시 온 것 같군. 저 노란 집, 한 번 지나치지 않았나?"

윌로우 목사가 말한다.

"두 번이에요."

내가 말한다.

"그리고 우린 지금 오르막길을 올라가고 있는 중이에요."

"그래 맞아. 오르막길이 싫으냐?"

"물이 있는 곳에 가려면 내리막길로 가야 하지 않을까요, 윌로우 목사님?"

"정말?"

내 말이 충격적이라는 듯이 묻는다.

"그럴 수도 있겠군!"

"내리막길 쪽으로 조금만 가 봐요."

내가 제안한다.

"어디가 나오는지 보게요."

윌로우 목사는 내가 자기 소매를 잡고 길을 인도하도록 내버려 둔다. 몇 분 정도 걸으니 커다란 느릅나무가 늘어선 길이 끝나고 저 앞에 물이 반짝이는 항구가 보인다. 항구는 온갖 종류의 크고 작은 배들로 가득하다. 커다란 범선, 외륜식 증기선, 작은 돛단배, 연락선, 나룻배 등등 상상도 못 해 본 각종 배들이 집으로 돌아오는 벌떼처럼 부두에 죄다 몰려 있다.

"오, 오, 오."

윌로우 목사는 경이에 찬 눈으로 그 광경을 바라본다.

이제 어느 방향으로 가야 할지 알고 붐비는 항구도 계속 보면서 걸으니, 지름길을 찾아 예쁜 언덕을 내려가서 사람들이 이야기한 돌이 깔린 길을 금방 찾는다. 증기선으로 향하는 커다란 철문이 바로 코앞에 나타난다.

돌이 깔린 길은 어디론가 바삐 가는 사람들로 붐빈다. 멋진 옷을 차려입은 멋쟁이들, 누더기를 걸친 노동자들, 경찰들, 선원들. 내 또래로 보이는 어린아이들이 짐 싣는 일을 하고 파이프 담배를 피우면서 굉장히 우쭐한 몸짓을 해 보인다.

"조심해! 비켜!"

마차가 돌 때문에 덜컹거리며 빠른 속도로 다가온다. 우리는 마차에 깔리지 않으려고 한옆으로 재빨리 비켜선다. 그게 바로 우리가 아름다운 케이트 니블리와 그녀의 오빠 프랭크를 만나게 되는 접점이다.

한 여인이 마차를 급히 피하면서 거리의 오물이 치마에 묻지 않게 하려다가 윌로우 목사의 팔에 거의 안기다시피 한다.

"이런! 맙소사!"

자기 팔에 여인이 안기자 윌로우 목사가 놀라 외친다.

"감사합니다, 친절하신 신사님."

여인이 부드러운 장갑을 그의 쫑긋거리는 코앞에 대고 살짝 흔들면서 말한다.

"덕분에 드레스를 망치지 않았답니다."

윌로우 목사가 뭐라고 하기도 전에 우리 뒤쪽에서 누군가가 서둘러 다가오며 "니블리 괜찮니?" 하는 소리가 들린다.

"다치지는 않았어?"

여인의 오빠라는 사람이다. 윌로우 목사 나이 정도 되어 보이고, 여유 있는 신사인 듯 고급 맞춤 양복에 금줄이 달린 주머니 시계를 차고, 번쩍이는 가죽 구두를 신고, 끝이 날렵하게 올라가게 다듬은 콧수염을 하고 있다. 그는 무슨 일이 일어났는지 깨닫자, 즉 깡마른 성직자 덕에 자기 누이가 길에 넘어지거나 하는 흉한 꼴을 당하지 않았다는 사실을 알게 되자 윌로우 목사에게 감사에 감사를 거듭한다.

"친애하는 신사 양반, 정말 잘해 주셨습니다. 정말입니다!"

그는 윌로우 목사의 손을 붙잡고 흔들며 목소리를 높인다.

"케이트, 이 신사 분께 감사하다는 인사는 드렸니?"

"네, 오빠."

그녀가 아주 상냥하고 온순하게 대답한다.

"제 장갑에 입을 맞추게 해 드렸어요."

윌로우 목사의 얼굴이 잘 익은 토마토처럼 빨개졌지만 한편으론 자신이 꽤나 자랑스러운 눈치다. 남자가 그 모습을 보면서 함박웃음을 짓는다. 눈엔 장난기가 감돌고 있다.

"저 아이 장갑에 입을 맞추셨다고요? 이런! 청혼한 것이나 거의 다름없구먼!"

윌로우 목사가 물이 막 끓기 시작한 주전자처럼 삐익 소리를 내면서 말까지 더듬는다. 그러자 그 남자가 웃음을 터뜨리면서 목사의 등을 툭 친다.

"농담이에요, 농담. 하지만 친절을 베풀어 주신 대가로 어디 가서 차라도 대접해 드리고 싶습니다."

"아, 아닙니다."

윌로우 목사가 얼굴을 새빨갛게 붉히며 사양한다.

"그러실 것까지 없습니다. 그럴 시간도 안 되고요. 증기선을 타야 해서요."

"아, 그러세요? 어느 배에 오르시는지요?"

"오리온 호입니다. 뉴욕으로 향하는."

윌로우 목사가 대답하자 그 오누이라는 사람들이 서로 한번 쳐다보고는 웃음을 터뜨린다.

"실례했습니다."

남자가 웃음을 그치고 말을 잇는다.

"기분 나쁘게 할 뜻은 없었습니다. 같은 배에 타고 갈 운명이라는 생각에 그만. 여기 있는 케이트와 저도 같은 배, 같은 목적지로 예약을 했거든요."

"아, 신기하네요."

윌로우 목사가 놀라서 입을 헤 벌린다.

"그렇게 신기할 것도 없지요."

남자가 자연스럽게 윌로우 목사의 팔짱을 끼고 부두 쪽으로 향하며 말한다.

"이 거리를 지나가는 사람들 중 절반은 증기선에 탈 사람들이니까요. 그렇다 하더라도 운명인 건 확실하군요. 이제 저희랑 가셔서 머핀과 초콜릿을 드시지 않을 핑계가 없어졌으니 말입니다. 오리온 호가 출발하려면 두 시간이나 남았으니 서로 좀 더 친해질 시간은 충분하죠."

"이 아이는 누구예요?"

여인이 장갑으로 내 머리를 툭 치며 말한다.

"하인인가요? 별로 도움이 될 것 같진 않아 보이네요."

그녀가 장갑으로 나를 친 동작 때문인지, 아니면 그 아름다운 회색 눈동자에 떠오른 굉장히 차가운 표정 때문인지는 모르겠지만, 아무튼 뭔가가 내 신경을 거스른다. 그래서 나는 그녀의 손에서 장갑을 낚아채서—끼지도 않을 장갑을 뭐하러 가지고 다닌 담?—도랑으로 던져 버린다.

그녀가 믿기지 않는다는 표정으로 나를 노려본다. 화를 낼 거라고 생각했는데, 뜻밖에도 한숨을 내쉬며 말한다.

"그러니까 하인이 아니라는 말이구나?"

"아니에요. 난 호머 피그예요. 여기 있는 윌로우 목사님은 내가 뉴욕에 가서 우리 형을 찾을 때까지 임시 보호자 역할을 해주고 있는 거예요. 실제로는 거의 내가 보호자 노릇을 하고 있지만요. 우리 형 말고 윌로우 목사님을 말하는 거예요. 목사님은 좋은 사람이긴 하지만, 하나님이 좋은 분별력까지 주신 것 같지는 않네요."

"호머, 방금 뭐라고 했지?"

윌로우 목사가 다른 데 정신이 팔려 있다가 묻는다.

"목사님이 성직자라는 이야기를 하고 있었어요."

"정말 재미있는 아이로구나."

그녀가 장갑을 주우며 말한다.

"나랑 아주 좋은 친구가 될 것 같은 예감이 들어."

그녀가 나에게 미소를 지어 보이고는 자기 오빠를 한번 쳐다본다. 뭔가 중요한 것을 빠뜨리지 말라고 주의를 주는 것처럼 보인다. 그러자 남자가 갑자기 씩 웃고 손뼉을 치며 말한다.

"호머 피그! 좋았어! 그러니까 자네가 이 여행을 하게 된 원인이구만, 그렇지?"

남자가 손을 뻗더니 내가 피하기도 전에 내 손을 부여잡고 악수를 한다.

"내가 큰 실례를 했구만. 내 소개를 하겠네. 프랭크 T. 니블리, 법률가, 치안판사, 뭐든 분부만 내리십시오."

내가 몰랐던 사실이 있다. 얼마 가지 않아서 배우기는 했지만. 법률가라는 사람이 악수를 청하면서 억지웃음을 웃으면 그 자리에서 삼십육계 줄행랑을 놓는 게 상책이라는 것이다.

17장

호머 피그에게 온 메시지

헛간에 살다 보면 온갖 종류의 짐승들에게 익숙해진다. 말, 소, 돼지는 물론이고 부엉이, 쥐, 뱀 같은 야생 동물까지도. 형하고 나는 통통하게 살진 검은 뱀이 작은 회색 쥐를 통째로 삼키는 것도 본 적이 있다. 그때 정말 놀라웠던 것은, 쥐가 조금이라도 움직이거나 도망가려고 하질 않았다는 사실이다. 그게 꼭 쥐 자신이 자기는 뱀의 먹이가 될 운명이라는 것을 알고 어떤 소동도 일으키지 않고 승복하는 것처럼 보였다.

지금 윌로우 목사가 아름다운 케이트 니블리 앞에서 행동하는 방식도 딱 그렇다. 눈도 쥐처럼 깜빡이고 있고, 그녀가 "정말요, 웹스터? 정말 대단해요!" 하거나 "어떻게 생각하세요, 웹스터? 진주 목걸이를 하는 게 나을까요? 아니면 호박옥이 더 나아 보이나요?" 하거나 하면 정말 쥐처럼 바르르 떨기까지 한다.

만난 지 5분도 안 돼, 서로 케이트니 웹스터니 하고 이름들을 부르면서 몇 년 사귄 연인들처럼 행동한다. 우리는 증기선 터미널의 작은 레스토랑에 앉아서 초콜릿을 적신 버터 머핀에 차가운 우유를 곁들여 먹고 있다. 그녀는 윌로우 목사가 세상에서 가장 중요한 사람처럼 느끼게 하는 데 전력을 기울이고 있고, 그녀의 오빠 프랭크는 나한테 더할 나위 없이 친절하게 군다.

"형이 군대에 팔려 갔다고? 그런 일이 다 있다니, 엄청난 불의야. 전쟁을 하는 목적 자체가 노예를 없애기 위한 것 아니었나?"

"전쟁을 하는 목적이 뭔지 난 몰라요."

나는 바삐 머핀을 먹는 사이사이 그렇게 대답한다.

"그냥 우리 해럴드 형이 안 죽게 하고 싶을 뿐이에요."

"물론 그렇겠지."

프랭크가 교양 있게 우유를 홀짝거리며 말한다.

"형을 사랑하는 동생이라! 감동적이군. 자네 형을 구하러 가는 미션 말이야. 그 임무를 위해 그 유명한 브루스터 광산의 제베디아 브루스터 씨가 돈을 대는 거라고 했나?"

나는 그런 말을 한 적이 없다. 윌로우 목사다. 케이트가 묻자마자 우리 개인적인 이야기를 낱낱이 고해바친 게 틀림없다. 브루스터 씨가 자기를 내 보호자로 보내 시험하고 있다는 사실, 굉장히 중요한 사람들에게 보여 줄 소개장을 가지고 있다는 이야기, 필요하면 해럴드 형의 자유를 돈으로 사라는 지시를 받았다는 것까지 죄다 말이다.

실제로 브루스터 씨가 맡긴 돈만 보여 주지 않았을 뿐이지 배속까지 다 꺼내 보인 셈이다. 사실 내가 목사의 발을 밟지 않았으면 돈도 서슴지 않고 내보였을 것이다.

"호머, 어떻게 된 거 아니야?"

목사가 깡마른 발을 문지르며 묻는다.

"배에 탈 시간이에요, 윌로우 목사님."

"서두를 필요 없어요."

프랭크가 또 이를 드러내며 말한다.

"조금도 서두를 필요가 없어요."

이미 다른 승객들은 환송객들에게 인사를 하고 증기선 오리온에 오르고 있고 승무원들은 짐을 져 올리고 있다. 배 굴뚝에서도 검은 연기가 구름처럼 솟아오른다. 마침내 상황을 알아차린 윌로우 목사가 바늘에 찔린 것처럼 벌떡 일어선다.

"이 아이 말이 맞아요!"

윌로우 목사가 급하게 말을 내뱉는다.

"가야 합니다! 배를 놓치면 안 돼요!"

윌로우 목사가 배에 타야 된다고 확실히 말하자 나는 이제 됐다고 생각한다. 어쩐지 니블리 오누이는 저 배에 탈 표를 가지고 있지도 않고, 이런저런 술책으로 우리가 배를 놓치게 만들어 윌로우 목사한테서 돈을 빼앗을 방법을 찾는 중이라는 의심이 들었기 때문이다.

니블리 오누이가 노리는 건 돈이다. 나도 알고 프랭크도 알고 케이트도 아는 사실이다. 그걸 모르는 사람은 불쌍한 윌로우 목사뿐이다. 나는 그의 소매를 붙들고 승객들이 배에 타려고 모여든 승강 다리 쪽으로 끌고 간다. 부두에 서서 눈을 유혹적으로 깜빡이고 있는 케이트를 그가 자꾸 뒤돌아본다. 마침내 승강 다리 맨 위에 도착하자 승무원이 표를 보여 달라고 한다.

"표? 표?"

윌로우 목사가 어리둥절한 표정으로 묻는다. 그러면서 이 주머니 저 주머니를 손으로 툭툭 치며 정신없이 표를 찾는다. 내 간이 콩알만 해지기 직전에야 봉투를 찾아내 표를 건넨다. 승무원은 우리더러 서둘러 배에 오르고 다른 사람들을 위해 길을 좀 비키라고 한다.

나는 얼른 선실로 가고 싶은 마음이 굴뚝같은데, 목사는 난간에 기댄 채 부두에 서 있는 군중들 사이에서 케이트를 열심히 찾고 있다.

프랭크와 케이트는 어디에도 보이지 않는다.

"어디로 가 버렸을까?"

윌로우 목사가 궁금해한다.

'또 다른 바보를 찾아 사기 치러 갔겠지요.' 하는 말이 입 끝에 맴돌지만 그가 너무 가슴 아파하는 것 같아 참기로 한다.

증기선 오리온의 선실이 어찌나 작은지, 조금만 더 작았더라면 그게 닭장인 줄 알고 나랑 윌로우 목사도 닭처럼 꼬꼬댁거릴 뻔했다. 문을 열고 들어서기도 힘들 정도로 작은 공간에 간이 2층 침대가 있다. 침대가 너무 좁고 짧아서 윌로우 목사는 몸을 반으로 접어서 겨우 눕는다. 나는 괜찮다. 내 몸에는 대충 맞는 크기다. 내 차지의 2층 침대에서는 작은 창문으로 바깥 풍경이 보인다. 나는 침대에 누운 채로 하늘의 빛이 점점 사라지면서 별이 뜨는 것을 지켜본다.

대부분의 다른 승객들이 하는 것처럼 갑판의 산책로를 걷거나 식당에 가거나 증기 엔진이나 조타실 등등을 구경할 수도 있는데, 윌로우 목사는 선실을 떠나고 싶어 하지 않는다. 지금까지 상사병 걸린 사람을 한 번도 본 적이 없지만 웹스터 윌로우의 병이 무엇인지는 의심할 여지가 없다. 케이트 니블리가 그리워 병까지 난 것이다. 몇 시간 전만 해도 그녀의 존재조차 몰랐던 사람이 이제는 그녀 없이는 살 수가 없게 된 것이다.

"의사한테 가 보세요."

내가 충고한다.

"약을 먹거나 거머리로 나쁜 피를 빼거나 해야 하지 않을까요?"

"입 닥쳐라, 호머."

"보세요. 아프지 않으면 '입 닥쳐라' 이런 말은 하지도 않았을 거잖아요. 너무 예의가 발라서요."

"날 내버려 두고 꺼져 버려."

"그럴 수는 없지요."

나는 2층 침대에 동그마니 앉아 말을 잇는다.

"윌로우 목사님은 내 보호자니까요. 내가 배에서 떨어지거나 보일러에라도 빠져 버리면 브루스터 씨가 누구 책임이라고 생각하겠어요. 그러면 윌로우 목사님이 자기 회중을 가질 기회도 영영 사라져 버리지 않겠어요."

"네가 배에서 뛰어내린들 나하고 무슨 상관이야."

베개에 얼굴을 파묻은 채 말을 하는 바람에 목소리가 웅웅 뭉개진다.

"넌 그 아가씨를 싫어했잖아. 다 네 탓이야!"

이 순간 대꾸할 말은 수없이 많다. 내 말을 다 들어 줄 리 만무겠지만.

니블리가 관심 있는 건 당신이 아니라 당신이 가진 돈이다, 그건 당신 얼굴에 있는 길고 뾰족한 코만큼이나 확실하다, 거짓말쟁이는 거짓말쟁이를 알아보기 마련인데 니블리가 당신 팔에 쓰러지는 척하는 순간부터 니블리 남매 얼굴에 거짓말쟁이라고 씌어 있었던 것 같다, 해럴드 형이나 당신처럼 바른 심성을 타고난 사람들이 있는가 하면 반면에 항상 다른 사람을 속이고 이용해먹는 사람들도 많다는 등등의 이야기를 다 해 주고 싶은데 윌로우 목사는 머리 위에 베개를 덮어써 버린다.

그래서 나는 혼잣말을 하면서 거대한 증기 엔진이 내는 심장 고동 같은 소리를 듣고 있다. 뱃전에 와서 철썩거리며 부딪치는 바닷물이 느껴진다. 철썩! 철썩! 마치 바다가 나한테 이야기를 들려주는 것 같다. 내가 깊이 잠들 때까지.

선실 문을 두드리는 소리가 나서 급히 일어나다가 천장에 머리를 부딪힌다.

"호머 피그! 호머 피그에게 온 메시지입니다."

윌로우 목사는 제재소에서 톱으로 나무 켜는 소리를 내면서 잠 들어 있다. 나는 2층 침대에서 뛰어내려 문을 연다.

복도에 승무원이 서 있다. 턱 밑에서 고정하는 이상한 모양의 작은 모자를 쓰고, 금색 줄무늬가 있는 단정한 제복을 입고, 검은 거울같이 광을 낸 꼭 맞는 구두를 신고, 우아하게 손짓하는 작은 손에 새하얀 장갑을 끼고 있다. 나를 보는 그의 작은 눈은 검은 얼음처럼 차갑게 반들거린다.

"호머 피그?"

"네, 바로 전데요."

"선장님이 부르십니다."

그가 거만하게 선언한다.

"따라오시죠."

선장님이 날 보자고 하다니 내가 뭔가 잘못한 게 틀림없다. 암만 생각해도 내가 뭘 잘못했는지 모르겠지만 말이다. 배를 타고 있는 동안 불쌍한 윌로우 목사 때문에 내내 선실에만 있었지만 증기선의 선장이 내린 명령에는 일단 따르는 게 좋을 것 같다. 나는 윗옷자락을 허리춤에 쑤셔 넣고, 어두운 복도를 잰 걸음으로 걸어가는 승무원을 따라 갑판으로 나간다. 열린 공간에 나오니 소금 냄새와 바다 냄새에 잠이 확 달아난다.

승무원이 단호한 표정으로 나를 한번 쳐다본다. 그러더니 주머니에서 큼직한 놋쇠 열쇠를 꺼내 들고 우리가 방금 나선 복도로 통하는 문을 잠근다.

"선장님은 어디 계세요?"

내가 묻는다.

"선실에서 깊이 주무시고 계시지."

그렇게 대답하면서 그는 열쇠를 다시 주머니에 넣고 작은 모자에 손을 한번 대 보이고는 재빨리 어둠 속으로 사라져 버린다. 어찌나 잽싼지 따라가고 말고 할 틈도 없다.

그제야 선장이 날 보자고 한 적도 없을 거라는 생각이 든다. 선장은 호머 피그에 대해 들어본 적도 없을 것이다. 누군가가 그 승무원에게 돈을 주고 나를 선실에서 꼬여 내 여기에 가둬 버리도록 시킨 것이다.

나는 갑판을 이리저리 뛰어다니며 다른 문이 있는지 찾아본다. 문은 있지만 모두 잠겨 있다. 벽을 쾅쾅 두드리며 윌로우 목사를 불러 댄다. 마침내 문이 하나 열리더니 잠옷 차림의 노인이 나와서 도대체 웬 소란이냐고 묻는다.

"고맙습니다! 정말 고맙습니다."

나는 그렇게만 말하고 바로 복도로 뛰어든다. 늦어 버리기 전에 선실로 돌아가야 한다.

선실에 가 보니 프랭크 니블리가 이미 선실 문 바깥벽에 기대선 채 자기 손톱을 살피고 있다.

나를 보자 교활한 미소를 지으며 말한다.

"안녕, 호머. 밤바람이라도 쐬고 오나 보지?"

"윌로우 목사님은 어디 있어요? 어떻게 했냐고요?"

"윌로우 신사는 안녕하시다. 우리 윌로우 신사님은 안녕하시고말고."

내가 프랭크를 비켜 선실로 들어가기도 전에 문이 열린다. 웹스터 윌로우가 자기가 가진 것 중에서 제일 좋은 옷으로 차려입고 케이트 니블리를 팔에 매단 채 나서려고 한다.

"목사님, 괜찮아요? 돈은 아직 가지고 있는 거죠?"

내 보호자라는 사람은 완전히 얼빠진 표정을 하고 있다. 자기가 이 세상에 있는지 저 세상에 있는지조차 모르지만 그게 어디가 됐든 그저 행복해 죽겠다는 표정이다. 나무망치로 머리를 맞고도 그게 좋다고 하는 것처럼 말이다.

"정말 엄청난 일이 일어났어."

그가 케이트의 손을 토닥거리며 말한다.

"우리 결혼할 거야. 니블리 양과 내가 약혼을 했어."

18장

돼지 냄새

무슨 일이 벌어졌냐면, 케이트 니블리가 웹스터 윌로우에게 입을 맞추자 윌로우도 케이트에게 입을 맞췄다는 거다. 일이 그렇게 됐으니 두 사람의 명예를 지키려면 결혼을 해야 한다는 게 그의 생각이자 설명이다.

"네가 이런 것까지 이해할 수 없을 것이라는 거 알고 있다."

그가 갈색 조약돌처럼 반짝이는 눈을 하고 고상한 어조로 말을 잇는다.

"고아가 명예 같은 걸 알 리 없지."

고아. 프랭크 니블리가 나를 부를 때 사용한 단어다. 프랭크가 윌로우 목사 입에 그 말까지 넣어 준 모양이다. 생각해 보니 윌로우 목사는 '우리 아름다운 케이트'의 주문에 걸린 다음부턴 목사로서 자신이 쓰던 말을 한 번도 쓰지 않았다. 이야기책에 나오는 것하고 하나도 다르지 않다. 공주가 개구리에게 입을 맞추자 왕자로 변한다는 그 이야기 말이다. 다른 게 있다면, 윌로우 목사가 개구리보다 훨씬 못한 멍텅구리 같은 걸로 변했다는 것이다. 굉장히 영리한 개똥지빠귀의 아침 식사가 되기 직전에 놓인 말라비틀어진 벌레 정도라고나 할까.

사실 무슨 말을 해도 소용없다는 건 나도 잘 알고 있다. 지금 윌로우 목사는 자기가 듣고 싶은 말만 골라 들을 테니까. 그렇다고 해도 가만히 입을 닫고 있을 내가 아니다.

"브루스터 씨가 어떻게 생각할까요?"

나는 선실 안을 왔다 갔다 하며 물어본다.

"나를 도와주라고 보냈는데 난데없이 결혼을 하겠다고요? 저 여자 오빠가 목사님 지갑을 훔쳐보는 눈 봤어요? 어떤 닭부터 먼저 먹어 치울까 하는 여우 같은 눈이었다고요!"

"우리 케이트는 목사 부인이 되는 게 꿈이었대."

그가 꿈에 잠긴 목소리로 말한다.

"우리 둘 다 첫눈에 반한 거야."

"첫눈에 반했다는 건 확실해요. 윌로우 목사님이 다가오는 걸 멀리서부터 지켜보고 있다가 저기 오는 저 바보 같은 놈 주머니에 뭐가 들었는지 한번 후려 먹어 볼까 했을 테니까요."

윌로우 목사가 실제로 손가락으로 자기 귀를 틀어막은 건 아니지만, 그의 반응을 보니 그렇게 한 거나 다름없다.

"결혼한 다음에는 케이트 가족이 사는 곳에 가깝게 뉴욕에서 살 거야. 그리고 난 파크 애비뉴 회중 목사가 될 거고."

"파크 애비뉴는 부자들이 사는 동네예요. 나도 거기 이름은 들어 봤어요."

"그래, 맞아. 네가 한 가지 알아 둬야 할 게 있어. 니블리 집안은 아주 큰 부자야. 우리 프랭크가 집안 돈을 모두 알아서 하고 있고."

"그 우리 프랭크라는 사람이 알아서 하고 싶어 하는 건 바로 우리 돈이라고요. 우리 돈을 그 사람한테 주면 절대 안 돼요! 그 돈이 있어야 해럴드 형을 되찾을 수 있단 말이에요."

그는 나를 무시하고 계속 결혼할 꿈에 젖어서 빨리 하고 싶다는 둥 어쩐다는 둥 헛소리를 주절거린다.

"뉴욕에 도착하는 대로 브루스터 씨에게 전보를 쳐서 이 행복한 소식을 전해야겠어."

아름다운 무지개라도 있는 것처럼 먼 곳을 응시하며 말한다.

"축복해 주실 게 틀림없어. 제베디아 씨는 항상 도움이 되고 관대했지만 니블리 가는…… 음, 니블리 가지."

나는 니블리 가에 대해선 한 번도 들어 본 적이 없다. 그런데 윌로우 목사 말에 따르면 뉴욕 상류층 사교계에서도 유명한 가문이라고 한다. 자세히 들어 보니, 그는 케이트의 미모뿐만 아니라 케이트의 가문과도 사랑에 빠진 것 같다. 어쩌면 내가 잘못 생각한 것일 수도 있다는 생각이 든다. 그런 대단한 가문 사람들은 나같이 해진 옷을 입은 깡마른 시골 소년을 함부로 대하는 게 보통 아닐까? 진실한 사랑에 빠진 사람만 빼고.

"우린 영혼의 동반자야."

그가 계속 혼잣말로 중얼거린다.

"운명적인 만남이었지. 내 사랑 케이트는 평생 날 기다려 온 거야. 내 눈을 들여다보는 순간 자기가 기다려 온 사람이라는 걸 알았대."

바로 저거다. 도저히 진실한 사랑일 수 없는 점이. 윌로우 목사 눈은 병든 새끼 고양이 눈 같다. 병든 새끼 고양이라도 사랑해 주고 애완동물로 기르고 싶어 할 수는 있다. 그러나 결혼하고 싶어 할 수는 없다.

"좋은 생각이 있어요."

나는 그의 소매를 잡아당기며 말한다.

"돈을 저에게 주세요. 뉴욕에 도착할 때까지 제가 안전하게 보관할게요."

윌로우 목사가 나를 보기를 바위 밑에서 막 기어 나오는 벌레 보듯 한다.

"돈을 가난한 고아한테 맡기라고?"

그제야 내가 있다는 걸 알아차린 것처럼 나를 빤히 쳐다보며 말한다.

"그렇겐 절대 안 되지. 돈 이야기가 나왔으니까 하는 말인데, 네가 진짜로 형이 있는지 어떤지도 모르는 일이잖아? 네가 말하는 소위 그 형이라는 녀석을 직접 본 사람이 있어? 어쩌면 브루스터 씨를 속이려고 내내 술책을 부렸을 수도 있잖아. 가난한 고아가 뭔들 못 하겠어?"

더 이상 할 말이 없다. 윌로우 목사가 바보 취급을 당하는 걸 내가 불쌍해하고 있는 사이 그는 나를 전혀 신뢰하지 않고 있었던 것이다. 어쩌면 그게 다 프랭크가 그의 텅 빈 머릿속에 심어 준 생각일 수도 있다. 그러나 그의 머릿속에서 어떻게 그런 생각이 떠오르게 됐는지는 중요하지 않다. 내가 두려운 건 다른 사람들도 그렇게 생각할지 모른다는 것이다.

케이트는 친절한 척하면서도 고아 소년은 상류층 결혼식에 참석할 수 없다는 사실을 명백히 한다.

"불쌍하기도 해라. 넌 꼭 불량배처럼 행동하잖니. 물론 네가 자라온 환경을 생각하면 네 잘못만도 아니지. 하지만 어찌 됐든 네 행동거지가 그런 건 사실이잖니. 우린 불량배를 가까이 둘 수 없단다. 불량배는 들어올 수도, 용납할 수도 없지."

그 말대로 하면 난 그냥 고아 소년도 아니다. 고아인 것도 나쁜데 거기에 불량기가 더해져 졸지에 불량배 고아 소년이 되고 만다. 그래서 결혼식에 초대받지 못할 뿐만 아니라 선실에서 결혼식을 계획할 때도 자리를 같이할 수 없다고 한다.

프랭크가 승무원을 부른다. 그 우스꽝스러운 작은 모자를 쓰고 얼음처럼 차가운 눈을 가진 승무원이 다가오자 프랭크가 그에게 나를 데리고 나가라고 지시한다.

"그 애는 3등 선실이 더 편할 거야. 끼리끼리 모이는 게 좋지 않겠어."

승무원이 내 옷깃을 움켜쥔다.

"선장님에게 말할 거야!"

나는 그들의 사악한 계획을 폭로하겠다고 위협해 본다.

"당신들 둘이 윌로우 목사를 어떻게 속였는지 선장님에게 다 말할 거라고 이 거짓말쟁이들아!"

케이트가 한숨을 쉬면서 눈을 한 바퀴 돌린다.

"선장이 어떻게 생각하든 우리랑 상관없어. 선장이 필요하지 않으니까. 법률가 면허를 가지고 있는 치안판사 오빠가 있는데 무슨 상관이람. 오빠가 결혼식을 주관해 주실 거죠, 그렇죠?"

프랭크가 미소를 지으며 주머니에서 시계를 꺼내 본다.

"이제 시간이 다 됐군. 자 윌로우 군, 가약을 맺을 준비가 됐습니까?"

파인 스왐프에 살 때 말한테 머리를 차여 다 죽게 된 사람을 본 적이 있다. 그 사람은 천당까지 보고 와서 이 세상엔 더 이상 관심 없다는 표정을 하고 있었다. 바로 그게 케이트의 손을 잡는 순간 윌로우 목사 얼굴에 떠오른 표정이다.

"이건 모두 끔찍한……!"

"끔찍한 실수"라고 말하려고 했는데, 승무원이 제 손으로 내 입을 틀어막고 선실에서 나를 끌고 나온 뒤 문을 닫아 버린다.

"살고 싶냐?"

복도로 나를 밀어붙이면서 그가 속삭인다.

"살고 싶으면 그 더러운 입 좀 닥쳐."

바로 그 순간 나는 그의 손을 있는 힘껏 깨문다. 승무원이 비명을 내지르며 나를 놓아 버린다. 나는 있는 힘을 다해 출구 쪽으로 뛴다.

"저 못된 부랑아 자식!"

그가 소리를 지르면서 손을 뻗어 날 잡으려고 한다.

제대로 빠져나오기는 했는데 갑판이 얼마나 미끄러운지 알지 못한 게 실수다. 모퉁이를 돌아 문을 향해 뛰어가는데 미끄덩하고 넘어져서 쇠파이프에 머리를 찧고 만다.

파이프가 커다란 회색 총알처럼 내 머리를 향해 날아오는 게 내가 기억하는 마지막 장면이다. 그 뒤로는 암흑과 돼지 냄새 말곤 아무것도 없다.

19장

놀라운 돼지 소년

파인 스왐프 사람들은 건자재 상점에서 일했던 사일러스 위긴에 관한 이야기를 좋아한다. 사일러스가 얼마나 돼지고기를 좋아했는지를 즐겨 얘기하는데, 햄, 돼지갈비, 돼지고기 스테이크, 돈가스, 베이컨, 돼지껍질 튀김, 돼지 간, 신장, 족발 등등 사일러스는 돼지가 아니면 입에 대지도 않았다. 돼지들도 그를 좋아했던 게 틀림없다. 어느 토요일 밤 사일러스가 옥수수 위스키를 너무 많이 먹고 비틀거리며 집으로 돌아오다가 돼지우리에 쓰러져 정신을 잃는 실수를 범했다.

돼지들이 그 사일러스를 싹 먹어 치웠다. 모자하고 신발 말고는 남은 게 없었다.

냄새가 진동하는 어둠 속에서 돼지들이 내 발을 핥고 있는 것을 느끼면서 생각난 게 바로 그 사일러스 위긴 이야기다.

정신을 차리고 내가 그 돼지를 발로 차 버리자 우리 저쪽으로 도망가면서 꽥꽥거리기 시작한다. 뒤미처 다른 돼지들까지 소리를 합쳐 마구 꿀꿀댄다.

내가 있는 곳은 배 안 갑판 밑의 깊숙한 곳에 자리한 돼지우리다. 사방이 온통 가축 천지다.

"도와줘요!"

나는 있는 힘껏 소리를 지른다.

"여기 아래 있어요! 도와줘요! 누구 없어요!"

그 많은 돼지와 닭 들이 내는 소리 때문인지, 거대한 증기 엔진이 멈췄다는 것을 깨달은 것은 시간이 얼마쯤 흘러서다. 배도 멈춰 선 것 같다.

"도와줘요, 도와줘요, 여기요!"

한 시간도 넘게 계속 비명을 지르고 고함을 쳤더니 목이 너무 아프고 갈라져서 더 이상 소리가 나오지 않는다. 파이프에 부딪힌 머리는 아직도 아프고, 아무것도 먹지 못해 배도 고프다. 목도 마르고 엄청나게 피곤한데도 다시 잠들어 버릴까 봐 겁이 난다. 깨끗한 건초더미라도 있던 헛간이 다 그립다. 스퀸턴 리치는 형이랑 나를 때리고 굶겼지만 돼지 먹이로 주지는 않았다. 그리운 스퀸트 이모부. 프랭크 니블리에 비하면 천사다. 윌로우 목사도 프랭크와 다를 바 없는 사람이다.

비참함과 두려움에 젖어 한 백 년쯤 보낸 것 같을 때, 천장에 뚫린 출입문이 우르릉우르릉하며 열리는 소리가 들린다. 갑판

밑까지 창고 가득 햇빛이 들어온다. 지금이 소리를 질러 도움을 구하기에 적당한 순간일 텐데, 암흑에 갇혔을 때 되는대로 마구 소리를 질러 댔더니 목이 꽉 잠겨 아무 소리도 나오지 않는다. 판자를 붙들고 앉아서, 내가 갇힌 우리가 다른 가축우리들과 함께 창고에서 들려 나와서 배 위를 지나 부두에 내려지는 동안, 작고 불쌍한 소리를 내는 것 말고는 별다른 도리가 없다.

돼지들이 시끄럽게 꽥꽥거리자 누군가가 돼지우리를 발로 차면서 소리친다.

"조용히 해, 이 멍청한 꿀꿀이들아!"

나는 판자 사이로 겨우 손을 내밀어 그 사람의 바지 자락을 잡는다. 다음 순간 커다랗고 벌겋고 구레나룻이 덥수룩한 얼굴이 돼지우리 앞으로 바짝 다가와 나를 빤히 쳐다본다.

"아이쿠, 맙소사!"

그가 뒤로 펄쩍 물러나며 외친다.

"저 돼지, 꼭 사람같이 보이네!"

"어, 어."

나는 내 목을 가리키며 내 목소리가 다 쉬어 버렸다는 걸 알리려고 신음 소리를 낸다.

"샘! 잭! 에즈라! 이리 와서 이것 좀 봐라!"

얼마 가지 않아 사람들이 마구 모여들어 웅성거린다.

"늑대들이 키운 아이들이 있다는 이야기는 들어 봤지."

누군가가 말한다.

"근데 돼지들이 키운 아이는 처음이야."

"불쌍하게도 말을 배우지 못해 꽥꽥거리기만 하는군."

"어쩌면 반은 돼지인지도 몰라. 돼지만큼 더럽잖아."

"발을 한번 확인해 봐. 돼지발처럼 생겼을 수도 있어!"

"저것 봐. 저게 점점 화가 나나 봐. 꽥꽥해 봐, 돼지 소년, 꽥꽥! 꽥꽥!"

사람들이 막대기를 집어넣어서 나를 괴롭히기 시작한다. 나는 막대기 하나를 뺏어들고 나를 찌른 사람을 도로 찌른다. 그러자 다들 웃음을 터뜨린다. 머리꼭지가 열릴 정도로 화가 나지만 아직도 목이 너무 아파 한마디도 할 수가 없다. 내가 할 수 있는 건 신음 소리를 내는 것뿐인데, 그게 꿀꿀 소리처럼 들려 상황을 더 악화시키고 있다.

"꽥꽥해 봐!"

사람들이 재촉을 한다.

"꽥꽥!"

이번엔 막대기로 내 얼굴을 찌른다. 나는 짐승처럼 그걸 이로 물어 빼앗는다.

"저 이빨 드러내고 으르렁거리는 것 좀 봐! 돼지 소년 이빨이 보통이 아닌데. 우리 속에 갇혀 있어서 다행이구먼!"

날 괴롭히는 사람들은 부두 노동자, 상인, 선원들, 그리고 내 또래 소년들이다. 그중 한 명이 돼지들에게 줄 먹이를 가지고 왔다가 나한테 먹이를 던지는 게 더 재밌겠다고 생각한 것 같다. 썩은 채소를 철퍼덕철퍼덕 맞고 있으니 내 기분이 괜찮을 리 없다. 나는 잘 나오지도 않는 비명을 질러 대면서 침을 뱉고 이를 드러낸다. 얼마 가지 않아 사람들이 두려운 표정으로 뒤로 물러선다. 나한테 미친개처럼 광견병 같은 게 있을 거라고 반쯤은 믿는 눈치들이다.

말은 할 수 없지만 으르렁거릴 수는 있다. 그래서 돼지우리 근처로 손이 다가오자, 나는 사람들이 기대하는 것처럼 짐승처럼 으르렁거리면서 그 손을 물려고 달려든다.

구경꾼들은 이제 눈에 눈물이 고일 정도로 웃어 댄다. 이 놀라운 돼지 소년처럼 우스꽝스러운 구경거리는 지금껏 본 적이 없다. 나한테 음식물 쓰레기를 던졌던 아이가 얼른 가서 돼지먹이를 한 양동이 더 가져온다.

그 아이가 나한테 음식물 쓰레기를 양동이째 부어 대자 사람들이 모두 박수를 치며 환호성을 올린다.

"먹어! 돼지 소년! 먹어!"

다들 한목소리가 되어 외쳐 댄다.

얼굴에 묻은 쓰레기를 훔쳐 내고 있는데, 돼지우리 옆으로 무릎까지 올라오는 부츠가 다가온다. 그 값비싼 부츠의 주인은 잘 보이지 않지만 목소리는 잘 들린다.

"여기 담당이 누군가?"

부츠 신은 사람이 소리친다.

"이 아이는 누구 소속인가? 말해! 놀릴 때는 큰 소리로 서로 나서더니 이 간단한 질문에는 왜 아무도 말을 못 하는 건가? 다시 묻겠다. 이 아이를 맡은 사람이 누군가?"

구레나룻이 덥수룩한 붉은 얼굴의 그 덩치 큰 사람이 팔짱을 끼고 앞으로 나선다.

"그러는 당신은 누구요?"

"펜튼 J. 플리보텀 교수."

그가 쓰고 있는 신사 모자를 벗으면서 인사를 하느라 허리를 숙인다. 그 결에, 길고 좁은 얼굴, 고불고불한 금빛 콧수염, 장난기로 반짝이는 생기 있는 회색 눈이 슬쩍 보인다.

"당신은 누구신지요? 이 돼지우리가 당신 것입니까? 저 돼지들이 귀하의 소유인지요?"

구레나룻은 자기 이름은 말하지 않는다.

"돼지들은 내 것이오."

"저 아이는요?"

"지금까지 한 번도 본 적이 없소."

"지금까지 한 번도 본 적이 없다고요? 정말 신기한 일이로군요. 그럼 돼지들하고 같이 기르면서 저 아이가 사람이라는 걸 몰랐단 말이오?"

"남의 말을 비꼬지 마시오!"

플리보텀 교수가 손을 허리에 대고 몸을 곧추세우며 말한다.

"당신 여드름투성이 코를 비틀지 않는 걸 다행으로 아시오."

교수의 목소리가 어찌나 크고 위엄에 넘치는지 나를 놀리던 사람들이 자기들이 한 짓이 부끄럽다는 듯 하나둘씩 자리를 뜬다.

"방금 전에 구두만 닦지 않았어도 그 돼지 냄새 나는 엉덩이를 차서 뉴저지까지 날려 버렸을 것이오. 자, 경찰을 불러 당신을 잡아가게 하기 전에 얼른 이 돼지우리를 여시오."

구레나룻이 서둘러 다가오고 잠시 후 돼지우리 한쪽이 열린다. 돼지들은 한쪽 구석으로 몰려가지만, 나는 얼른 우리에서 나와 분뇨와 쓰레기 냄새를 풍기면서 주춤주춤 일어선다. 지금까지 살면서 이렇게 비참하고 허탈하고 화가 난 적은 없다. 구레나룻이 내 눈에 어린 분노를 읽었는지 주춤주춤 뒤로 물러선다.

"깨끗한 물 한 양동이를 가져오시오."

플리보텀 교수가 명령한다.

돼지 냄새를 없애는 데 물 한 양동이 가지고는 어림도 없다. 사람들은 내 온몸이 푹 젖을 정도로 물을 부어 댄다.

마지막으로 플리보텀 교수가 시원하고 깨끗한 물을 한 국자 떠서 건넨다. 목을 달래 주는 물을 마시고 나자 목소리가 돌아온다. 그제야 나는 플리보텀 교수를 올려다보면서 사람 같은 소리를 낸다.

"고맙습니다, 나리."

펜튼 J. 플리보텀은 높다란 신사 모자를 벗고 허리를 살짝 굽혀 인사한다.

"천만에, 젊은이."

그가 말한다.

"연기력이 정말 대단하더군. 화난 돼지 역에 꼭 맞게 태어난 사람 같아. 정말 흔치 않은 재주지. 자네, 어디 고용된 곳이라도 있나?"

알고 보니 플리보텀 교수는 유랑 약장수 쇼를 가지고 있는 사람이다. 그런 사람이 나를 고용하고 싶어 한다.

"우리 연기자가 죽어 버렸어. 불쌍하게도. 닭 대가리에 질식해서 그만."

그가 말을 잇다가 내 눈에 떠오른 표정을 보고는 얼른 이렇게 덧붙인다.

"아, 걱정하지 말게. 자네한텐 산 닭 대가리를 뜯어먹는 연기는 시키지 않을 테니. 작은 새 대가리면 되네."

20장

기적의 마차단

플리보텀 교수는 상대방이 하는 이야기를 진정으로 듣고 싶어 한다는 느낌을 갖게 해 주는 사람이다. 내가 내뱉는 단어를 스펀지처럼 바로바로 흡수하고는 좀 더 달라는 표정으로 쳐다보는 그의 친절하고도 유머러스한 눈 때문인 것 같기도 하다. 그가 귀를 기울일 때마다 바르르 떨리는 왁스 바른 콧수염마저도 흥미로워하는 느낌이 든다.

그러다 보니 나도 모르게 스퀀트 이모부에 대해 모두 털어놓는다. 나랑 해럴드 형을 헛간에 살게 하면서 뼈가 부서지도록 일만 시키고 제대로 먹이지도 않았던 이야기, 해럴드 형을 군대에 팔아넘긴 이야기, 진실하고 용감한 우리 형이 전쟁터에 나가면 죽음을 당하고 말 테니 그러기 전에 내가 가서 구해 와야 한다는 이야기 등등을 끝내 놓고 나서 웹스터 B. 윌로우 목사와 그 못된 니블리 오누이에 대해서도 이야기한다. 그 사람들이 형을 군대에서 되사기 위해 갖고 있었던 돈을 훔치고 나를 돼지우리에 가뒀던 이야기까지 죄다.

이야기를 다 풀어 놓고 보니 새삼 나 자신이 너무 불쌍하다는 생각이 든다.

플리보텀 교수가 내 머리를 쓰다듬으며 말한다.

"정말 굉장한 이야기로구나. 특히 너 혼자서 노예 사냥꾼 50명을 해치우고 노예를 천 명이나 도망가게 해 준 부분이 제일 마음에 들어."

"도와준 사람들이 있기는 해요."

나는 마지못해 인정한다.

"제베디아 브루스터 씨하고 새뮤얼 리드 차장님이 힘을 좀 보탰죠."

"그래, 이야기를 단순하게 만들어야 진실이 더 잘 전달될 때도 있지."

플리보텀 교수가 눈을 반짝이며 내 편을 들어준다.

"자, 엄청난 이야기를 모두 들었으니 이제 내 의견을 이야기해 볼까? 세 가지가 있지. 먼저, 네가 아직 형을 찾겠다는 결심을 버리지 않았다면 우리가 서로 도움이 될 수 있어. 나도 군대가 가는 곳을 따라다니거든."

"전쟁터에서 싸우려고요?"

끝을 구부려 올린 그의 콧수염을 쳐다보며 내가 묻는다.

그가 쿡쿡 웃으며 고개를 젓는다.

"돈을 벌려고 가는 거지. 군대가 있는 곳엔 돈이 있거든."

"돈은 있어요. 윌로우 목사를 찾기만 하면요."

교수는 아주 심각한 얼굴로 고개를 젓는다.

"경험 있는 사람이 하는 말이니 잘 들어 둬라, 호머. 그 돈은 이젠 찾을 수 없는 돈이야. 네가 묘사한 그 두 사람은 전문 도둑이야. 부두나 기차역 같은 곳엔 그런 나쁜 사람들이 깔리고 널렸지. 윌로우 목사 같은 순진한 사람들을 노리는 거야. 아주 오래된 속임수지. 결혼은 두말할 나위 없이 조작이고. 돈주머니를 털 기회를 만들려고 꾸며낸 거야. 지금쯤이면 돈을 훔쳐낸 다음 윌로우 목사를 버렸을 거야. 사실 그 사람도 너랑 같이 돼지우리에 갇히지 않은 게 다행이지."

"우리 형 찾는 걸 진짜 도와줄 수 있어요?"

교수가 어깨를 으쓱해 보인다.

"노력해 보겠다는 약속은 할 수 있지. 내가 하는 일의 성격상 군대 안에 아는 사람들이 좀 있거든. 내 명예를 걸고 약속하지. 새로 징병된 해럴드 피그라는 병사에 대해 물어보겠다고. 그다음에 어떻게 될지는 두고 봐야겠지."

누가 자기 명예를 걸고 약속한다는 말은 이젠 믿기 힘들다. 윌로우 목사도 성경에 대고 맹세하고 제베디아 브루스터 씨한테 그토록 단단히 약속하지 않았던가. 그러고도 지금 내 꼴이 어떻게 됐나.

그렇지만 플리보텀 교수 말이 맞는 것도 있다. 그 돈은 이제 다시 찾을 수 없다는 것 말이다. 형을 군대에서 구해 내려면 지금부턴 내 힘과 내가 구할 수 있는 다른 사람의 도움을 다 동원해야 한다.

"두 번째."

교수가 말을 잇는다.

"네가 헛간에서 살았던 경험을 아주 유용하게 사용할 수 있을 것 같구나. 작은 돼지 몇 마리와 가까이 지내는 것쯤은 잘 견뎌낼 수 있을 테니 말이다."

"돼지랑 같이 있는 건 괜찮아요. 돼지가 날 먹으려고 하지만 않는다면."

"아하, 그런 사태는 최선을 다해 방지해 보도록 하지."

그가 엄숙하게 약속한다.

"세 번째이자 마지막으로 할 말은, 네가 당장 목욕을 해야 한다는 거다. 코를 찌르는 돼지들의 체취가 네 몸 곳곳에 배어들었어. 숨 막히는 돼지 악취가 네 온몸에서 풍겨 나와. 한마디로 말해서, 너, 냄새가 너무 고약해."

교수를 따라 부두로 간다. 배와 바지선들 주변에서 바삐 움직이는 사람들을 지나, 보스턴에서 출발한 증기선을 타고 온 그의 짐마차들이 있는 곳에 도착한다. 밝게 색칠한 마차가 세 대인데 각각 말이 두 마리씩 매어져 있다. 몸집이 작은 말들은 그다지 활기차 보이지 않는다. 코끼리 아니면 사자 정도는 볼 수 있을 줄 알았는데 좀 실망이다. 교수는 자기 쇼는 대규모 동물 쇼가 아니라고 설명한다.

"우리 쇼는 모든 게 소규모란다. 정신만 빼고."

그가 쾌활한 목소리로 덧붙인다.

"기적의 플리보텀 마차단은 우리 용감한 병사들을 즐겁게 해주려는 소박한 노력에 불과하지. 끔찍한 전쟁을 잠시나마 잊고 필요한 약을 살 기회를 주는 것. 공화국의 시민으로서 최소한의 의무를 이행하는 거야."

"무슨 약을 파는데요?"

내가 묻는다.

"제일 좋은 약."

그가 말한다.

"미소를 짓게 하는 그런 약."

나는 한 번도 진짜 유랑 약장수 쇼를 본 적이 없다. 스퀀트 이모부가 성격적으로 그런 걸 싫어했기 때문이다. 해럴드 형은 우리 어머니가 살아있을 때 약장수 쇼를 한 번 구경한 적이 있다고 했다. 피부에 비늘이 돋아난 인어 소녀와 유리병에 담긴 머리 두 개짜리 뱀 그리고 발로 밴조를 연주하는 사람을 봤다고 했다. 쇼가 끝나면 '뉴로토닉 신경 치료제'라는 것을 파는데 그 냄새나 효과가 설탕을 탄 럼주와 비슷하다고 했다. 형은 어머니가 못 하게 말려서 그 치료제를 먹어 보진 못했지만 정말 재미있었다고 했다.

"미네르바."

교수가 외친다.

"얼굴 좀 보여 봐."

마차 문이 열리더니 깡마른 여자가 나온다. 머리카락이 너무 빨개서 머리에 불이 붙은 것처럼 보인다. 빨강 머리만 신기한 게 아니다. 허리가 꽉 끼고 소매 없는 옷을 입은 그녀의 팔은 손가락 끝까지 온통 색색의 그림으로 덮여 있다. 실제로 문신을 한 여자는 처음 보는데 정말 대단하다. 팔을 타고 올라가는 그림은 그림책에 나오는 삽화 같아서 거기서 무슨 이야기가 나올지 궁금해질 정도다.

"열두 살 때 배가 조난을 당해서 식인종들이 사는 섬을 표류하게 됐지. 미네르바는 남쪽 바다에서 포로로 잡혀 있었어."

교수가 설명한다.

"야만인들이 자기네 종족이라는 표시로 저렇게 그림을 그려 놓은 거야."

빨강 머리 여인이 눈을 한번 굴리고 말한다.

"그런 이야기는 쇼할 때나 써먹으시지, 펜튼."

그러고는 코를 찡긋거리고 얼굴을 찌푸리며 말한다.

"뭘 밟은 거야, 대체! 신발 바닥 좀 살펴봐."

"돼지야, 돼지."

교수가 쾌활하게 말한다.

"이 젊은 친구가 뜨거운 물로 목욕하고 깨끗한 옷을 입게 좀 도와줄 수 있지?"

그녀가 나를 조심스럽게 살핀다.

"물어?"

"기분 나쁘게 할 때만. 막대기로 찌르지만 않으면 위험하지는 않아."

"뜨거운 물 한 욕조에 10센트나 받더라고!"

그녀는 너무 비싼 가격에 화가 난다는 듯 말한다.

"비누는 5센트에다가!"

교수가 주머니에서 동전 몇 개를 꺼내 그녀에게 건넨다.

"투자할 가치가 있어. 보면 알아. 한마디로 재능이 있는 아이야. 천부적인 재능이. 거짓말을 얼마나 꿀처럼 달고 부드럽게 하는지 몰라. 저 아이를 잘 씻겨서 쇼를 시작해 보자고."

21장

인디언들이 삶은 아이

나한테 목욕은 익사하는 거나 다름없다. 비누를 손에 들었다 뿐이다. 그냥 순순히 할 수가 없다. 아주 어렸을 때부터 그랬다. 해럴드 형이 그러는데 우리 어머니는 펌프 밑에 커다란 양철통을 놓고 나를 거기서 감자처럼 씻겼다고 한다. 그럴 때면 난 항상 고래고래 소리를 질러 댔고.

나는 문신녀 미네르바에게 10센트를 아껴서 과자를 사 먹는 게 백번 나을 거라고 말을 붙여 본다. 박하를 먹으면 그녀의 입 냄새도 좀 가실 테니 얼마나 좋은 일이냐고 설득해 본다.

"한마디로 목욕은 시간, 돈, 노력 낭비예요."

문신녀 손에 잡혀 증기선 터미널에서 그리 멀지 않은 골목으로 끌려가는 동안 나는 입을 다물지 않는다. 다 쓰러져 가는 판잣집과 좁은 건물들이 항구 쪽으로 기울어진 채 서 있는 그 골

목은 어둑하고 좁다랗다.

"때가 좀 묻어 있어야 건강하다고요."

나는 말도 안 되는 고집을 피운다.

"보세요, 손에 침을 뱉어서 바지에 문지르면…… 보이죠? 아주 깨끗해지잖아요."

문신녀는 족제비라도 창피해서 죽어 버릴 만한 눈길로 나를 한번 쓱 흘긴다.

"첫째, 이건 플리보텀 교수 돈이니까 과자 사는 데 쓸 수 없어. 둘째, 그만 입 닫지 않으면 그 입속도 비누로 싹싹 씻어 줄 테니 그리 알아. 알겠어?"

"셋째는요?"

"셋째?"

"사람들이 첫째 어쩌고저쩌고, 둘째 이러고저러고 하면, 보통 셋째도 있던데요."

다들 알다시피 빨강 머리들은 쉽게 흥분한다. 이 문신녀도 예외는 아닌 것 같다. 한마디 말도 없이—씩씩거리는 소리는 말로 치지 않겠다—나를 빨래 주머니처럼 집어 들고는 자기 옆구리에 끼고 걷는다. 그러고는 내가 속으로 넷을 세기도 전에 찜통처럼 더운 판잣집 안으로 들어가더니 인디언들에게 나를 푹푹 삶아 달라며 건넨다.

인디언들이 나를 건네받아 뜨거운 비눗물이 든 커다란 나무 빨래통에 넣고 더러운 셔츠를 빨래하듯 나를 문질러 댄다. 그러면서 자기들끼리 말을 주고받는데 꼭 종이 가득 든 주머니가 계단에서 떨어지는 소리처럼 들린다. 나중에 알고 보니 그 사람들은 숲 속에 살면서 낚시와 사냥을 하는 우리 메인 주의 인디언들과는 다르다. 이 사람들은 중국에서 온 인디언들이다. 길게 찢어진 눈 모양은 비슷하게 생겼지만 부족이 다른 것이다.

"딴 짓 하지 마."

인디언들이 나를 꺼내 폭신한 수건으로 닦아 주고 깨끗한 옷을 입히는 동안 미네르바가 경고한다.

"네가 반은 돼지라고 말하면 이 사람들이 널 저녁으로 먹어 버릴지도 몰라."

배가 난파되어 식인종 섬에 살아서 그런지 미네르바는 외국인들은 다 식인종인 줄 아는 것 같다.

"아시는지 모르겠지만, 인디언들은 아이들은 먹지 않아요."

내가 말한다.

"보통 빨강 머리를 가진 다 큰 여자들을 좋아하고요."

그렇게 말하면 이 문신녀가 좀 무안해할 줄 알았다. 무안해하지 않으면 적어도 엄청나게 화를 낼 줄 알았다. 그런데 놀랍게도 문신녀는 화 대신 웃음을 터뜨린다.

"펜튼 말이 맞네."

문신녀가 쿡쿡 웃으면서 말한다.

"너, 웃기는구나."

돌아가는 길에 그녀가 나한텐 캐러멜 과자를 한 봉지 사 주고 자기는 박하를 산다.

"입 냄새 좀 없애 보려고."

웃음을 그치지 않으면서 그녀가 말한다.

페리 터미널에 돌아오니 플리보텀 교수는 마차가 떠날 준비를 완전히 끝내 놓고 있다. 이 지역을 빨리 떠나고 싶은 눈치가 역력하다.

"숨어서 어슬렁거리는 놈들이 있어."

미네르바에게 말하는데 그의 콧수염이 초조한 듯 떨린다.

"경찰들 말이에요? 어디 있어요?"

그녀가 거리낌 없이 말한다.

"경찰들 말고."

교수가 목소리를 낮춰서 말한다.

"스파이들 말이야. 사방에 쫙 깔렸어. 여기저기. 굉장히 영리한 놈들이야."

"스파이?"

그녀가 큰소리로 말한다.

"스파이들이 우리 같은 사람들에게 무슨 관심이 있겠어요?"

교수가 자기 입술에 손가락을 가져다 대고 말한다.

"쉬잇! 벽에도 귀가 있다고."

그러다가 내가 거기 서서 모든 것을 다 듣고 있는 걸 비로소 깨닫는다.

"아이쿠, 이놈의 나쁜 습관 같으니."

교수가 에헴 하면서 말한다.

"내가 이런저런 농담을 좀 많이 하지. 이 무슨 얼토당토않은 농담이람."

교수는 계속 그렇게 주절거리면서 어슬렁거리는 수상한 놈이랑 스파이들에 대해 자기가 했던 말이 농담이었다는 식으로 넘기려고 한다.

나는 진실을 좀 꼬고 늘리는 것에 대해 일가견이 있는 사람이다. 펜튼 J. 플리보텀 교수는 진실을 꼬고 늘리는 사람이다.

정신을 바짝 차려야겠다. 혹시 모르는 일이니까.

22장

짐마차 안의 비밀

플리보텀 교수는 나를 자기 옆에 앉혀 준다. 선착장으로 나 있는 분주한 길을 말들이 또각또각 걸어가는 동안 나는 높은 마부자리에 앉아 주변을 구경한다.

한곳에 이렇게 많은 사람들이 모인 건 본 적이 없다. 다들 각자의 목적지를 향해 한꺼번에 움직이고 있다. 피부색도 여러 가지다. 백인, 흑인, 중국에서 온 인디언들, 그리고 난생 처음 보는 인종도 있다.

근사한 양복에 신사 모자를 쓴 남자들, 양산을 쓰고 장갑을 낀 숙녀들, 누더기 차림을 한 사람들, 쩔쩔매며 구걸하는 불쌍한 꼬부랑 할머니들. 다들 어디론가 서둘러 가고 있다.

맨해튼 섬 이쪽 끝에 한 사람만 더 보태도 섬 전체가 접시처럼 뒤집혀서 모두 바다에 빠져 버리지 않을까 하는 생각이 들자

나도 모르게 숨이 찬다.

플리보텀 교수는 이 도시에 있는 사람 수가 메인 주 전체 인구보다 더 많다고 설명한다. 그 많은 사람들이 수십만 마리의 말, 그보다 더 많은 염소, 개, 고양이, 소, 그리고 너무 많아 이루 다 헤아릴 수 없는 닭과 엉켜서 산다는 것이다. 이 탁한 공기를 같이 마시고 같은 물을 마시면서.

교수는 특히 말들이 문제라고 말한다.

"말 한 마리가 날마다 말똥을 10킬로그램씩 생산해 내는데 거기에 수십만을 곱해 봐. 어떻게 되겠나?"

"엄청나게 독한 냄새요?"

"맞아!"

그가 신나서 말한다.

"엄청나게 향기로운 선물이 날마다 2,000톤씩 이 도시에 떨어지는 거야. 그러니 뉴저지의 향기가 그리울밖에."

"뉴저지에선 어떤 냄새가 나는데요?"

"풀과 흙냄새. 일단 늪지대를 지나쳐야 하지만. 그 전에 강도 건너야 하고."

가끔 그는 뒤를 돌아다본다. 누가 뒤를 쫓지 않나 걱정하는 눈치다. 나도 따라 뒤돌아보지만 사람들이 너무 많아서 누가 우리를 따라오고 있는 건지 아니면 그냥 같은 방향으로 가고 있는 건지 알 수가 없다.

반대편으로 가는 짐마차들이 우리를 가까스로 비켜 지나간다. 덩치 큰 짐마차꾼들은 채찍을 휘두르고 욕도 하면서 굉장히 무례한 몸짓을 지어 보인다.

플리보텀 교수는 미소를 지으며 손을 흔들어 준다. 미네르바한테는 눈에 띄지 않게 마차 안에 들어가 있으라고 한다. 혹시라도 문신을 구경하는 사람들 때문에 교통이 완전히 마비되어 버릴지도 모른다면서.

"마차나 잘 모시지요, 펜튼. 내 일은 내가 알아서 할 테니까. 잘 알면서 그러시네."

그녀가 주변을 둘러보며 말한다.

스파이 이야기를 했다고 교수를 놀리기는 했지만 미네르바도 주변을 살피는 걸 게을리하지 않는다.

나는 우리를 뒤따라오는 나머지 짐마차 두 대를 모는 사람들을 볼 수 있을까 해서 목을 길게 빼 본다. 돌이 깔린 길을 가느라 마차 자리에서 엉덩이가 솟구쳐 오를 때 흘낏 본 바로는 두 사람 다 지극히 정상으로 보인다. 턱수염과 늘어진 모자 때문에 눈이 보이지 않지만 평범한 사람들 같다.

"그렇게 두리번거리지 말고 앉아."

교수가 말한다.

"말들이 놀라겠다."

플리보텀 교수와 미네르바가 하는 행동으로 봐서는 짐마차 안에 뭔가를 숨기고 있는 것 같다. 돼지인 척하는 소년보다 훨씬 더 신기한 무엇인가를.

"아! 알아차렸구나!"

교수가 눈을 장난기로 반짝이며 말한다.

"뭔가 있을 거라는 건 추측했지만, 그게 뭔지는 모르겠어요."

"참을성을 가지고 기다려 봐, 젊은이. 오늘 저녁이 되면 우리 비밀을 모두 알게 될 테니까. 그 전엔 안 돼."

아무리 사정해도 그는 마차 안의 비밀에 대해서는 절대 말해 주지 않는다. 결국 나는 입을 다물고 다음 기회를 보기로 한다.

선착장은 허드슨 강을 한시바삐 건너려고 기다리는 사람들로 거리만큼이나 붐빈다. 걸어온 사람들도 있고 마차와 짐마차를 타고 온 사람들도 있다. 배는 정확히 매시 15분에 출발한다.

갑판이 평평해서 마차를 몰고 그대로 배에 올라탈 수 있다. 증기로 움직이는 커다란 물레방아 같은 겉바퀴가 배 양쪽에 달려 있는 게 보인다.

휘파람 소리가 나면서 문이 열리고 승무원이 외친다.

"모두 타시오!"

10분 후, 우리는 짐마차, 말과 함께 뉴저지로 출발한다.

강은 온갖 크기의 연락선과 증기선과 돛단배 등으로 가득하다. 우리 뒤로 맨해튼이 점점 희미해지면서 꼭 안개와 막대로 만들어 놓은 도시처럼 보인다.

연락선 굴뚝에서 폭폭 하고 나오는 회색 연기가 스퀀트 이모부의 파이프를 생각나게 한다. 이모부가 우리를 그리워할까? 다른 건 몰라도 우리 일손이 그립기는 하겠지.

이상하게 들릴지 모르겠지만, 농장이 그립다. 형과 나의 집이었던 헛간과, 우리 말 바비, 젖소 베스와 플로스 모두. 예상했겠지만 스퀸트 이모부가 그립다고는 할 수 없다.

그런데 정말 예상 밖의 일이 뉴저지 부두에서 나를 기다리고 있다. 푸른색 군복을 입고 우뚝 서서 나를 기다리고 있다.

바로 우리 형 해럴드. 진짜 우리 형이다.

23장

총소리

연락선이 부두에 닿자마자 나는 곧바로 뛰기 시작한다. 정말 운이 좋은 날이라고 생각하면서. 이제 막 모험을 시작했는데 벌써 형을 찾다니! 별 고생도 없이 말이다. 그냥 한두 번 납치당하고, 도둑맞고, 돼지우리에 던져지고, 기적의 마차단 단원이 되고, 인디언들 손에서 한 번 데쳐지긴 했지만 그 정도쯤은 별일도 아니다.

내 머릿속에서는 벌써 어떻게 말하면 해럴드 형이 웃음을 터뜨릴까 궁리하면서 그 많은 이야기를 다듬고 있다. 형은 신중한 성격이라 잘 웃지 않는다. 그런 형이 한번 웃으면 꼭 은화를 받는 느낌이 든다. 반짝이고 밝고 진실한 울림이 있기 때문이다. 그 웃음소리를 들으려고 여기까지 오지 않았는가.

"해럴드 형! 해럴드 형! 나야 나, 호머!"

나는 새 군복을 입은 젊은이들의 물결을 뚫고 앞으로 나아간다. 짙은 청색에 단추가 네 개 달린 코트, 하늘색 바지, 보병용 작업모 차림의 군인들은 각자 식량을 담은 검정 자루를 메고 있다. 북부군은 거의 모두 여기 와 있는 느낌이 들 정도로 많은 군인들이 남쪽으로 자기들을 데려갈 기차를 기다리며 서성거리고 있다. 땀과 구두약 냄새가 진동하는 푸른색 모직물 숲에 와 있는 느낌이다.

기차에 타기 전에 우리가 형을 찾으면 모든 오해를 풀 수 있을 테니 형은 아예 전쟁터로 가지 않아도 될 것이다. 여기서 우리라는 건 나랑 플리보텀 교수를 말한다. 교수가 군대에 아는 사람들이 있다니까 그중엔 우리를 도와줄 사람도 분명 있을 거다.

"해럴드 형! 해럴드 형!"

마침내 형이 내 목소리를 듣고 고개를 돌린다.

가까이 와서 보니, 얼굴이 다르다. 배 속이 갑자기 뒤집히면서 몸이 휘청거리다가 쓰러질 뻔했다. 해럴드 형이 아니다. 몸집이나 서 있는 자세가 우리 형하고 비슷했을 뿐.

"당신은…… 우리 해럴드 형이…… 아니네요."

숨을 헐떡거리느라 겨우 그렇게 말한다.

"토마스 핀치 이등병. 매사추세츠 제 15연대."

그가 갈라진 목소리로 그렇게 말한다.

"미안해요. 우리 형을 찾고 있었어요. 해럴드 피그. 메인 주 파인 스왐프 출신이에요."

핀치 이등병은 고개를 젓는다.

“메인 주 연대는 여기 모였다가 이미 떠났을 텐데. 네 형도 같이 가지 않았을까?”

“아, 그렇군요.”

나는 눈에서 흘러내리는 땀 때문에 눈을 깜빡이며 헐떡거린다.

“고맙습니다.”

플리보텀 교수와 짐마차들을 찾으려고 돌아서는데 문득 떠오르는 생각이 있다.

“핀치 이등병님.”

나는 돌아서서 그의 뻣뻣한 모직 소매를 잡아당긴다.

“혹시 메인 주 파인 스왐프 출신 해럴드 피그를 만나면 집으로 돌아가라고 꼭 좀 전해 주시겠어요? 동생 호머가 죽어간다고요. 꼭 말해 주세요, 네?”

“만나면 꼭 전해 줄게.”

핀치 이등병이 말한다.

“그런데 이 큰 전쟁 통에 누가 네 형인지 어떻게 알겠니?”

“이등병님하고 굉장히 비슷하게 생겼어요. 우리 형이 조금 더 크고, 더 강하고, 더 잘생기긴 했지만요.”

“그래?”

핀치 이등병이 활짝 웃으며 말한다.

“최선을 다해 찾아보겠다, 호머. 네가 호머 피그지, 맞지?”

나는 고개를 으쓱해 보인다.

"그럴 가능성도 있어요."

"얘야, 죽어가는 애치고는 너무 건강해 보이는 거 아니니?"

"그건 걱정 마시고요, 우리 형 만나면 꼭 전해 주실 거죠?"

"물론이지."

그는 주변을 한번 흘낏 살피더니 혼자서 미소를 머금고 나를 향해 날렵하게 경례 자세를 취한다.

"고맙다. 호머 피그. 네 덕분에 내 동생한테 편지를 써야겠다는 생각이 들었어. 너보다 조금 더 크고, 더 강하고, 더 잘생긴 동생이야. 나를 무사히 돌아오게 하려고 자기가 죽어 간다는 거짓말도 해야 한다면 할 녀석이지."

그 말을 끝으로 핀치 이등병은 푸른색 모직물 숲 속으로 사라진다.

잠시 후 미네르바가 와서 내 옷깃을 움켜쥔다. 군중을 헤치고 여기까지 오느라 숨을 헐떡이고 있다.

"야! 널 잃어버린 줄 알았잖아!"

그녀가 내 턱을 치켜들고 내 눈을 들여다보더니 말한다.

"뭐야, 울었니?"

내가 고개를 젓자 고맙게도 더 이상 아무것도 묻지 않는다.

그날 저녁 기적의 마차단은 내가 단원이 된 후 첫 공연을 벌인다.

우리가 있는 곳은 저지 시 선착장에서 울퉁불퉁한 길을 따라

10마일쯤 떨어진 지역으로 지대가 낮고 잡풀이 우거진 곳이다. 바다에서 그리 멀지 않은 이곳에서 군 야영지를 만난 것이다. 키 큰 잡풀 사이로 줄지어 늘어선 하얀 캔버스 천 텐트가 백 개는 되어 보인다. 총소리와 사람들의 고함소리가 지평선 너머에서 끊임없이 들려온다.

"전투가 벌어진 건가요?"

내가 자리에서 일어나며 묻는다.

"전쟁터에 온 건가요?"

"전쟁은 훨씬 먼 곳에서 벌어지고 있어."

플리보텀 교수가 설명한다.

"여기는 신병들에게 전투 훈련을 시키는 곳이야."

우리는 모래 둔덕으로 둘러싸인 작은 공터에 짐마차를 세운다. 둔덕들이 바람을 막아 주기는 하지만 여기에 누가 있다는 걸 알고 둘러보지 않는 한 우릴 찾기 힘들 것 같다.

"약장수 쇼를 별로 안 좋아하는 장군들이 있거든."

교수가 나를 보고 설명한다.

"그런 쇼가 전쟁에 정신을 집중해야 하는 병사들의 마음을 흩뜨린다고 생각하지. 우린 병사들이 하루 종일 힘들고 어려운 훈련을 받은 뒤엔 조금이라도 즐거움이 있어야 된다고 믿는 쪽이고. 그래서 최선을 다해 병사들을 즐겁게 해 주려고 노력하면서도 최대한 눈에 띄지 않게 행동하는 거란다."

우리가 장비들을 내려놓고 쇼를 준비하는 사이 다른 짐마차를 몰았던 남자 둘이 군 야영장으로 걸어간다. 신병들에게 우리가 어디 있는지, 무슨 쇼를 할 건지 알리기 위해서다.

나랑 미네르바는 어두워질 때를 대비해서 램프와 횃불을 설치하고 휘장과 깃발을 내거는 일을 맡는다.

더운 바람에 부드러운 휘장이 날리자 거기 쓰인 글씨들이 공기 중에서 춤을 추는 것 같다.

플리보텀의 기적의 명약! 식인종 섬에서 탈출한 문신녀! 재주 많은 저글링의 달인 브릴로 브라더스! 놀라운 돼지 소년!

정말 놀라운 건 나도 쇼를 보고 싶어 안달이 난다는 사실이다. 게다가 내가 그 쇼의 일부라니!

24장

돼지 호머를 위한 꿀꿀 삼창

저녁 하늘에서 마지막 노을이 사라지자 병사들이 두세 명씩 무리 지어 모여든다. 작은 소리로 속삭이기도 하고 낮은 소리로 웃기도 하면서. 야영장에 있는 막사에서 잠을 자야지 약장수 쇼를 보러 오면 안 되는 사람들이다.

"우린 한 야영장에서 하루 저녁 이상 머물지 않아."

미네르바가 문신한 팔을 길고 부풀어 오른 소매로 감싸면서 말한다. 떼었다 붙였다 하는 소매다.

"우리 같은 사람들, 이렇게 돌아다니는 사람들은 계속 움직이지 않으면 법한테 따라잡혀."

"우리가 하는 일이, 그러니까 약을 파는 게 법을 어기는 일이란 말인가요?"

"꼭 그런 건 아니야."

그녀가 좀 불편한 목소리로 말하면서 내 눈을 피한다.

"그것보다는 잘 모르는 이방인들이 군대 주변에 와서 오래 머무르면 다 싫어하니까 그러는 거야."

쇼가 시작되자 우리는 제 1짐마차 안에서 대기한다. 미네르바는 긴 소매를 붙이느라 그렇고, 나는 놀라운 돼지 소년이라 마지막까지 얼굴을 보이면 안 되기 때문이다.

마차를 덮은 천막 사이로, 플리보텀 교수가 손뼉을 치며 짐마차 옆쪽으로 낸 작은 나무 무대로 뛰어나가는 것이 보인다.

높은 신사 모자에 무릎까지 오는 부츠는 검은 거울처럼 광이 난다. 코트에 달린 단추는 모두 5달러짜리 금화여서 석유램프 빛을 받아 작은 태양처럼 반짝거린다.

"안녕하십니까, 용감한 신사 여러분! 기적의 마차단에 오신 걸 환영합니다! 전지전능하신 주님의 은총이 항상 함께해서 북부군이 패배라는 것을 모르길 기원합니다! 모든 신병들이 사람 죽이는 훈련을 열심히 받고 있으니 이제 승리도 머지않았습니다! 승리로 가는 길에 조금이라도 여러분에게 도움이 되고자 제가 오늘 이 자리에 선 것입니다. 전쟁터의 근심과 고통을 덜어드리고, 축축한 텐트에 찾아드는 벼룩을 퇴치하고, 여러분 식사에 끼어드는 곤충 맛을 좀 더 낫게 해 드릴 수 있습니다. 그리고 가장 필요한 순간 용기를 내게 해 드리려고 이 펜튼 J. 플리보텀 교수가 찾아온 것입니다. 멀고 먼 동쪽 나라에서 오랜 지혜를 전수 받아 강력한 효능을 발휘하는 명약을 만드는 데 성공했습니다. 사기를 높이고 눈에 생기를 되찾아 주는 그런 명약입니다! 여러분을 괴롭히는 증상을 싹 낫게 해 줄 명약! 한 모금 마시는 그 순간부터 여러분은 악마의 품에서 벗어나 부드러운 어머니의 품속 같은 인류애를 느끼실 것입니다!"

어린 병사들 사이에서 웅성거리는 소리가 나더니 보이지 않는 병을 어서 잡고 싶은 듯 몇몇은 팔을 번쩍 쳐들기도 한다.

"잠깐만! 잠깐만 참아 주시길, 우리 젊은 영웅들이여! 명약은 쇼를 즐긴 다음에 살 수 있습니다. 그 전에는 살 수가 없어요. 걱정 마세요, 여러분에게 다 돌아갈 정도로 충분하니까! 자, 누가 거기 있는 밴조를 좀 건네주시죠. 플리보텀의 기적의 신약이 어떻게 신경통을 낫게 하고 손가락을 날렵하게 해 줬는지, 나아가 내 귀를 뚫어 줬는지 확실히 보여 드리겠습니다. 이제 듣고 감탄할 시간입니다!"

교수가 밴조를 뜯기 시작한다.

처음에는 슬프고 음울한 가락으로 '깃발 아래로 모여라 모두들'을 천천히 연주한다. 그러더니 점점 속도를 높여 정말로 밴조 소리가 울려 퍼지는 것처럼 연주하기 시작한다. 병사들은 곡조에 맞춰 손뼉을 치고 일부는 노래를 따라 부르기도 한다. 노래가 끝났다고 여기는 순간 미네르바가 교수 뒤에서 나타난다. 밴조를 받아들고 연주하기 시작하는데 한 박자도 놓치지 않는다.

관객들이 얼마나 환호성을 올려 대는지! 미네르바는 활짝 웃어 보인 다음 불꽃놀이의 반짝이는 스파크처럼 들리는 높은 가락을 연주해 보인다. 그러다가 어느 순간부터는 교수와 미네르바가 동시에 밴조 하나를 같이 연주한다. 미네르바가 줄을 뜯고 교수가 음을 짚는데 어찌나 손가락이 빨리 움직이는지 보이질 않는다.

두 사람이 네 손으로 연주하는 밴조만큼 신나는 건 들어본 적이 없다. 그대로 짐마차에서 튀어 나가 흥겨워하는 군중 사이에 끼고 싶은 마음을 억누르기도 무척 힘이 든다. 마침내 노래 연주가 끝난다. 미네르바와 교수가 손을 잡고 인사를 하자 병사들이 우레와 같은 박수를 보낸다.

파인 스왐프에서 이런 밴조 연주를 봤다면 일 년 내내 볼 구경거리를 한꺼번에 모아 본 것이나 다름없다. 그런데 기적의 마차 단 쇼는 이제 시작에 불과하다. 환호성이 그치기도 전에 어디선가 두 남자가 뛰어나오더니 훨훨 타오르는 횃불로 저글링을 하면서 이 사이로 휘파람을 분다.

재주 많은 저글링의 달인 브릴로 브라더스는 바로 짐마차 두 대를 모는 마부들이다. 미네르바는 브릴로가 원래 이름이 아니라 교수가 지어 준 이름이고 형제인 건 맞는다고 말해 준다. 다람쥐처럼 몸이 날쌘 데다 저들 손에 잡히는 건 뭐든지 저글링을 할 수 있다는 설명과 함께. 브릴로 브라더스는 횃불로 저글링을 하다가 나무 앙동이, 벽돌, 그다음엔 상자와 벽돌을 섞어서 한다. 심지어 작은 의자 세 개를 가지고도 저글링을 한다.

마지막에는 군중 가운데서 몸집이 작은 병사를 끌어내더니—

북 치는 병사로 몸집이 나만 하다—그 사람을 가지고 저글링을 한다.

병사의 친구들이 좋아서 죽겠다는 듯이 박장대소한다.

재주 많은 저글링의 달인 브릴로 브라더스가 절을 하자 플리보텀 교수가 다시 무대로 나선다.

"신사 여러분! 로마의 명장 마크 안토니가 남긴 유명한 말 중에 '귀를 빌려 달라!'는 말이 있습니다. 자, 이제 여러분의 귀를 빌려 주십시오. 드릴 이야기가 있습니다. 신기하고도 비장한 이야기지요. 애간장을 녹이는 비극! 이야기는 메인 주 북쪽 깊은 숲 속에서 시작합니다. 머리가 하늘에 닿을 듯 거대한 곰과 사슴들이 소나무 숲을 거닐고 달의 그림자처럼 새까만 늑대들이 울부짖는 깊고 어두운 숲 속. 백인의 발자국이 한 번도 닿지 않은 고대의 처녀지. 그 땅에서 우리의 인디언들이 최근에 발견한 이상하고도 흔치 않은 생물이 있습니다. 어느 날 인디언들의 덫에 걸려 겁에 질린 채 으르렁거리고 있던 이 생물은 고대인들이 키메라라고 부르는 것으로, 반은 사람이고 반은 돼지인 반인반수입니다. 반은 소년 반은 돼지. 믿기지 않으십니까? 그렇다면 신사 여러분, 놀라지 마십시오. 자, 바로 여기에…… 그 놀라운 돼지 소년이 등장합니다!"

교수의 우렁찬 목소리가 밤하늘에 울려 퍼지는 가운데 나무우리가 짐마차에서 굴러 나온다. 그러자 그가 손에 들고 있는 랜턴을 높이 쳐든다.

나무 우리에는 놀라서 꽥꽥거리는 돼지 세 마리가 들어 있다. 돼지 세 마리와 나. 나도 꽥꽥거리고 있다. 더러운 코를 나무 우리 판자 틈새로 들이밀면서 가까이 오면 물어뜯을 듯이 이를 드러내 보인다.

"물러서세요, 신사 여러분! 물러서세요! 주의하십시오, 잘못하면 물립니다! 지난주에는 어떤 사람을 물어 손목 아래가 완전히 떨어져 나간 일도 있었습니다. 코, 귀를 물어뜯은 경력이 있고, 한번은 외눈박이 선원의 하나 남은 눈알마저 물어뜯은 적이 있습니다!"

나는 허술한 속바지 같은 것 말고는 아무것도 걸치지 않은 채다. 완전히 발가벗은 상태지만 아무 상관 없다. 흙과 더러운 오물로 범벅이 돼서 어차피 속살은 하나도 보이지 않으니까. 말하자면 흙으로 된 옷을 입은 셈이다. 귀가 커 보이라고 미네르바가 머리카락에 이파리를 쑤셔 박아 줬다. 엉덩이에 꼬불꼬불한 돼지 꼬리도 붙여 줬다. 분장을 다 마친 다음에 미네르바가 보여 준 거울을 보고 비명을 지를 뻔했다.

거울에 비친 야수의 모습은 내가 아니었다. 내 모습이 그럴리 없잖은가. 아닌가?

사실은 무서워 죽을 것 같다. 나 자신이 너무 더럽고 너무 사나워 보여서가 아니다. 이렇게 돼지 소년을 하는 게 너무 재미있게 느껴져서이다.

풀로 붙인 꼬리를 흔드는 것이 좋다.

이를 드러내고 갇힌 짐승처럼 꽥꽥거리는 것도 좋다.

나보다 두 배쯤 나이 먹은 병사들을 겁주고 저들이 내민 손가락을 콱 깨무는 시늉을 해서 놀란 어린애처럼 뒤로 펄쩍 뛰게 만드는 것도 좋다.

놀라운 존재가 되는 것이 재미있고, 쇼의 주인공이 돼서 모든 사람이 나를 보게 만드는 것이 더없이 재미있다. 설령 돼지처럼 행동해야 한다 하더라도 말이다. 정말이지 얼마 가지도 않아서 내가 사람보다는 동물에 더 가까운 느낌이 든다.

"조심해! 손을 물어뜯기겠어!"

어린 병사가 뒤로 물러서며 외친다.

우리 밖으로 뛰쳐나가고 싶은 충동이 머릿속에서 있는 대로 고함을 치고 있다. 나가서 나를 괴롭히는 사람들을 모두 물어뜯어 버리고 싶다. 그 생각을 말로 외쳐 대는 대신 나는 돼지 소리를 내고 있다.

"분노가 극에 달했구나, 불쌍한 녀석!"

교수가 랜턴으로 나를 가리키며 말한다.

"네 비극적인 존재 자체에 분노하고, 이 냄새 나는 우리에 갇힌 불의에 분노하는구나!"

교수가 놀란 군중을 향해 고개를 들더니 자기 심장에 손을 얹는다.

"신사 여러분, 여러분께 이런 질문을 던지는 바입니다. 이것도 저것도 아닌 반인반수. 이 존재에게 영혼이 있을까요? 이 생물이 죽으면 주님께 가게 될까요? 아니면 그냥 흙으로 돌아갈까요? 사람은 영혼이 있고 동물은 영혼이 없습니다. 그렇게 배워 왔지요. 그런데 반만 인간이라면? 영혼도 반만 있을까요? 아니면 전혀 없을까요?"

병사들이 쥐죽은 듯 조용해진다. 소음을 내는 건 오직 나뿐이다. 꿀꿀, 꿀꿀.

"그 대답은 주님만이 아실 것입니다."

교수가 무척 근엄하고 장엄한 어투로 그렇게 선언한다.

"이 불쌍한 녀석을 가져가라!"

교수가 브릴로 브라더스를 불러 그렇게 말한다.

"사람들 눈에 띄지 않게 감춰라! 신사 여러분, 이 놀라운 돼지 소년을 고칠 약은 없습니다. 그러나 여러분 한 사람 한 사람이 겪는 어려움을 치료할 약은 있습니다."

브릴로 브라더스가 내가 있는 나무 우리에 천을 덮어씌우고 짐마차 안으로 끌고 들어간다.

미네르바가 약병을 나눠 주는 동안 교수의 매끄러운 목소리가 밤공기에 퍼져 나간다.

"자, 이리 모이십시오! 플리보텀의 기적의 명약이 여러분의 병을 확실히 고쳐 드립니다! 백 퍼센트 만족 보장! 이 약 한 병에 단돈 1달러! 정말 잘 쓴 1달러가 될 것입니다! 그리고 이 약을 산 사람에 한해서만 온몸이 문신으로 덮인 채 식인종 섬에서 살아 돌아온 문신녀를 볼 수 있게 해 드립니다!"

짐마차 안에 비누를 푼 물 한 양동이가 나를 기다리고 있다. 내가 다시 사람이 되기 위해 몸을 씻을 물이다. 나는 캔버스 천을 살짝 들추고 병사들이 명약이 든 병을 단숨에 마시는 걸 지켜본다.

병사들의 눈이 랜턴 빛에 비쳐 번뜩인다.

이렇게 더러운 오물을 뒤집어쓰고도 우리가 파는 '약'이라는 것의 냄새를 맡을 수 있다.

저 냄새를 나는 알고 있다.

위스키.

플리보텀 교수의 기적의 명약은 그냥 보통 위스키일 뿐이다.

25장

코끼리를 보기 그리고 죽기

내가 아홉 살 때 해럴드 형이 나를 스코히간 축제에 몰래 데려간 적이 있다. '몰래'라고 한 것은 그런 장터에 가면 사악한 영향을 받는다는 이유로 스컨트 이모부가 금지한 일이기 때문이다. 다시 말하면, 거기 가면 재미나는 일이 많은데 스컨트 이모부는 사람이 재미나는 일을 하는 건 좋지 않다고 여기기 때문일 거라고 나는 추측한다. 이모부는 비참한 상태가 인간한테 가장 좋은 상태라고 믿는 사람이다. 그래서 평생을 비참해지려고 노력했고, 마음이 하도 너그러워서 최선을 다해 다른 사람들도 비참하게 만들어 주려고 노력해 온 것이다.

스코히간 축제가 열리는 곳은 상당히 멀었다. 그래서 형은 수레에 채소를 싣고 그곳으로 가는 파인 스왐프 농부에게 태워다 달라고 부탁했다. 그런데 수레바퀴가 빠져 버려서 결국은 20마일이나 되는 거리를 거의 걸어서 갔다. 그때 나는 발이 아프다고 하면서 계속 돌아가자고 했지만 해럴드 형은 절대 포기하지 말자고 했다.

도착해 보니 고생한 보람이 있다는 것을 금방 알았다. 그때까지 그렇게 많은 사람들이 한곳에 모인 걸 본 적이 없었다. 천막과 매대에선 대부분 음식을 팔았다. 설탕을 입힌 밀가루 튀김, 계피가루를 뿌린 뜨거운 도넛, 큰 덩어리째로 오븐에 구운 쇠고기, 닭 날개, 장어 피클, 훈제 청어, 설탕을 입힌 것, 꿀에 절인 것 등등 그야말로 없는 게 없었다. 우리 형제는 돈 한 푼 없었지만 다른 사람들이 먹고 남긴 것만 먹어도 배가 불렀다.

너무 먹어 토하기까지 하면서도 굴하지 않고 계속 먹었다!

흙이 깔린 커다란 트랙에서 마차 경주가 벌어졌다. 트랙 주변에 모여든 사람들은 자기가 산 마권을 흔들면서 고래고래 소리를 지르며 응원했다. 잘 꾸민 마차와 농기구 전시장, 채석장에서 캔 엄청나게 무거운 돌을 끌고 온 짐 끄는 말들, 우량 가축 전시 등도 있었다. 밤늦은 시간엔 여자들이 속옷만 입고 나와 춤을 추면서 맨 발목을 보여 주는 쇼도 열렸다.

내가 군중들 사이에서 위스키 냄새를 맡은 것은 그 춤추는 여자들이 있는 천막 밖이었다. 물론 형이랑 나는 어리다고 천막엔 못 들어가게 했다. 나랑 형은 텐트 밖에서 기다리고 있다가 너무 술에 취해 자기 마차가 있는 곳까지 혼자 걷지도 못하는 사람들을 도와주고 1펜스씩 벌었다. 술에 취한 사람들이 그렇게라도 해서 마차로 돌아가지 못하면 그대로 진흙탕에서 잠들어 버렸기 때문이다.

위스키가 사람을 바보로 만든다는 것을 배운 게 바로 거기다.

스코히간 축제.

위스키는 뉴저지에서도 사람을 바보로 만들고 있다. 약을 물 마시듯 단숨에 마신 병사들은 목이 말라 죽을 지경이다. 어떤 병사는 휘청거리고, 어떤 병사는 무릎을 꿇고 주저앉는다. 어떤 병사는 아무것도 아닌 일에 웃음을 터뜨리고, 어떤 병사는 집에 병들어 누워 계신 어머니를 그리며 흐느낀다.

병사들을 술 취하게 하는 게 결코 잘하는 일은 아닌 것 같다. 그런데 플리보텀 교수는 해럴드 형을 찾고 싶으면 이런 것쯤은 금방 익숙해져야 할 거라고 말한다.

"이 아이들 말이다, 이 아이들은 다 대체품이야. 너, 대체품이 뭔지 아니?"

그가 내게 묻는다.

내가 고개를 젓자 그가 말한다.

"몇 주일 안에 이 아이들은 전쟁터에서 죽은 아이들 자리를 대체할 것이라는 뜻이야. 총에 맞아 죽고, 병으로 먼저 간 아이들 대신 그 자리를 메운다는 얘기지. 여기 있는 아이들 중에서도 많은 수가 죽겠지. 이 명약은 용기를 줄 거야. 잠깐 동안이더라도."

"토하는 사람들도 있어요."

교수가 어깨를 들썩해 보인다.

"전쟁터에서도 토하는 사람들은 많아. 전쟁이란 건 끔찍한 거란다, 호머. 위스키는 그냥 위스키일 뿐이야. 네가 알아듣든 못 알아듣든 우리가 하는 일은 분명 의미가 있어."

"네엡!"

"오늘 밤에는 놀라운 돼지 소년을 보고 나서 좀 더 취했지. 이 여름이 끝나기 전에 모두들 코끼리를 보게 될 거야. 그중 많은 수가 무덤을 보게 될 거고."

"네엡!"

병사들끼리 전쟁터에서 싸우는 것을 '코끼리를 본다'고 말하곤 한다.

나는 해럴드 형이 절대 코끼리를 안 보게 되기를 기도한다.

우리는 무려 2주일 동안이나 내내 힘들게 이동한다. 날마다 먼지를 뒤로 하고 먼 길을 떠나 저녁이면 군대 야영지에서 멀지 않은 곳에 자리를 잡은 다음 쇼가 끝나면 바로 짐을 싸서 도망가기를 반복한다. 나는 어떨 땐 교수랑 미네르바와 함께 마차를 타고, 어떨 땐 브릴로 브라더스하고 같이 타기도 한다. 브릴로 브라더스의 진짜 이름은 버나드와 텔리란드다. 처음엔 이들 형제가 농담만 하고 장난만 치는 사람들로 보였다. 그런데 시간이 흐르면서 이들이 한곳에 너무 오래 머무르면 군대에 끌려가게 되지 않을까 걱정하고 있다는 사실을 알았다.

"무서워하지 마라, 동생아."

남쪽으로 이동하는 길에 버나드가 말한다.

"군대에 끌려가면 대포알로 저글링을 하면 되지. 아니면 이빨로 총알을 받아 내거나."

"머리로 받지나 않으면 다행이지."

탤리란드가 눈을 한번 굴리며 말한다.

"네가 머리가 있었냐?"

버나드가 묻는다.

"좀 작긴 하지."

탤리란드가 대답한다.

"생각을 할 정도는 못 되고, 저글링이나 할 정도의 머리지."

줄여서 탤리라고 부르는 사람은 저글링만 잘하는 게 아니다. 마차단의 식사 담당인데 솜씨가 여간 좋은 게 아니다. 감자만 해도 각기 여섯 가지 방법으로 요리를 해 낸다. 깊은 주물 냄비에 닭을 튀기는가 하면 파이 껍질에 쇠고기 스튜를 집어넣은 웜퍼라는 음식도 맛있게 한다. 내가 제일 좋아하는 건 달걀과 소시지와 폭신한 비스킷이다. 아침 식사로도 좋지만 밤이나 낮이나 언제 먹어도 정말 맛있다.

한번은 브릴로 브라더스가 밤늦게 갑자기 돼지고기 스테이크 생각이 간절해져서, 탤리가 나한테 우리를 같이 사용하는 돼지 한 마리를 자기에게 양보해 줄 수 있겠냐고 묻는다.

"죽어도 안 되는 일이에요!"

내 얼굴이 귀밑까지 벌겋게 달아오른다.

"아저씨 같으면 배고프다고 버나드 아저씨를 잡아먹겠어요? 내 친구들한테 절대 손대지 말아요!"

버나드가 고개를 저으며 킬킬거린다.

"저 녀석, 자기가 돼지인 줄 안다니까. 말했잖아. 그래서 연기가 그렇게 리얼한 거라고."

"그거하고 꼬리하고."

탤리가 말한다.

플리보텀 교수는 진짜 약속을 잘 지키고 있다. 만나는 군대 야영장마다 해럴드 형에 관해 물으면서 형이 어느 부대에 배치됐는지 알아내려고 애를 쓴다. 우리가 만나는 병사들 대부분은 뉴저지나 뉴욕 출신들이다. 메인 주 출신 병사들로 이루어진 연대를 만난 것도 두 번이나 된다.

그러나 실망스럽게도 형은 거기 없다.

지쳐 보이는 얼굴의 포틀랜드 출신 상사가 새로 모집된 병사들 중 많은 수가 최근에 홍역이 돌아 크게 타격을 입은 메인 주 제 20연대에 배치되었다고 알려준다. 그는 씹는담배를 한 바가지 탁 내뱉고 소매로 턱수염을 닦으며 말을 잇는다.

"챈설러즈빌에서 북부군을 무찌른 다음 리 장군이 버지니아를 떠나 북쪽으로 향하고 있다는 말이 돌기는 하는데. 물론 아무도 확실한 이야기는 안 해 주니까 대부분 그냥 소문 아니면 유언비어지."

"그렇습니까?"

교수가 굉장히 흥미가 있다는 듯 말한다.

"리 장군이 북쪽으로 향하고 있다고요?"

로버트 E. 리는 남부군 장군이다. 전쟁이 시작되자 뛰어난 지략으로 대부분의 전투에서 승리를 거뒀기 때문에 아주 충성스런 북부군의 병사라 해도 리 장군 이야기를 할 때는 일종의 존경심 같은 게 묻어난다.

상사가 약간 사팔뜨기가 된 눈으로 교수를 쳐다본다.

"그럴 수도 있다는 얘기지."

상사가 말한다.

"뭐 때문에 이렇게 관심을 보이는 거요? 스파이 짓을 하고 있는 건 아니겠지?"

교수가 무릎을 치며 웃음을 터뜨린다.

"농담도 정말 잘하시네! 내가 교수형을 당한다면 장난을 너무 많이 쳐서 그렇지 스파이 짓 때문은 아닐 겁니다. 관심을 갖는 이유는 따로 있지요. 사실 저 고아 소년이 형을 찾고 있거든요. 열일곱밖에 안 됐는데 불법으로 군대에 팔려 갔다지 뭡니까."

"그래?"

상사가 사팔뜨기 눈으로 날 자세히 본다.

"네, 맞아요. 이모부가 형을 스무 살이라고 속여서 대체 병사로 입대시키고 돈을 가로챘어요. 입대할 때 한 맹세가 거짓말이니 다 무효예요. 우리 해럴드 형은 이제 열일곱 살이니까요."

"그래서 어떻게 할 거냐, 꼬마야? 네 형을 찾은 다음에 말이다. 형이 맹세하고 입대했다면서."

"몰라요. 먼저 형부터 찾고 봐야지요."

상사가 아직도 수상쩍다는 듯 교수를 한번 쳐다보고는 턱짓으로 나를 가리킨다.

"펜실베이니아의 포토맥 강 주변을 찾아보쇼. 지난 몇 달 사이에 징집된 병사들은 대부분 거기로 보낸다고 하더군. 전투가 거기서 벌어질 거라나 뭐라나. 그리고 너, 꼬마!"

"네?"

"너무 나대지 마라. 앞으로 아주 위험해질 테니."

그날 밤은 형이 걱정되어 잠이 오지 않는다. 형은 너무 강하고 용감해서 깃발을 들고 맨 먼저 격전지로 뛰어드는 임무를 맡을 게 분명하다. 형이 성조기를 휘날리며 언덕을 넘어 오는 모습이야말로 남부군 군사들이 제일 처음 목격할 장면일 테니 분리주의자들의 총구가 모두 형 한 몸에 조준될 게 뻔하다.

로버트 E. 리 장군이 회색 말을 타고 멋진 은색 피스톨로 해럴드 형을 쏘는 장면이 내 머릿속에 그려진다. 형이 깃발과 뒤엉키며 쓰러진다.

형이 땅에 쓰러져 피를 흘리고 얼굴은 점점 더 창백해진다.

형이 죽는다.

그 순간 나는 제일 뒤에 세워진 짐마차에 있는 내 작은 침대에서 벌떡 일어나 밖으로 나온다. 머리를 식혀 줄 찬 공기가 필요하다. 형이 전쟁터에 도착했을 때 벌어질 일을 미리 상상하면서 나 자신을 괴롭히다니, 정말 바보 같은 짓이 따로 없다.

마차단과 함께 펜실베이니아를 향해 서쪽으로 가면서 계속 형을 찾는 것 말고는 다른 도리가 없지 않은가. 메인 주 연대를 찾아 연대장에게 잘 설명하면 나쁜 일이 일어나기 전에 형을 나에게 돌려줄 것이다.

어둠을 뚫고 말을 탄 남자가 나타난 것은 짐마차에서 몇 미터쯤 떨어진 커다란 바위 뒤에서 내가 일을 보고 있을 때다.

검은 말을 탄 남자. 말발굽에 천을 감아 소리가 나지 않게 해 둔 것도 보인다. 처음에는 우리 물건을 훔치러 온 도둑인 줄 알았다. 그렇지 않다면 왜 이렇게 깊은 밤에 몰래 나타났겠는가?

그래서 다른 사람들을 깨우려고 막 소리를 지르려고 하는데 플리보텀 교수가 제일 앞에 세워진 짐마차에서 내리는 게 보인다. 눈에 잘 띄지 않도록 검은 외투를 입고 있다. 그리고 그가 움직이는 모습에서 뭔지 모르게 긴장감이 묻어난다.

교수가 말 탄 사람을 만난다. 두 사람이 몇 분 동안 이야기를 나누지만, 내가 있는 곳에서는 중얼중얼하는 소리밖에 들리지 않는다. 플리보텀 교수가 보는 사람이 없는지 확인하느라 주변을 살핀다. 내가 바위 뒤에서 엿보고 있는 걸 보지 못한 것 같다. 그가 외투 안에 손을 넣더니 편지나 서류를 넣는 가죽 가방

같은 것을 꺼낸다.

플리보텀 교수가 그 가방을 말 탄 사람에게 건넨다. 말 탄 사람은 재빨리 경례를 붙인 다음 말을 돌려 조용히 암흑 속으로 사라진다.

이제 내가 잠을 이루지 못하는 이유가 두 개다. 형 걱정을 하느라, 그리고 플리보텀 교수가 어둠 속에서 무슨 짓을 하는 것인지 추측하느라 너무 바빠서다.

26장

끔찍한 검은 짐마차

사랑하는 우리 어머니의 죽음에 대해 기억나는 일은 관뿐이다. 소나무와 장뇌기름 향기, 그리고 아주 작은 크기의 관. 그렇게 좁은 곳에서 우리 어머니가 어떻게 잠들라는 것인지. 그 걱정에 나는 잠도 자지 못하고 먹지도 못했다. 결국 해럴드 형이 우리 어머니는 이제 천당에 가 계시고 땅에 묻혀 있는 그 빛바랜 자취는 이미 없어진 지 오래라고 설명해 줬다.

그래서 소나무 상자면 충분하다고.

그래도 잘 이해되지 않았다. 그 '자취'라는 게 무슨 뜻인지?

"뒤에 남긴 것을 말해."

형이 설명했다.

"그걸 어떻게 알아?"

내가 물었다.

"어머니가 직접 설명해 주셨어. 돌아가시기 직전에. 어머니의 몸이 불쌍하다고 슬퍼하지 말라고 하셨어. 몸은 그냥 자취에 불과하다고. 어머니 영혼은 죽지 않고 하나님과 함께하기 위해 하늘로 올라갈 거라고 하셨어. 천당엔 우리 어머니가 편히 쉴 수 있는 자리가 충분해, 호머야. 그러니 걱정하지 마."

그때 내가 네 살이었으니까 형도 아홉 살밖에 되지 않았을 때다. 그런데도 형은 어른들보다 나를 더 잘 위로해 줬다. 형 곁에만 있으면 언제나 편히 잠들 수 있었다. 형은 언제나 내 곁에 있어줄 테니까.

그런데 왜 그 작은 소나무 관하고 해럴드 형이 다시 생각나게 된 걸까? 아마도 펜실베이니아 주의 베들레헴에서 멀지 않은 곳에서 마주친 검은 짐마차들 때문인 것 같다. 말 네 마리가 끌고 건초를 실어 나르는 커다란 짐마차인데 온통 검은 천으로 감싸여 있고 북부군 문장으로 장식이 되어 있다.

검은 천 밑으로 값싼 소나무 관들이 삐져나와 있다.

플리보텀 교수는 우리 마차단을 길옆으로 빼서 그 장례 짐마차에 길을 양보한다. 그러고는 우리더러 일어서서 모자를 벗고 고개를 숙여 죽은 사람들의 명복을 빌라고 한다.

우리 앞을 지나가는 마지막 짐마차의 바퀴살이 부러져 하마터면 뒤집힐 뻔했다. 교수가 마차에서 뛰어내려 돕겠다고 나선다. 탤리와 버나드가 바퀴 고치는 걸 돕는 사이 교수는 짐마차의 마부와 말을 나눈다.

"정말 좋은 일을 하시는군요. 유족들에게 큰 위안이 되겠습니다. 그런데 왜 이들은 전투지에 매장되지 않았나요?"

"물론, 대부분은 거기 묻혔지요."

마부가 더러운 손수건으로 이마의 땀을 닦으며 말한다.

"여기 실린 용감한 병사들은 불쌍하게도 전투가 끝나고 얼마 뒤에 부상으로 사망했답니다. 그래서 가족들에게 돌아가게 된 거지요."

"무슨 전투였습니까?"

교수가 궁금해하며 묻는다.

"전쟁 소식은 정말 만나기가 힘들어서요."

"대부분은 전초전이에요."

마부가 말한다.

"양쪽 군대가 서로 좋은 위치를 차지하려고 이동 중이니까요."

"포토맥 근처이겠군요?"

마부가 지친 표정으로 고개를 젓는다.

"강 서쪽이지요. 리가 최근 들어 해리스버그를 계속 괴롭히고 있어요. 북부군에서 리를 잡으라고 병사들을 보내면 저렇게들 돌아온답니다. 총알받이가 되어 가지고 다들 죽어서. 부상으로 죽는 경우도 있지만 병과 열로 죽는 사람들이 더 많아요. 정말 슬픈 일이지요."

"정말 슬픈 일이군요."

교수가 말한다.

"약한 물약이라도 좀 드시면 도움이 되지 않을까요? 원기 회복에 조금이나마 도움이 될지도……."

교수가 말하는 약한 물약은 자기가 발명했다는 그 명약이다. 마부는 순순히 승낙한다. 병에 든 걸 한 모금씩 마시면서 마부는 점점 더 말이 많아진다. 두 사람은 전쟁에 대해서 한참 이야기를 나눈다.

들어 보니 남부군이 챈설러즈빌에서 승리를 거둔 뒤 북쪽으로 진군한다는 소문은 사실인 것 같다. 펜실베이니아를 공략해서 북부군의 심장부에 총검을 꽂으려는 작전이다.

"리가 전투에서 한 번만 더 이겨도 전쟁이 끝나고 남부군이 이길 것이라고들 하지요."

"그럴 리가!"

플리보텀 교수가 크게 실망한 표정으로 그렇게 외친다.

"후커 장군이 있잖아요. 그렇지 않나요?"

"후커?"

마부가 물약을 한 모금 더 마시면서 교수를 이상한 눈으로 쳐다본다.

"아직 못 들었소? 싸움꾼 조 후커는 사임을 했는데. 낙담해서 그렇대나, 성질이 더 고약해져서 그렇대나, 확실한 이유는 아무도 모르지. 링컨이 미드 장군을 임명했어요. 무슨 수를 써서라도 리의 군대를 막아 내라고 명령을 했다지, 아마."

"미드가 장군이 됐다고요? 재미있군!"

"북부군 장군들에 대해 좀 아는 것 같은데?"

마부가 의심스럽다는 듯 묻는다.

교수가 헛기침을 한 번 하고 대답한다.

"신문에서 읽은 것뿐입니다. 미드도 이름 말고는 별로 아는 게 없고요."

마부가 어깨를 한 번 으쓱해 보인다.

"어찌 됐든 우리가 왈가왈부할 일이 아니지. 장군들이 명령한 대로 따르다 죽는 게 우리 일이니까. 북부 일부 주에서는 반란이 일어나기 직전이라는 소문도 있어요. 특히 뉴욕에서. 어느 쪽으로 결론이 나든지 간에 빨리 전쟁이 끝나기를 바라는 거지. 전쟁이 이제 바닥까지 떨어진 거야. 한 번에 수천 명씩 죽어 나가는데, 대체 뭘 위해서? 노예들을 해방시키려고? 노예들이 어찌 되든 무슨 상관이라고!"

그렇게 퍼붓고 나서 마부는 더 이상 입을 열지 않는다. 마차가 고쳐지기를 기다렸다가 무덤 같은 침묵 속에서 터덜터덜 길을 떠나간다. 교수는 길에 서서 관을 실은 짐마차가 모퉁이를 돌아 사라질 때까지 지켜보다가 내 머리를 쓰다듬는다.

"걱정 말게, 피그 군. 저 사람이 한 말이 사실이라면 자네 형이 전쟁터에 도착하기도 전에 전쟁이 끝날 수도 있으니까."

그러길 바란다. 제발. 우리 형이 저런 검은 짐마차에 실려 집으로 돌아오는 꼴을 볼 수는 없다.

27장

풍선을 타고 온 미치광이

어느 갠 날, 펜실베이니아 주 랭커스터에서 얼마 떨어지지 않은 곳에서 바람에 실려 온 반가운 선물을 만난다. 우리는 전날 밤부터 이동 중이다. 신병들이 교수의 명약을 마시는 것이 좋지 않다고 판단한 어떤 연대장이 사나운 군인들을 한 무리 보내서 우리를 체포하라고 명령했기 때문이다.

플리보텀 교수가 은화로 그 군인들을 매수해서 위기는 모면했지만 해가 뜨기 전에 멀리 도망쳐야만 한다.

나는 세 번째 짐마차에 타고 있다. 잠깐 멈춰서 아침을 해 먹자고 탤리를 설득하는 중이다.

"군대도 밥 힘으로 행군을 한다잖아요. 그럼 약장수 쇼는요? 우리도 밥 힘으로 다니는 거 아닌가요?"

탤리는 고개를 젓고 계속 짐마차를 몬다.

"의자 밑에 가죽 장화 한 켤레가 있을 거야. 원하면 그거나 씹든지."

"저게 무슨 소리죠?"

내가 귀에 손을 가져다 대며 말한다.

"멀리서 천둥이 치나? 어디서 포화가 쏟아지나? 아니네! 바로 이 배 속에서 쪼르륵거리는 소리네! 배고프고 속이 허하다고 아우성치네. 팬케이크, 감자튀김, 딸기파이 하면서."

"딸기파이?"

"방금 전에 딸기밭을 지났잖아요. 싱싱한 딸기를 넣고 구운 파이라, 으음, 맛있다!"

나는 배를 문지르며 탤리를 놀려 댄다.

"그만해, 이 못된 녀석 같으니라고! 교수님이 좋다고 할 때 아침을 먹을 테니 그리 알아. 그 전엔 어림없어!"

그런데 바로 그때, 커다랗고 검은 괴물이 지평선에 나타난다. 더운 여름 바람에 실려 풀이 우거진 언덕 위로 올라오는 모습이 마치 거인이 머리를 들면서 우리를 놀리는 표정을 짓는 것처럼 보인다.

"교수님!"

탤리가 일어서면서 외친다.

"보세요!"

우리는 짐마차를 멈추고 거대한 비단 풍선이 하늘을 채우는 것을 지켜본다. 부풀어 올랐다 물결쳤다 하면서 바람에 따라 모양이 바뀌는 것이 꼭 살아서 움직이는 것 같다. 비단 풍선이 점점 더 가까워지자 풍선 밑에 바구니가 매달려 있는 것이 보인다. 밧줄로 연결된 바구니 안에 사람이 타고 있다. 그 사람이 미친 듯이 손을 흔들면서 어딘가를 가리킨다. 바구니 밑으로 긴 밧줄이 하나 더 드리워져 있다. 그 밧줄 끝에 매달려 끌려오는 닻이 땅에 부딪쳤다가 튀어 오르기를 반복한다.

"고장 난 기구로구먼"

탤리의 눈이 반짝 빛난다.

"버나드! 우리 저 닻에 매달려 보자!"

저글링 브라더스가 짐마차에서 뛰어내려 기구를 따라간다. 나도 뒤처지지 않으려고 부지런히 뛰어간다. 바구니에 탄 남자가 뭐라 뭐라 소리치지만 30미터 이상 공중에 떠 있어서 알아들을 수가 없다.

우리는 풀이 무릎까지 오고 낮게 언덕이 진 곳을 뛰어간다. 땅에 끌렸다가 되튀었다가를 반복하는 닻을 쫓아서.

탤리가 닻을 잡으면서 승리의 함성을 외친다. 그것도 잠깐, 공중으로 치솟는 순간 뚝 떨어져 풀밭 위를 구른다.

바로 다음 순간 버나드가 탤리를 뛰어 넘어 닻을 붙잡는다. 버나드는 그대로 끌려가다가 기구가 바람을 타고 위로 솟구치자 줄에 매달린 채 빙빙 돈다.

"내 다리를 붙잡아!"

버나드가 외친다.

어떻게 했는지는 모르지만 내가 양팔로 버나드의 다리를 붙잡고 있다. 내가 매달리자 한순간 기구는 더 올라가지 않는다. 내 발이 풀 위를 스치고 지나가는 순간 다시 한 번 센 바람이 분다. 내 몸이 그대로 공중으로 솟구쳐 올라간다. 우리는 도와 달라고 소리를 질러 댄다.

아래쪽 저 멀리 탤리가 있는 힘을 다해 쫓아온다. 이제 그만 땅으로 내려오라고 사정하면서. 그럴 수만 있다면 우리도 그러고 싶다. 그대로 손을 놓기엔 너무 높이 떠 있지만 않다면 말이다. 나는 젖 먹던 힘까지 다해 버나드의 다리에 매달린다. 언덕이 점점 높아지면서 땅이 가까워진다.

어찌나 속도가 빠른지 풀이 잘 보이지도 않는다.

"조심해!"

탤리가 뭔가를 손가락질하며 소리친다.

언덕 꼭대기에 키 큰 느릅나무들이 있는데 우리가 향하고 있는 곳이 바로 그쪽이다! 나뭇가지들이 우리를 향해 날아오는 창처럼 보인다. 여기서 손을 놓아 버리고 모든 걸 운명에 맡기는 게 낫지 않을까 싶다. 그런데 어떻게 손을 놓을까 생각하기도 전에 이미 나무들이 있는 곳에 닿고 만다.

내가 마지막으로 본 것은 내 머리통만큼이나 굵은 나뭇가지다.

냄새가 나를 깨운다. 팬에서 익고 있는 맛있는 소시지 냄새가. 모닥불 위에서 끓고 있는 커피 냄새가.

미네르바가 시원한 물수건을 내 이마에 대고 있다. 내가 깨어나자 그녀가 웃는다.

"해골 두꺼운 게 다행인 줄 알아."

그녀가 말한다.

"그런 나무에 머리를 부딪치고도 계란 깨지듯이 깨져 버리지 않다니 완전히 운수 대통이다. 대체 무슨 생각으로 그런 거니? 새처럼 날 수 있을 것 같았어?"

느릅나무에 매어 놓은 거대한 기구가 바람에 흔들리는 게 보인다. 닻은 나뭇가지에 꽁꽁 동여매어 있다. 풍선이 너무 평화로워 보여서 풀어 놓으면 자기를 도우려는 사람들마저 죽일 수 있다는 게 믿어지지 않는다.

"널 이 세상에서 다시 만나게 돼서 기쁘다."

버나드가 허리를 숙이고 내 코를 한번 쥐었다 놓으며 말한다. 자기도 여기저기 긁힌 데다 몸도 쑤시지만 아침밥을 먹으면 힘이 날 거라고도 한다.

탤리는 팬이란 팬은 다 꺼내 놓고 음식을 만드느라 바쁘다. 소시지를 굽고, 달걀을 부치고, 감자와 양파를 볶는다. 그의 주특기인 팬에다 굽는 비스킷까지 구워 낸다.

내가 부어오른 머리를 감싸 쥐고 일어나는 걸 보자 탤리가 딸기가 없어서 미안하다고 한다.

"다시 가서 딸기를 구해 오려고 했는데 교수님이 기구 근처에 모두 같이 있자고 고집을 피워서 말이야."

그러면서 작은 목소리로 덧붙인다.

"저걸 사려고 하는 것 같아!"

아니나 다를까, 교수는 바구니를 타고 있던 남자와 심각하게 이야기를 나누고 있다. 늘씬한 몸에, 성기게 난 검은 턱수염과 길고 가느다란 코, 그리고 뭔가를 진심으로 믿는 불타는 눈을 가진 젊은이다. 상당히 멋을 부린 옷차림도 눈에 띈다.

"미래는 항공의 시대입니다!"

젊은이가 교수에게 열띤 어조로 이야기한다.

"새디어스 호가 살아 있는 증거죠. 아홉 시간 만에 900마일을 비행했으니!"

데넷 보빈이라는 그 젊은이는 새디어스 호가 오하이오 신시내티에서 출발해 사우스캐롤라이나의 유니언빌까지 아홉 시간 만에 비행한 뒤 링컨 대통령으로부터 군 항공부대 대장으로 임명받았다고 설명한다. 한동안 그가 보낸 군 비행선들이 버지니아 북쪽을 날면서 남군 부대의 위치를 파악해서 보고했다고 한다.

그런데 최근 들어 남부의 저격수들과 포병대가 기구를 쏘아 떨어뜨리는 방법을 터득했다는 얘기다. 사실 그만큼 큰 과녁도 드무니 탄알이 명중하는 게 당연한 것 같은데 말이다.

"비단만 800제곱미터가 들어갑니다!"

보빈이 열을 낸다.

"수소가 800세제곱미터 드는데 모두 전투지에서 생산됩니다!

기구를 묶는 데만 3,000미터의 케이블이 들어가고요. 3,000미터를 올라가면 땅 끝까지 보입니다. 내가 틸다와 함께 올라가면 적군의 동향은 더 이상 수수께끼가 아니게 되는 겁니다! 기습공격이라는 것이 더 이상 가능하지 않게 된다는 얘기지요. 단언컨대, 항공 기술이야 말로 바로 미래입니다! 미래!"

그렇게 열을 올리던 그가 갑자기 흐느끼기 시작한다. 보빈은 양 볼에 눈물을 줄줄 흘리면서 예상치 못한 바람, 수소 가스의 폭발 등등 운 나쁜 사고가 너무 많이 잇따라 항공부대 자체가 폐지되게 생겼다고 설명한다. 마지막 남은 기구를 타고 포토맥 계곡을 정찰하고 전보로 정보를 송신할 예정이었는데 그것마저도 실패했다는 얘기다.

"여름 폭풍이라니!"

보빈이 흑흑 흐느끼며 말한다.

"소나기구름이 몇 개 생기는 걸 보기는 했지만, 무릅쓰고 출발 명령을 내렸습니다. 틸다 잘못이 아니라 내 잘못입니다! 비행선의 가치를 증명할 마지막 기회였는데 내가 다 망치고 말았습니다! 대실패입니다! 오, 틸다, 부디 날 용서해 줘!"

젊은 조종사가 흐느끼다 못해 울부짖는 동안 플리보텀 교수가 그의 등을 쓰다듬으며 위로해 준다.

"당신 잘못이 아니에요. 날씨까지 책임질 수는 없잖아요!"

얼마 지나자 보빈이 안정을 찾는다. 미네르바가 내미는 커피가 담긴 양철 컵을 받아 들고 그제야 주변을 둘러보며 묻는다.

"여기가 어디지요, 정확히?"

"랭커스터 근처입니다."

교수가 대답한다.

"랭커스터라! 그렇군요. 제 계산에 따르면 틸다하고 저는 50마일도 채 못 온 거군요."

그러면서 느릅나무 위에서 흔들거리는 기구를 바라본다.

"좋은 비행선입니다. 물론 자기 마음대로 하려는 경향이 좀 있지만요."

"지금까지 한 모험을 듣고 싶군요."

교수가 아주 친절한 어조로 궁금해 죽겠다는 듯이 묻는다.

"포토맥 계곡을 정탐하는 덴 성공했나요? 남부군 위치는 확인했고요? 북부군 장군들에게 유용한 정보를 보냈나요?"

보빈은 한숨을 푹 내쉬면서 고개를 젓는다.

"불행히도 실패했습니다. 틸다와 제가 최고 고도에 이르렀을 때 우리 시야를 가리는 구름이 있었습니다. 그런 다음 바로 케이블이 끊어졌고요! 완전히 엉망진창이 된 거죠."

"아까부터 계속 틸다라는 여성 이름을 부르는데 동행이 있었습니까?"

보빈은 그런 질문이 놀랍다는 표정을 짓는다.

"동행이라뇨? 아니, 아닙니다. '우리'라고 한 건 틸다하고 저를 말하는 겁니다. 제 동행은 틸다밖에 없습니다."

"저 기구 말인가요?"

"비행선입니다!"

"물론, 그렇지요, 비행선. 그러니까 틸다가 저 비행선의 이름이었군요."

교수가 사려 깊게 말한다.

"미네르바, 보빈 조종사님에게 음식 좀 갖다 주겠소? 우리 보빈 조종사가 영양 부족으로 머리가 좀 멍해졌을 수도 있을 것 같아. 산소도 부족했을 거고. 3,000미터라면 정말 엄청난 고도지. 공기가 무지하게 희박했을 거야."

"머리가 멍해질 정도로 공기가 희박하지는 않습니다. 지금 말씀이 그런 뜻이었다면요."

보빈이 상처받고 화난 목소리로 말한다.

"아, 그런 뜻은 아닙니다!"

교수가 변명한다.

"물길을 다니는 배한텐 항상 여자 이름을 붙이는데 하늘길을 다니는 배라고 그렇게 못 할 것 없지요. 생각해 보니 당연한 거네요. 틸다, 정말 사랑스러운 존재입니다."

"틸다는 존재가 아니라 비행선이에요!"

보빈이 항의하듯 말한다.

"아, 물론입니다, 비행선. 우리가 무식해서 그러니 양해하세요. 비행선이라는 개념 자체가 우리한텐 신기할 따름이니까요. 그리고 이 누추한 유랑 극단에 저 비행선이 쓸모가 있을까도 궁금하고요."

"항공은 세상을 바꿀 겁니다!"

보빈이 다시 열띤 어조로 돌아가 외친다.

"언젠가 모든 사람들이 항공 여행을 할 날이 올 겁니다. 바람을 조정하는 방법을 배워야 합니다! 그게 바로 비밀을 여는 열쇠가 될 겁니다! 그게 바로 답이지요! 일단 바람을 조정할 수만 있으면 세상을 조정할 수 있어요!"

"풍차 말인가요?"

교수가 조심스럽게 묻는다.

"바람을 조정한다는 게 그런 뜻인가요?"

젊은 조종사가 실망한 표정으로 교수를 쳐다본다.

"지금은 못 믿으시겠지만 언젠가는 현실이 될 겁니다. 인류 전체가 항공의 힘으로 여행을 하고, 공중에서 전쟁을 하고, 공중에서 평화를 구할 날이 반드시 올 겁니다. 미래는 땅이 아니라 하늘이에요! 인류는 자유로워져야 합니다! 중력의 노예에서 벗어나 틸다와 나처럼 구름같이 자유로워져야만 합니다. 하늘! 바로 하늘이에요!"

기병대가 언덕을 넘어 돌격해 와서 우리를 반역죄로 체포할 때까지도 불쌍한 보빈은 계속 그렇게 떠들어 대고 있다.

28장

나무 위의 다람쥐처럼

'양키 두들' 한 마디를 휘파람으로 부는 것보다 더 짧은 사이에 말 탄 군인들이 무서운 표정을 하고 우리를 에워싼다. 모두 우리 얼굴에 기다란 총을 겨누고 있다.

"손이 잘 보이게 올려!"

그중 한 명이 소리친다.

"움직이지 마. 움직이면 쏜다."

대장이 말에서 내린다. 키 크고 잘생겼다. 플리보텀 교수보다 더 키가 크고 뭐든 꿰뚫어 볼 것 같은 짙은 눈이 독수리 같다. 독수리처럼 그도 뭔가 위험한 느낌이다. 경고도 없이 공격을 할 것 같다.

그가 손에 끼고 있는 하얀 가죽 장갑의 손목 부분을 다시 잠근 뒤 모닥불 쪽으로 걸어와 커피 한 잔을 달라고 한다.

"진짜 커피콩으로 만든 건가?"

그가 울퉁불퉁한 양철 머그잔을 받아들며 묻는다.

"아니면 반역자들이 하는 것처럼 치커리를 섞은 건가."

모닥불을 피우고 있는 탤리는 어떻게 해야 할지, 무슨 말을 해야 할지 모르는 것 같다.

"고양이가 혀라도 물어 갔나?"

대장이 재촉한다.

"아니면 리 장군 허락 없이는 아무 말도 못 하는 건가?"

탤리가 당황한 표정으로 플리보텀 교수 쪽을 쳐다본다. 교수가 자세를 가다듬고 말한다.

"용서를 구하는 바입니다, 대장님. 저 사람은 머리가 좀 모자라서 모든 일이 너무 갑자기 벌어지자 혼란스러워하는 겁니다."

대장이 흥 하고 콧소리를 내면서 허리에 찬 권총집에 손을 가져간다.

"모자라다고? 내가 믿을 것 같은가? 신병들이야 그런 말도 안 되는 소리에 넘어갈지 모르지만 나는 다르지."

"커피는 얼마든지 드십시오. 다른 음식도 마찬가지입니다."

교수가 격식을 차려 말한다.

"부하들에게도 잼 바른 비스킷을 드릴까요? 우리 요리사가 모자라긴 하지만 비스킷 하나는 잘 만든답니다. 아니면, 제, 아, 특별한 명약도 충분히 가지고 있지요."

대장이 커피를 벌컥벌컥 마시더니 일부를 뱉어 내고 컵은 불

위로 던져 버린다. 그런 다음 교수에게 성큼성큼 다가가서 두 사람의 가슴이 맞닿을 정도로 가까이 선다.

"내 부하들 머리를 당신의 그 밀주 위스키로 멍하게 만들어 놓으려고?"

그가 아주 조용한 소리로 묻는다.

"그게 당신 탈출 전략인가? 우릴 취하게 만들어서 몰래 도망치시겠다?"

"병을 고치는 물약입니다."

교수가 물러서지 않고 말한다.

"위스키지!"

대장이 호령한다.

"값싼 위스키!"

미네르바가 훌쩍이면서 손수건으로 눈물을 닦는다. 버나드와 텔리는 도망가고 싶은 눈치지만 등에 총알을 맞을까 봐 감히 그렇게 못 하는 것 같다. 보빈은 그냥 혼란스러운 표정이다. 나는 병사들이 총을 쏘기 시작하면 얼른 나무 위로 다람쥐처럼 올라가 나뭇가지 사이에 숨어야겠다고 생각한다.

대장이 주머니에서 접힌 종이를 꺼내 읽기 시작한다.

"레저널드 로버트슨 크로켓. 가명 펜튼 J. 플리보텀. 미합중국의 공식 임명을 받은 자격으로 알린다. 당신을 반역죄로 체포한다."

종이에서 눈을 떼며 그가 덧붙인다.

"군 기밀을 적군에게 넘긴 죄다. 체포하라!"

병사 네 명이 달려들어 교수를 붙잡는다. 병사들이 팔다리에 한 명씩 달라붙는데도 교수는 반항조차 하지 않는다. 불쌍한 대장에게 실망했다는 표정을 지어 보일 뿐, 손목과 발목에 수갑을 채우기까지 별다른 반응을 보이지 않는다.

"친애하는 대장님, 뭔가 오해가 있습니다. 병사들에게 물약을 판 죄는 인정합니다. 그건 어떻게도 빠져나갈 수가 없군요. 그리고 명약이라는 것도 사실은 위스키에 기침약을 조금 섞은 것이라는 점도 인정합니다. 하지만 자기 나라를 배반하다니요? 금화 백만 냥을 줘도 그런 짓은 절대 하지 않습니다!"

대장이 독수리눈을 가늘게 뜨고 교활한 표정을 짓는다.

"당신 말을 믿어 주지. 자기 나라를 절대 배반하지 않는다는 그 말. 그래. 그럴 것 같은 인상이야. 그런데 당신 나라는 남쪽 아닌가? 그러니 여기 북쪽에서는 스파이에 반역자지. 그 대가를 치르게 될 거야."

"거짓말이에요. 성경을 가져와요. 거기 대고 맹세할 수 있어!"

대장이 미소를 지으며 몸을 앞으로 숙인다. 그의 날카로운 턱이 교수의 노랑 콧수염에 거의 닿을 지경이다.

"날 그렇게 쉽게 속일 수는 없지. 성경에 대고 거짓 맹세를 하는 인간들은 주님이 자기편이라고 믿는 경향이 있지. 거짓말을 해도 자기를 보호해 줄 거라고 확신들을 하지만, 전능하신 주님이 이번에는 당신 기도에 답해 주지 않으실 거야. 이번엔 현행

범이나 마찬가지야, 크로켓. 당신이 반역자들을 지지한다는 건 버지니아 전체에 다 알려진 사실이야. 남부군 스파이 사냥꾼들이 당신 뒤를 쫓은 지 벌써 몇 달째거든."

교수가 혼란스러운 표정으로 묻는다.

"크로켓? 누굴 말씀하시는 건지? 내 이름은 플리보텀입니다. 다른 사람하고 절 혼동한 겁니다!"

"그게 당신의 변론인가? 다른 사람과 혼동했다는 것?"

"내 변론은 내가 아무 죄도 짓지 않았다는 겁니다."

교수가 항의하듯 말한다.

"내가 도대체 무슨 짓을 했다는 겁니까?"

대장이 뒤로 물러서면서 하얀 가죽 장갑을 만지작거린다.

"부대들 움직임에 관해 묻고 다닌 걸 부인할 셈인가?"

"물론 부인합니다! 말도 안 되는 생각입니다. 절대 그런 짓은…… 잠깐! 맞아요. 바로 그거예요. 어떻게 된 일인지 이제 알겠네요. 왜 그런 오해를 했는지."

교수가 이제 안심이라는 듯 미소를 짓는다.

"저 아이 때문이에요! 저기 서 있는 저 아이. 겁을 먹고 느릅나무 옆에 있는 저 애 말이에요. 이름이 호머 피그죠. 대체병사로 군대에 간 제 형 걱정을 많이 하는 아이입니다. 형이 아직 미성년이라고 하면서."

대장이 몸을 돌려 굶주린 독수리눈으로 나를 빤히 쳐다본다.

"이리 와."

나는 비틀걸음을 치며 앞으로 나간다. 대장이 나를 쳐다보는 눈이 너무 강하고 차가워 배 속이 녹아내리고 무릎이 자꾸 바들거린다.

"그게 사실인가?"

대장이 묻는다.

"네 형을 찾아 달라고 저 사람에게 부탁한 적이 있나?"

"예에."

"그리고 이 사람, 자신을 플리보텀 교수라고 부르는 이 사람이 너 대신 북부군 부대들의 움직임에 관해 물어보고 다닌 건가? 병사들과 장교들을 취하게 한 다음 정보를 캐낸 것이 다 네 형을 찾게 해 주려고 그랬단 말인가?"

"네엡. 굉장히 친절하게 도와줬습니다."

"그랬겠지."

대장이 말하면서 하얀 가죽 장갑을 낀 손으로 턱을 매만진다.

"필요할 땐 친절했겠지. 그건 부인하지 않겠어."

"그러니까 모든 게 오해였다니까요."

교수가 자기 손목을 내밀고 풀어 달라는 시늉을 하며 말한다.

"전쟁 중에는 그런 오해가 생기는 게 다반사니 저도 그리 나쁘게 생각지는 않겠습니다, 대장님."

대장이 교수 말이 재미있다는 듯 코웃음 친다.

"친절하기도 하시지. 버지니아 주 출신이시니 용기와 명예심이 뛰어나시겠지. 교수대에 끌려갈 때도 둘 다 필요할 거요."

"아니 대장님, 제가 저 아이를 도우려고 그랬다는 걸 정말 몰라주시겠습니까?"

대장이 어깨를 으쓱해 보인다.

"저 아이는 핑계였지. 이제 다 끝났어, 크로켓."

그가 한 부하에게 손가락질하며 명령한다.

"상사! 죄인을 데려와!"

병사들이 탄 말들이 비키자 또 다른 말이 나타난다. 지금까지 뒤에 있어서 보이지 않았던 조랑말이다.

사람 하나가 조랑말 등에 엎드린 채 묶여 있다. 살아 있기는 하지만 거의 의식이 없어 보인다. 심하게 얻어맞은 흔적이 여기저기에 보인다. 두 눈이 다 거멓게 멍들고 얼굴 전체가 익어 터진 멜론처럼 부풀어 올랐지만, 그날 밤 말을 타고 와서 교수한테 가방을 받아 간 사람이라는 건 알아볼 수 있다.

그 불쌍한 사람은 온몸이 성한 데가 없는 것 같은데도 신음 소리조차 내지 않는다.

그 사람을 보고는 교수도 졌다는 듯이 한숨을 내쉰다. 콧수염도 어깨를 따라 축 처진다. 누군가 그의 몸에서 일시에 공기를 빼내기라도 한 것처럼.

대장이 말한다.

"자기 친동생인 레비 크로켓을 모른다 하지는 않는군. 이제 버지니아 리치몬드 출신의 고 레비 크로켓이 되겠지만. 당신과 마찬가지로 당신 동생도 몇 달간 미행을 당해 왔어. 그러다 당신이 건네준 서류를 가진 채 현행범으로 붙잡혔지. 당신 필체로 북부군 부대의 움직임을 자세히 기록한 서류를 밤사이에 동생에게 전달하는 걸 본 목격자도 있어. 누구도 부인하지 못하도록 말이야. 이젠 어떤 변명이나 거짓말도 통하지 않을 거야."

"레비, 정말 미안하다."

교수가 그렇게 외친다. 커다랗게 울리는 그의 목소리가 약간 갈라진다.

대장은 아주 만족스럽다는 듯이 고개를 끄덕인다.

"반역자를 벌하는 밧줄이 곧 목을 죌 것이다. 주님에게 용서를 빌고 더 나은 곳으로 갈 준비를 하라."

"살인자들!"

미네르바가 냄비를 대장에게 던지며 소리소리 지른다.

"살인자들 같으니라고!"

냄비는 아무것도 치지 못한 채 대장의 발 앞에 떨어진다. 대장의 눈이 차가운 시냇물 바닥에 깔린 새까만 조약돌처럼 빛난다. 자기 자신이 무척 자랑스러운 표정이다.

"모두 체포해!"

대장이 명령한다.

"저 성질 나쁜 문신녀, 징병 기피 저글러. 그리고 저 애도 잊지 마!"

대장이 '저 애'라는 말을 하기 전에 나는 나무 위로 올라간다. 그리고 흔들거리는 풍선 밑에 묶인 바구니에 올라탄다. 다람쥐처럼 재빠르게 그리고 그보다 두 배는 더 겁에 질린 채로.

저 아래 느릅나무 둥치에서 병사 두 명이 웃으면서 누가 나무 위로 올라가 나를 잡을 것인지 실랑이한다.

"저 조막만 한 애를 가지고!"

누군가가 킬킬거리며 그렇게 말하자 모두 배를 잡고 웃는다.

아무도 텔리의 부엌칼이 없어진 걸 눈치채지 못한다. 그래서 내가 닻과 연결된 밧줄을 끊고 북부군을 위해 만들어진 거대한 비단 풍선을 타고 탈출하는 그 순간까지도 다들 웃음을 그치지 않는다.

바람이 나를 실어 나르기 전에 내가 마지막으로 들은 소리는 보빈 조종사가 애타게 틸다를 부르는 소리다.

29장

날개 꺾인 새처럼

그 운명의 비행 전까지만 해도 내가 가장 높이 올라갔던 곳은 스컨트 이모부네 건초 헛간 꼭대기다. 내가 대여섯 살 때였던 것 같다. 세상을 좀 더 살펴보겠다고 마음먹었던 건지, 지붕 위를 총총거리며 다니는 비둘기를 잡으려고 했던 건지, 정확히 무슨 생각으로 거기 올라갔는지는 잘 모르겠다. 분명히 기억나는 건 저 아래 마당에서 해럴드 형이 제발 내려오라고 사정하던 모습이다. 형이 그렇게 사정하는 것을 보는 게 재미있었다.

참 못된 짓이었다. 나한테 그렇게 잘해 준 형을 걱정시키려고 했으니 말이다. 한편 기분이 좋기도 했는데 형이 얼마나 나를 사랑하는지 시험하며 즐겼던 것 같다. 결국 나는 크게 다친 데 없이 내 발로 내려왔고, 형은 한 번만 더 그런 짓을 하면—그 삐걱거리는 낡은 지붕에 원숭이처럼 올라가면—형 손에 죽을 줄 알라고 했다. 난 형이 진짜로 그럴 뜻이 없다는 걸 알았기 때문에 그런 말을 듣는 게 하나도 싫지 않았다.

이 말을 하는 이유는, 내가 그 기구에 올라탔을 때만 해도 도망가야겠다는 것 말고는 내 머릿속에 아무 생각이 없었다는 걸 밝히기 위해서다. 다시 말하면, 닻과 연결된 줄을 끊는 것이 무슨 의미인지 까맣게 몰랐고, 따라서 나중에 어떻게 다시 내려갈지 전혀 생각하지 않았다는 뜻이다.

닻을 떨쳐 버린 기구는 그대로 하늘로 솟구쳐 오른다. 어찌나 빨리 올라가는지 내 조마조마한 간이 아직 느릅나무에 걸려 있는 것처럼 느껴질 정도다. 불꽃만 없을 뿐이지 로켓이나 다름없다. 바구니 너머를 쳐다볼 용기를 냈을 때는 이미 빠른 속도로 땅에서 멀어지고 있을 때다. 플리보텀 교수를 비롯한 다른 사람들이 개미만 하게 보이다가 그나마 잘 보이지도 않는다.

다시 돌아갈 방법도 없이 하늘로 향하고 있다.

갑자기 바람이 거세지면서 마치 새들이 울부짖는 것 같은 소리가 나더니 기구가 심하게 흔들린다. 바구니가 위로 아래로 옆으로 마구 흔들린다. 한순간 기구 바로 밑에서 비명을 지르다가 다음 순간 눈을 떠 보니, 내가 땅이 똑바로 내려다보이는 자세로 온 손가락과 발가락을 동원해서 뒤집힌 바구니에 매달려 있다.

나는 온 힘을 다해 매달린다. 틸다라는 이름의 거대한 풍선이 고양이가 목에 걸린 털 뭉치를 토해 내듯 나를 토해 내려 하기 때문이다!

바야흐로 심장이 멎으려는 순간, 바구니가 다시 뒤집히면서 기구 밑의 제자리를 잡는다. 공기가 희박하지만 잠시 숨을 돌리고 나니, 몸이 이렇게 떨리는 게 단지 무서워서만은 아니라는 것을 깨닫는다. 하늘에 가까이 갈수록 더 추워진다.

잠깐이나마 바구니가 제자리에 있는 동안 바구니 바닥을 살핀다. 뭔가 도움 될 만한 게 있는지 찾아본다. 부엌칼은 떨어지고 없지만 물 한 통과 딱딱한 비스킷 한 상자가 바구니에 묶여 있다. 배가 고프진 않다. 배고프려면 위나 장이 있어야 하는데 내 위와 장은 간과 함께 아직 느릅나무에 있는 것 같은 느낌이다.

한참 후에, 한 백 년쯤 지난 후에 나는 다시 한 번 용기를 내 바구니 너머를 곁눈질한다.

엄청난 실수다. 이렇게 높이 올라오면 사람이나 동물은 전혀 보이지 않는다. 옥수수 밭이 커다란 조각이불의 초록색 천 조각으로밖에 보이지 않는다. 기찻길은 해진 세상을 기우려고 누군가 바느질해 놓은 자국처럼 보인다. 숲과 들과 장난감처럼 보이는 마을을 지난다. 햇빛을 받아 은빛 뱀처럼 반짝이는 강 너머로 땅의 가장자리가 커다랗게 곡선을 그리면서 하늘과 맞닿아 있다.

세상 끝 푸른 안개가 서린 저기가 바로 하늘과 땅이 만나는 곳이겠지.

몇 시간째 계속 날아가는 것 같다. 마치 낮이 더 오래 계속되기를 바라는 것처럼 이 거대한 풍선과 내가 함께 해를 좇아 서쪽으로 가고 있다. 이 세상엔 시간이 좀 흐르면 익숙해지지 않는 게 없는 것 같다. 땅 위의 하늘을 나는 것조차도 시간이 흐르니 자연스럽게 느껴진다. 새들보다 내가 더 높은 하늘에서 태어났기라도 한 것처럼 말이다.

바구니 너머로 세상을 보니, 내가 가출한 고아 소년 그 이상의 존재로 느껴진다. 메인 주 파인 스왐프 출신의 호머 피그보다 더 큰 어떤 존재로. 마치 내가 지금까지 태어난 모든 사람이고, 우리 모두 함께 자기 알을 지켜보는 암탉처럼 세상을 지켜보고 있는 느낌이다.

상당히 미친 생각인 줄 나도 알고 있다. 이렇게 작은 사람일 뿐인 내가 어떻게 지금까지 태어난 모든 사람이 될 수 있단 말인가? 머릿속에 자꾸 이상한 생각들이 들어오는 게 공기가 희박해져서 그런가 보다. 아니면 기구에서 나오는 매연 때문이거나.

기구 말이 나왔으니까 하는 이야긴데, 풍선 모양이 아주 조금씩 계속 바뀌고 있다. 바람 때문이겠지만 어쩐지 풍선이 숨을 쉬는 것처럼 보인다. 풍선 표면에 작은 주름이 질 때면 비단 연못에 물결이 치는 것 같다. 오래 쳐다보고 있으면 달이나 구름에서처럼 풍선에서도 표정을 읽을 수 있다. 그 표정이 나에게 뭔가 중요한 이야기를 해 주려고 하는 것 같다.

틸다가 나에게 말을 건다. 내가 그걸 들을 수 없을 뿐이다.

그러다가 풍선 얼굴에 난 미소 띤 입이 비단이 찢어진 거라는 사실을 깨닫는다.

비단이 찢어져 가스가 새 나가면서 풍선이 펄럭거리고 있다.

너무 오랫동안 풍선만 쳐다보며 표정이니 구름이니 하면서 백일몽을 꾸느라 저 아래를 살펴보는 걸 잊고 있었다. 무서워 벌벌 떨면서 바구니 너머 저 아래를 본다. 땅이 빠른 속도로 다가오고 있다.

날개 꺾인 새처럼 틸다와 내가 하늘에서 떨어지고 있다.

30장

비명이 안으로 들어올 때

땅에 가까워질수록 모든 것의 속도가 빨라진다. 지구가 더 빨리 돌면서 커다란 나무로 바구니를 치려다 놓치는 느낌이다.

다음 순간 틸다와 나는 바위가 많은 들 위를 날아간다. 말 탄 사람들이 서로 쫓으며 총을 쏘고 칼을 휘두르고 있다. 갑자기 말 아래 땅이 폭발한다. 사람과 동물이 모두 사라진 자리에 피에 젖은 번갯불만 번쩍인다.

틸다와 내가 전투가 벌어지고 있는 땅 위를 날아가고 있는 것이다. 내가 천둥 번개라고 생각했던 것은 세상을 산산이 조각내버리는 폭탄 소리다.

그 소리와 함께 비단에 구멍이 나면서 불이 붙는다. 풍선이 녹기 시작한다. 나는 바구니 옆쪽으로 가서 손을 잡고 매달린 채 언제 뛰어내릴까 기회를 본다. 보이는 건 온통 초록빛 물뿐이지만 풍선이 빨강 화염에 휩싸여 빠르게 녹고 있어 결심하고 말고 할 여지가 없다. 이제 손을 놓고 모든 걸 운명에 맡겨야 한다.

나는 비명을 지르는 돌덩이처럼 떨어져 내린다. 선 자세로 더러운 초록색 저수지에 풍덩 빠진다.

공중에서 불이 붙어 30미터도 더 되는 높이에서 떨어져야 한다면, 아무리 더러워도 땅보다는 물이 낫다. 적어도 떨어져 죽지는 않을 테니까. 문제는 수면이 어디 있는지 찾을 수 없다는 거다. 어느 쪽이 위쪽인지 알 수가 없다. 저수지 바닥을 파헤치기라도 한 것처럼 손에는 진흙이 잔뜩 엉켜 있고, 다리는 나를 아래로 끌어내리려는 연꽃 뿌리에 휘감겨 있기 때문이다.

나는 뜨듯하고 미끌미끌한 물속에서 숨을 쉬어 보려고 한다. 개구리들은 물속에서도 숨을 잘만 쉬는데 나라고 못 하라는 법 있나? 그런데 바로 그때 뭔가가 내 머리카락을 붙잡는다. 나는 그길로 햇빛이 가득한 곳으로 끌려 나간다.

한참 동안 아무것도 보이지 않는다. 기침이 너무 세게 계속 나와서다. 몇 분 후 물을 다 토해 내고 나서야 나를 끌어 올린 게 회색 군복을 입은 여윈 병사라는 걸 깨닫는다. 앞니가 다 빠진 그 병사는 내 몸을 흔드는 와중에도 이가 빠진 자리에 줄곧 혀를 가져다 댄다. 그가 나를 회색 군복을 입은 다른 병사들에게 넘긴다. 모두 저수지 가에서 말에게 물을 먹이던 사람들이다.

겉보기에 기병대 같다. 말투가 좀 어눌하고 가락을 섞어서 말하지만 알아듣는 데 어려움은 없다.

"이 꼬마 거지가 하늘에서 떨어졌다는 거야?"

"예. 누가 대포로 쏘아 올린 것처럼요."

"대포가 아닙니다. 정찰용 기구를 타고 왔습니다. 저기 멀리 있는 나무에 걸려 불타고 있는 게 바로 그 기구입니다."

"사실인가?"

"예."

"양키가 보낸 스파이가 틀림없다. 우리 위치를 파악하려고."

"쪼그만 꼬마에 불과한댑쇼?"

그때 지금까지와는 달리 강한 목소리가 끼어든다.

"무슨 일인가? 보고하라!"

여럿의 손을 거쳐 거칠게 밀려 나가 보니, 멋진 군복을 입고 안장 앞머리에 두 손을 포갠 채 말 위에 앉아 있는 사람이 있다.

안장 위에서 살다시피 하는 것처럼 자세가 아주 편안해 보인다. 우아한 망토와 장식용 깃털이 달린 날렵한 모자를 쓰고 허리에 아름다운 칼을 차고 있다.

"이 양키 꼬마가 기구에서 떨어졌습니다. 젭 장군님!"

그 늠름한 젊은 장군이 안장에서 몸을 굽혀 나를 자세히 살펴본다. 숱 많은 턱수염을 만지는 시늉을 하며 그가 말한다.

"흐음. 꼬마일 수도 있고."

그가 낯선 억양으로 말을 잇는다.

"난쟁이 스파이가 꼬마처럼 옷을 입은 것일 수도 있지. 교활한 양키들이라 난쟁이 같은 술수를 써서 우리를 속일 수도 있지."

"그렇습니다."

사람들이 웃는 모양을 보니 장군의 농담에 익숙한 것 같다.

"이름이 뭐냐, 난쟁이?"

장군이 묻는다.

"갈 길이 멀어 네 장난을 받아 줄 시간도 마음도 없다. 이름을 말하라."

"호, 호, 호머 피그입니다. 난쟁이 아니에요."

"말투를 보니 양키가 확실해. 대기 장소로 데려가."

대기 장소라는 데가 포로들을 가둬 놓은 헛간이다. 낡은 헛간을 임시로 징발해서 포로들을 가두어 놓고 밖에서 남군 병사들이 지키고 있다. 징발이라는 건 '훔치는 것'의 다른 말로 군대가 무엇인가 필요할 때 쓰는 방법이다.

이 모든 것을 나한테 설명해 준 사람이 있다. 조나단 그리스월드라는 총명한 젊은이다. 그는 자신을 체임버스버그에 있는 밸리 스피릿 신문사의 통신원이라고 소개한다.

"지금쯤이면 사무실에서 신문 인쇄를 준비하고 있어야 하는데 우리 마을이 이 반역자들에게 침략을 당했거든. 남부군이 빵, 곡식, 여분의 안장과 말굽, 말굽에 쓸 못까지 죄다 징발해 갔어. 나와 인쇄기까지 징발하기 직전이었지. 사무실을 벗어나 직접 전쟁을 목격할 좋은 기회라고 생각했는데!"

그렇게 설명하는 조나단 그리스월드는 색 바랜 갈색 콧수염을 기르고 깡마른 목에 돋보기가 달린 끈을 걸고 있다. 그의 머릿속에 든 온갖 생각이며 의견이 저 밖에 있는 기병대만큼이나 많아 보인다.

그가 계속 말한다.

"게티즈버그라는 작은 도시에서 말을 타고 떠났지. 북부군을 만날 줄 알았는데 대신 스튜어트 일당을 만난 거야. 양키 신문기자를 별로 좋아하지 않는 인물들이지. 자네도 같은 사람들에게 잡혔겠지?"

"모자에 깃털을 꽂고 있었어요."

"젭 스튜어트, 바로 그 사람이야!"

신문기자가 대단하다는 듯 말한다.

"혼자서 북부군을 둘러보고 본 전투가 시작되기 전에 로버트 E. 리에게 모든 걸 보고할 만큼 실력 있는 사람이라고들 하지."

"날 난쟁이라고 불렀어요!"

나는 아직도 화가 안 풀려 그렇게 불평한다.

"날 보고 난쟁이에다 스파이라고까지 했다고요!"

신문기자가 낄낄거리며 웃는다.

"그랬어? 공책을 뺏겼으니 머릿속에 잘 기억해 둬야겠다. '난쟁이에다 스파이'라. 군인으로 변장한 여자들 이야기나 주인을 살린 개 이야기보다 훨씬 낫네. 자네가 난쟁이가 아닌 건 내가 봐도 확실하지만, 정찰용 기구를 타고 온 거라면 스파이인 게 맞는 거 아닌가? 너무 어려서 교수형은 면할 거고. 운도 좋지."

우리가 갇힌 헛간 바깥에 남부군 보초들이 서 있다. 자기들끼리 파이프 담배를 피우고 보급 물자가 적다고 불평하며 우리에게 무심한 척 행동하지만, 우리가 무슨 대화를 나누는지 귀를 사발만큼 벌리고 있을 게 뻔하다. 그래서 나는 이 신문기자에게 플리보텀 교수와 유랑한 이야기, 그 교수가 사실은 반란군에 충성을 바치는 스파이라서 북부군에 체포된 일, 그길로 내가 기구를 훔쳐 타고 탈출한 일을 모두 이야기한다.

"그 교수 진짜 이름이 크로켓이라고 했어요. 레저널드 로버트슨 크로켓. 레비라는 이름의 동생도 있는데 엄청나게 얻어맞았더라고요."

나는 이야기를 마치면서 그렇게 덧붙인다.

"크로켓이라고!"

신문기자가 외친다.

"남쪽에서는 꽤 유명한 이름이야. 그 약장사하는 사람이 알라모에서 죽은 데이비 크로켓하고 친척일까?"

"그렇겠죠."

나는 그의 생각이 마음에 들어 열성적으로 대답한다.

"거의 틀림없어요. 맨손으로 퓨마를 때려잡는 걸 본 적이 있어요. 크로켓 피가 흐르는 사람인 게 확실해요."

"퓨마라고? 대단하군! 맨손이라고 했니?"

"물론 아주 늙은 퓨마였어요. 이도 다 빠지고. 서커스에서 탈출한 놈이었죠."

"플리보텀 교수라는 이름으로도 알려진 크로켓하고 같이 일했다고?"

"그렇다고 할 수 있지요."

나는 약간 거들먹거리며 대답한다.

"내가 바로 쇼의 스타였으니까요."

"쇼의 스타였다고? 어떤 역할을 했는데?"

"제 역할은 놀라운, 음, 놀라운 늑대 소년이었어요. 늑대들 사이에서 자란 소년 뭐 그런 거요."

신문기자는 열심히 고개를 끄덕인다. 펜과 종이만 있으면 이 모든 걸 적을 수 있을 텐데 하며 아쉬워하는 표정도 보인다. 남부군 보초들도 몸을 이쪽으로 가까이 기울이고 내가 하는 이야기에 귀를 세우고 있다. 내가 예상한 대로다.

"물론 난 늑대 사이에서 자라지 않았어요."

내가 고백한다.

"내 성은 피그예요. 피그라는 성 들어 봤죠? 보스턴 북쪽에서는 제일가는 부자예요. 그 마을의 목재 대부분하고 철도 그리고 상당한 수의 광산, 스쿠너 선단을 가지고 있지요. 농장하고 공장은 너무 많아서 셀 수도 없고요. 노예까지 가지고 있는걸요."

나는 그렇게 덧붙이며 보초를 슬쩍 쳐다본다.

"수십 명, 잘 세어 보면 수백 명이 될 수도 있어요. 우리 피그가에서는 노예 제도를 찬성하거든요. 우리 아버지가 주지사였을 때 모든 사람은 노예를 한 명씩 소유해야 한다는 법을 만들기도 했어요. 노예를 가지는 것이야말로 미합중국을 위대하게 만드는 힘이라는 건 누구나 아는 사실이잖아요. 그 바보 같은 링컨만 빼고 누구나 다요. 우리 아버지는 링컨이 우리 노예를 빼앗아 가려고 하면 워싱턴이 체리 나무를 벤 것처럼 링컨도 그렇게 베어 버릴 거라고까지 말씀하셨어요."

"정말?"

신문기자는 놀라서 입을 다물지 못한다.

"물론 우리 아버지라면 그렇게 하고도 남을 거예요! 노예를 포기하라니요? 절대 안 되지요! 노예들 덕분에 부자가 됐고, 행복하게 사는데. 팬케이크도 버터도 시럽도 모두 노예들이 만드는데. 아버지가 한번은 나한테 노예 하나를 딸려서 내가 걸을 때마다 내 발자국을 빗자루로 쓸어서 없애게 했어요. 내가 투명인간인 척하는 걸 도와주려고요. 노예가 그렇게 많다는 말이에요. 내 발자국을 지우는 데 쓸 노예가 있을 정도로요."

"그렇군."

신문기자가 의심스럽다는 투로 대답한다.

"중요한 건, 피그 가문 사람은 메인 주에 살기는 하지만 마음은 남쪽 반란군들에게 가 있다는 거죠. 노예를 보면 모두 내 걸로 만들고 싶거든요. 사실 지금까지 본 노예가 거의 내 것이긴 했지만요."

"수백 명이라고 했니? 메인 주에? 음, 그 부자 가문에서?"

"그냥 부자가 아니라 갑부라고요! 갑부가 더 나아요. 부자보다 갑부가 노예를 더 많이 데리고 있으니까요."

남부군 보초들이 서로 고갯짓을 하다가 그중 한 명이 몸을 돌려 사라진다.

'남부군의 진짜 친구를 실수로 가둔 것 같다고 보고하러 갔겠지.'

내 계획을 모두 망쳐 버린 비명이 시작된 것은 바로 그때다. 끔찍한 그 비명 소리에 소름이 쫙 끼치면서 무릎이 떨린다. 보초병들도 그런 비명을 들으면 기구를 타고 온 놀라운 늑대 소년 이야기는 다 잊어버릴 게 분명하다.

"저게 뭐죠?"

나는 얼굴이 잿빛으로 변한 신문기자에게 묻는다.

"뭔지 알 것 같아."

그가 말한다. 그는 철창이 쳐진 창문으로 목을 쑥 빼고 밖을 내다본다. 다시 내려온 그가 땀으로 축축한 손바닥을 바지에 닦으며 말한다.

"부상병들이야. 전투가 시작된 거지. 부상병들을 이리로 데려오고 있어."

그때 문이 활짝 열리면서 비명이 안으로 쳐들어온다.

31장

끔찍한 7월의 첫날

엄청난 수의 부상병들이 몰려든다. 신음하는 병사들이 평상 같은 짐마차에 짐짝처럼 실려 오기도 하고, 말과 사람이 끄는 수레를 타고 오기도 한다. 짐마차나 수레가 돌에 걸려 멈칫할 때마다 부상병들이 비명을 내지른다. 비명을 지르는 것조차 멈춘 사람들은 수레에서 내릴 때 한쪽에 따로 놓아두고 얼굴을 천 조각으로 덮는다.

나머지는 들것에 실려 헛간으로 들어와 치료를 기다린다. 수십 명의 사람들이 어머니와 아내와 연인들을 부르며 누워 있다. 그 수십 명이 금방 수백 명으로 늘어난다. 헛간에 켜켜이 쌓이다 못해 바깥으로 밀려나 헛간 처마 밑에 누운 사람들도 있다.

"게티즈버그 전투가 시작된 거야."

신문기자가 나에게 속삭인다.

"처음에는 북부군 기병대가 잘 막아내는 것 같더니 이제는 시내 쪽으로 밀리고 있는 것 같아. 우리를 지키는 보초가 그러는데 북부군 수천 명이 이미 항복했거나 포로로 잡혔대. 링컨 군대가 하루 이틀 사이에 패할 것 같아. 챈설러즈빌 전투처럼. 그러고 나면 로버트 E. 리 장군의 군대가 북쪽에서 워싱턴을 공격해 전쟁을 승리로 이끌겠지."

"그게 진실이에요?"

내가 묻는다.

"북쪽이 정말 전쟁에 진 건가요?"

"진실이냐고?"

신문기자가 고개를 저으며 말한다.

"이렇게 총알이 사방에서 날아다닐 땐 진실이라는 것을 만나기 힘들지. 죽은 사람들 수를 완전히 파악하기 전까지는 전투에서 누가 진실로 이겼는지 졌는지 가릴 수가 없는 거야."

반군이 게티즈버그에서 이기고 있는지는 모르겠지만, 그 승리도 공짜로 얻는 건 아닌 것 같다. 다친 사람들의 상처가 대부분 아주 심해서 총알을 빼내고 사지를 절단하는 의사들이 목수만큼이나 바쁘게 움직인다.

고통을 못 이겨 질러 대는 비명 소리보다 더 듣기 힘든 게 뼈를 자르는 톱 소리다.

"좋은 의사는 좋은 푸줏간 주인과 같지. 어디를 어떻게 잘라야 할지 잘 알아야 하니까. 소매를 걷어붙이고 운 좋게 마취제를 가지고 있으면 그걸 환자에게 준 다음 재빨리 다리를 잘라 내야 돼. 몇 분 안에 자른 곳에서 피가 멈추게. 그보다 더 길어지면 환자가 고통을 못 이기고 죽거나, 피를 너무 많이 흘려 죽거나, 아니면 둘 다로 죽거나 하거든. 사실 저 사람들 중 절반은 오늘을 넘기지 못할 거야. 살아남은 사람들 중에서 또 절반은 감염이 돼서 죽을 거고."

신문기자가 계속 설명한다.

그다음에는 그가 무슨 말을 하는지 들리지 않는다. 비명 소리와 젖은 톱이 내는 끔찍한 소리를 듣지 않으려고 귀를 막아 버렸기 때문이다.

나는 부상병들을 치료하는 처참한 장면들을 보지 않으려고 아예 벽 쪽으로 돌아앉는다. 마음속으로 해럴드 형은 '코끼리를 보는' 일이 없게 해 달라고, 부상을 당하거나 그보다 더 심한 일도 당하지 않게 해 달라고 기도한다. 형이 그냥 순순히 항복을 하거나 포로로 잡히는 게 제일 나을 것 같다. 하지만 그게 얼마나 바보 같은 희망인지 나는 안다. 스퀸턴 리치한테도 지지 않고 자기 할 말을 다 하는 용감한 형이 반군에게 항복할 리 없다. 형이라면 전쟁터 현장에서 바로 계급이 올라갈 정도로 용감히 싸울 것이다. 헉! 형을 빨리 찾아내지 못하면 역사상 제일 어린 장군이 될지도 모른다!

난 그 생각에만 매달린다. 우리 해럴드 형은 어떻게든 살아남을 거라는 생각. 형이 죽기 전에 찾아서 메인 주로 함께 피신

해 가면 친절한 브루스터 씨가 우리 둘을 기꺼이 받아 주실 거고, 거기엔 밤에 몸을 눕힐 침대가 있고, 하루 세끼씩 꼬박꼬박 먹고, 저녁에는 우유와 파이를 먹으면서 제대로 사람답게 살 수 있을 거라는 열병과도 같은 희망의 꿈. 형이랑 나는 벽난로 옆에 앉아 브루스터 씨와 수다도 떨고, 그때까지도 도움이 필요한 도망 노예들이 있으면 도와주고, 우리 말 바비에게 건초도 듬뿍 주고, 원하면 귀리도 좀 주면서 살 수 있을 거라는 꿈 말이다.

우리 어머니 바람대로 학교에 가서 세상에 대해 알아야 할 것은 모두 배울 거다. 어떻게 하면 사람들이 굶주리는 것을 막을 수 있는지도 배우고, 전쟁과 노예 제도 같은 나쁘고 잔인한 행동을 멈출 수 있는 방법도 찾아볼 거다.

해럴드 형은 브루스터 씨를 대신해 전기석 광산을 운영할 것이다. 내 꿈속에서는 행복하고 건강한 형이 저녁이면 형의 양말을 꿰매 줄 아내를 맞아 아이들을 낳는다. 그 아이들은 배고프지도 않고, 얻어맞지도 않고, 짐승처럼 헛간에 갇히지도 않고, 형을 살리려고 집에서 도망쳐서 잘린 팔다리가 장작더미처럼 쌓이는 것도 보지 않고, 부상당한 사람들이 죽는 것도 보지 않고, 어린 병사들이 어머니가 그리워 울부짖으면서 하늘에서 어머니를 만나게 해 달라고 기도하는 소리도 듣지 않게 될 것이다.

아무리 치열한 전투라도 거기서도 끝내 살아남는 병사들이 있다고들 말한다.

하나님, 제발, 그 살아남는 병사가 제 형이 되게 해 주세요. 그게 제 유일한 소원입니다. 다른 부상병들과 함께 조랑말이 끄는 수레에 실려 와 널빤지에 묶인 채 사지를 절단당하는 운명에 처하지 않게 해 주세요. 관을 실은 짐마차에 실려 집으로 돌아오는 일이 없도록 해 주세요.

주님, 제발 형이 무사하게 지켜 주세요. 형이 어디에 있든 이 호머가 형을 찾아올 거라고 꼭 좀 전해 주세요.

정오가 되면서 상황이 변하기 시작한다. 부상병들을 실은 수레가 더 이상 들어오지 않는다. 불쌍한 신음 소리도 점점 약해진다. 피곤에 절은 의사와 조수들이 손에 묻은 피를 씻고 요기할 시간도 생긴다.

전투에서 살아남은 말과 조랑말들도 건초와 물을 먹는다. 그중 일부는 나와 조나단 그리스월드 신문기자가 있는 헛간 바로 옆의 마구간으로 들어온다. 불쌍한 말들은 히힝 거리면서 서로 마구간 벽에 몸을 비벼 댄다. 마치 전쟁터에서 겪은 공포를 털어 내려고 몸부림치는 것 같다.

"오늘 역사가 만들어지고 있구나."

신문기자가 안경을 만지작거리면서 탄식하듯 말한다.

"그런데 나는 이 멍청한 동물들하고 헛간에 처박혀 아무것도 보지 못하고 있으니. 이 위대한 사건을 싸고도는 소문을 기록할 펜과 잉크마저도 없으니!"

"펜은 없어도 펜을 쥘 손은 있잖아요."

내가 일깨워 준다.

"맞아!"

그가 인정한다.

"내가 얼마나 운이 좋은지 잊지 말아야지."

병사들 사이에 의기양양한 기운이 돈다. 남부군이 드디어 전쟁에서 이겼고, 머지않아 남은 북부군을 모두 죽이거나 생포할 수 있을 거라는 이야기들이 들려온다.

신문기자는 낮은 목소리로 저것도 그냥 말뿐일 가능성이 높다고 말해 준다. 지난 2년 동안 반군은 거의 이겼다 거의 이겼다는 말만 반복할 뿐, 한 번도 완전히 이겨 보지 못했기 때문이다. 남군은 병사 한 명을 잃을 때마다 타격을 받지만 북군은 인구가 훨씬 많아서 병사를 아무리 많이 잃어도 그보다 더 많은 병사를 징집할 수 있다는 설명도 해 준다.

"결국 숫자 게임이거든. 누구의 의지가 더 강하냐의 문제가 아니라, 누가 더 많은 인원과 물자를 잃고도 버틸 수 있느냐가 승리를 결정할 거야. 너도 봤듯이 전쟁은 고기를 가는 믹서 같은 거야."

오후 서너 시쯤 됐을 때 전령이 뛰어와서 목이 터져라 외친다.

"전선으로! 싸울 수 있는 병사는 모두 전선으로 향하라는 명령이다! 북부군이 후퇴하기 시작했다. 리 장군이 모든 병사들에게 그들을 추격하라는 명령을 내렸다! 가자! 가서 잡아들이자!

드디어 저들이 도망가기 시작했다!"

헛간이 갑자기 승리의 함성으로 살아나기 시작한다. 심지어 아주 심하게 부상당한 사람들마저도 열에 들뜬 손으로 총을 붙잡는다. 그러고는 다시 전쟁터로 데려가 달라고 사정하기도 한다.

"모두 전선으로! 모두 전선으로! 남군 만세! 로버트 E. 리 장군 만세!"

우리를 지키던 보초들도 흥분에 휩싸여 무기와 배낭을 집어 들고 헛간에서 뛰어나가 다른 병사들과 합류해 버린다. 지키는 사람도 없이 나와 신문기자만 남는다.

"기회예요."

내가 속삭인다.

"내가 제일 작은 말을 탈게요."

신문기자는 고집스럽게 고개를 젓는다.

"그럴 용기가 나지 않아."

그가 후회스러운 목소리로 말한다.

"총살당할 게 틀림없어."

"나 같은 꼬마도 쏠까요?"

내가 묻는다.

그는 어깨를 으쓱한다.

"전쟁의 열기에 휩싸인 사람들이 무슨 짓을 할지 누가 알겠니? 하지만 반군들이 그렇게 야비한 사람들은 아니야. 주로 푸른 군복에 조준을 하겠지."

그러면서 아주 걱정스럽다는 표정으로 나를 바라본다.

"그런데 왜 도망가려고 하니? 넌 남쪽 편인 줄 알았는데? 너희 집안이 가진 노예만 수십 명이라고 하지 않았니?"

"수백 명이라고 했지요."

내가 말한다.

"다 거짓말이에요. 제 편은 해럴드 피그뿐이에요. 형을 찾기 아니면 찾다가 죽기. 둘 중 하나예요."

"죽는 데 성공할 확률이 아주 높아."

그가 경고한다.

"여기에 그냥 가만히 있는 게 제일 안전할 텐데."

"약속한 게 있어요."

내가 설명한다.

"혹시 내가 잊힐지 모르니 내 이름을 기억해 주세요. 메인 주의 파인 스왐프 출신 호머 피그예요."

잠시 후 나는 마구간을 넘는다. 그리고 조랑말을 끌고 햇빛이 쏟아지는 바깥으로 걸어 나온다.

32장

잊는 게 약

그날 우리 어머니가 나를 보호해 준 게 틀림없다. 하늘에 계신 분들이 땅에 있는 우리 걱정을 해 준다고 생각하는 게 내 희망사항에 불과할지도 모르겠지만, 뭔가가 나를 살려 줬다고밖에 할 수 없다. 딱 죽었어야 했을 상황을 한두 번도 아니고 무려 여섯 번이나 겪었으니 말이다.

첫 번째는 조랑말에 박차를 가해 농장에서 빠져나오는데 비 오듯 쏟아진 총알이 내 귓가를 스쳐간 일이다. 총알이 보이지 않는 칼날처럼 공기를 가르는 사이를 나는 안장도 없고 방향을 조절할 고삐도 없이 조랑말 갈기에 꽉 매달려 달린다.

그다음 고비는 1마일쯤 지나서 생긴다. 폭탄이 아주 가까이에 떨어진 것이다. 얼마나 가까운지 폭발할 때 나는 열기와 흙냄새가 내게 물씬 풍길 정도다.

나는 훔친 조랑말을 타고 자욱한 연기를 뚫고 나간다. 언덕을 넘고 철도를 건너 공격 태세를 취하고 있는 수천 명의 병사들을 지난다. 줄지어 선 대포들이 쏟아 내는 포탄도 피한다. 우리를 보고 놀라 고개를 젓는 병사들도 지난다. 그렇게 조랑말과 나는 목숨을 걸고 내달린다.

무슨 이유에서인지는 모르지만 불쌍한 조랑말이 내가 회색의 남부군 전선을 지나 푸른색의 북부군 전선 쪽으로 가고 싶어 한다는 걸 이해한 것 같다. 아니면 너무 겁에 질려 제일 무서운 것이 있는 쪽으로 곧장 달려가는 것인지도 모르겠다.

계속해서 포탄이 터지면서 땅이 갈라지고 나무들이 쓰러진다. 방금 전까지 서 있던 병사들이 사라져 버리고 그 자리에 군화만 남는다.

나는 악몽을 꾸듯 조랑말에 매달린다. 해럴드 형이 죽는 걸 백 번쯤 본 악몽과 이것은 완전히 다른 종류의 악몽이지만 말이다. 내가 꾸는 악몽에 나오는 전쟁은 이렇게 천 번의 천둥이 한꺼번에 치는 것보다 더 큰 소리도 나지 않고, 천 번의 번개가 한꺼번에 번쩍이는 것보다 더 눈부시지도 않다. 내가 꾸는 악몽에 나오는 전쟁은 이렇게까지 냄새가 고약하지도 않다. 그리고 부상당한 말들의 울부짖음도 들리지 않는다. 자기에게 무슨 일이 벌어졌는지, 왜 자기가 총을 맞았는지도 모르고 죽어 가는 동물들의 울부짖음은 부상당한 사람들의 울부짖음보다 더 처절하다.

사방에 죽어 가는 말과 사람들이 가득하지만 나는 맨발로 조랑말에게 박차를 가하면서 계속, 계속, 계속해서 달리기만 한다. 언제라도 총에 맞아 쓰러질 수 있다는 생각을 하면서.

조랑말과 마찬가지로 공포가 나를 계속 내달리게 만든다. 공포와 이렇게 공포스럽게 된 상황에 대한 분노가.

내가 비 오듯 쏟아지는 총알과 포탄 사이를 계속 달리는 건 움직이는 걸 멈추는 게 죽기보다 무섭기 때문이다. 멈춘다는 건 세상이 폭발한다는 뜻이다. 멈춤은 곧 죽음이다.

격전지를 미치광이처럼 내달리면서 나는 많은 것을 본다.

물수제비뜨는 조약돌처럼 땅 위에서 몇 번 튕겨지는 포탄.
부상당한 자기 말을 쏘려고 피스톨을 꺼내던 기병대 장교가
방아쇠를 채 당기기도 전에 총에 맞아 쓰러지는 장면.
우박처럼 쏟아지는 총알을 피하기 위해 개처럼 땅을 파는 사람들.
벌집처럼 구멍 난 땅에 탄피가 소나기처럼 후두두 떨어지는 장면.
크리스마스 촛불처럼 타오르는 나무들.
갈증이 난 사람들이 자기 소매에서 땀을 빨아 먹는 장면.
무릎을 꿇고 기도하듯 손을 모으고 죽은 사람.
종이가 타 버릴까 봐 무서워서 쓸 수도 없는 끔찍한 것들.
잊는 게 약인 일들.

그날 내가 달린 거리가, 반군이 징발했던 농가에서 컬프 언덕의 북부군 전선까지, 5마일도 넘을 거라고 나중에 누군가가 말해 줬다.

내가 느끼기엔 영원보다 긴 거리다.

얼마 후엔 포탄이 터지는 무서운 소리도, 벌 소리 같은 총알 소리도, 사람과 동물이 내지르는 비명 소리도 더 이상 들리지 않는다. 귀에 솜을 틀어박아 전쟁터의 굉음을 차단해 버린 느낌이다. 나는 한 번도 속도를 늦추지 않고 그 살육의 현장을 뚫고 나아간다. 죽은 사람과 죽어 가는 사람들 위를 뛰어넘으면서.

유일하고도 확실하게 느껴지는 건 내 심장 소리와 내 온몸으로 전해지는 조랑말의 심장 박동뿐이다. 마치 조랑말과 내가 전쟁터 속에 있지만, 전쟁으로부터 분리가 되어서 단 둘이만 존재하는 느낌이다.

계속 그렇게 달려가는데, 갑자기 연기가 걷히고 우리 앞에 언덕이 나타난다. 그 언덕에 대포가 줄지어 늘어서서 검은 포구들을 나에게 겨누고 있는 것이 보인다. 대포들이 하얀 연기를 내뿜으며 나한테 말을 건다. 나도 대포들한테 우리 형을 찾아 달라고 말을 건다. 하지만 내 목소리가 나한테도 들리지 않는다.

갑자기 조랑말이 앞발을 쳐든다. 나는 그대로 손을 놓치고 바위가 울퉁불퉁한 땅에 떨어진다. 별이 보이는 건지 진짜 포탄이 터지는 건지 모르겠다. 거친 손들이 나를 붙든다. 그러더니 대포 뒤쪽으로 파낸 참호 안으로 나를 끌어당긴다.

푸른 군복을 입고 턱수염을 기른 남자들이 뭐라 뭐라 외쳐 댄다. 무슨 소리인지 하나도 알아듣지 못하겠다. 그중 한 명이 나한테 물을 주고 시원한 물을 적신 천으로 내 귀를 감싸 준다. 그러자 서서히 목소리가 들려온다.

"너 누구냐, 꼬마야? 정신 나갔니? 칼도 없고 총도 없이 전쟁터를 가로지르다니. 완전히 미쳤구나. 솜씨 좋은 저격수 네댓 명이 널 겨냥했는데 왜 못 맞혔는지 모르겠다!"

"메인 주에서 왔나요?"

나는 물을 벌컥벌컥 들이키며 묻는다.

"버몬트 주."

물을 준 사람이 대답한다.

"버몬트 주 폴트니에서 왔지. 메인 주에는 한 번도 가 본 적 없어. 사실 여기 말고는 버몬트 주를 떠나본 적도 없지만."

나는 형 이야기를 하려고 애를 쓴다. 메인 주에서 온 신병들이 있는 연대에 우리 형이 있을 거라고 설명해 보려고 하지만, 버몬트 주 출신 병사는 내 이야기를 들어 줄 시간이 없다.

"약장수 쇼? 사람 같은 돼지? 남부군 스파이? 기구 비행? 좀 말이 되는 소리를 해라, 꼬마야! 말에서 떨어지면서 머리를 다친 거 아니냐?"

"해럴드 피그예요. 아직 열여덟 살도 안 됐단 말이에요."

난 고집스럽게 계속 반복한다.

버몬트 주 출신 병사가 어깨를 으쓱한다.

"북 치는 소년들 중엔 열네 살도 채 안 된 애들이 있어. 너만큼이나 어린애들 말이야!"

"우리 형은 병사로 징집됐어요."

나는 다시 설명해 보려고 한다. 그런데 그때 포탄이 우리 머리 위를 지나간다. 그러자 또 귀가 얼마 동안 들리지 않는다.

대포에 포탄을 장전하는 동안 버몬트 주 병사가 나를 포화가 미치지 않는 언덕 꼭대기로 데려간다. 보병대 상사에게 나를 넘길 때까지 내 옷깃을 잡은 손을 놓지 않는다.

"이 꼬마를 격전지에서 찾았습니다!"

그가 상사에게 외친다.

"완전히 미친놈입니다! 어떻게 할까요?"

"뒤로 보내!"

상사가 칼로 후방 쪽을 가리키며 외친다.

"민간인들은 모두 후방으로! 빨리 실시하라, 이등병! 저 남쪽 놈들이 또 올 게 분명하다. 해가 지기 전에 공격을 한 번 더 시도할 게 뻔해!"

언덕에도, 그 뒤쪽으로도 병사들이 수천 명 정도 있다. 차림새로 봐선 대부분 하루 종일 전투를 치른 사람들이다. 부상병들은 짐마차에 실려 북부군 의사가 기다리는 곳으로 가고 있다.

바로 능선 너머에서는 대포가 펑펑 터지고 있는데 이 막사에선 모닥불을 피우고 난로 위에 커피를 끓이고 있다. 사람들이 모두 침착하고 피곤해 보이지만 사기가 드높은 게 느껴진다.

"전쟁이 이제 바닥을 쳤으니 끝까지 싸우겠다는 결의들이 대단하지."

버몬트 주 출신 병사가 만족스럽다는 듯이 말한다.

"처음으로 밀리지 않고 싸우고 있어."

그가 따끈한 블랙커피를 가져와서 나에게 마시라고 권한다.

"이걸 마시면 정신이 좀 돌아올지도 모르지. 너도 얼른 정신을 차려야지. 내가 언제까지 미치광이 꼬마 보모 노릇을 하고 있을 수는 없지 않냐. 얼른 우리 부대로 돌아가야지. 잘못하면 탈영병으로 찍히겠다."

"고마워요. 이젠 괜찮아요. 아깐 소음이 너무 심해서 머리가 잠깐 어떻게 됐었나 봐요."

"사실 포탄 소리를 들으면 그렇게 되는 수가 많지."

그러면서 그가 짐마차들을 가리킨다.

"저 부상병들을 따라가는 게 제일 좋아. 격전지에서 멀리 떨어진 안전한 곳으로 갈 수 있을 거야. 네 조랑말은 어떻게 됐는지 모르겠다. 아직 계속 뛰고 있는지도 모르지."

나는 부상병들을 실은 짐마차를 따라서 안전한 후방으로 가겠다고 약속한다.

그가 시야에서 사라지자마자 나는 병사들이 모인 곳으로 가서 혹시 메인 주에서 오지 않았냐고 묻고 다닌다. 메인 주에서 온 사람은 아무도 없다. 펜실베이니아에서 온 자원병들이 대부분이고 일부는 뉴욕에서 왔다. 메인 주 연대에 대해서나 그 연대가 어디로 배치됐는지는 아무도 알지 못한다.

군복도 입지 않은 꼬마가 전쟁터에서 뭘 하는 건지 되묻기 전에 나는 다음 부대로 옮겨 가서 형을 찾는다. 사실 모두 너무 바쁘거나 너무 지쳐서 나에게 관심을 보이지도 않고 쫓아오지도 못한다.

해 질 무렵에 드디어 메인 주에서 온 사람들을 몇 명 만난다. 나는 얼른 피그라는 사람을 아는지 물어본다.

"피그? 무화과(피그figg를 무화과fig로 잘못 받아들임: 편집자) 말이냐, 꼬마야?"

병사들 중 하나가 그렇게 물으면서 어찌나 활짝 웃는지 그렇잖아도 밑으로 처진 콧수염이 일자가 될 지경이다.

"사과나 복숭아는 어때? 아니면 배(pear)는 어떨까? 브런즈윅에서 온 찰스 페어(Pear)가 있긴 한데."

"피그라고요."

나는 고집스럽게 말을 잇는다.

"파인 스왐프에서 온 해럴드 피그요."

"파인 스왐프라는 데는 처음 들어보는데. 해럴드 피그라는 이름도. 어느 연대인지는 아니? 어느 사단인지라도?"

"내가 아는 건 파인 스왐프에서 온 해럴드 피그가 우리 형이고, 군대에 있다는 것뿐이에요."

"어쩌다 형을 찾아 여기까지 왔냐?"

나는 너무 지쳐 이야기를 다시 할 힘이 없다. 곁가지는 물론이고. 그래서 그냥 간단하게 말한다.

"기차로 왔어요."

"게티즈버그까지 기차로 왔단 말이냐?"

"마지막에는 말을 탔지만요."

그 병사가 저물어가는 석양 아래서 나를 자세히 살핀다.

"너 뭐 좀 먹는 게 좋겠다, 꼬마야. 우리랑 같이 먹자. 여기 모두 다 메인 주 출신들이야. 피그라는 성을 가진 사람은 없어도."

"형을 찾아야 해요."

내가 고집을 부린다.

"이제 밤이야."

그가 경고한다.

"잘못 길을 들면 보초들이 총으로 쏠 거야. 총에 맞으면 형도 못 찾아. 그렇지?"

"맞아요."

"그러니 여기 잠깐 있어라."

그가 말한다.

"우리 취사병이 저 커다란 무쇠솥에다 수프를 끓이고 있거든. 사실은 감자 수프인데 차우더(chowder, 미국의 대표적인 가정 요리의 하나로 생선살이나 조개류를 주재료로 하여 양파, 감자, 베이컨 등을 넣고 끓인 걸쭉한 스프: 편집자)라고 생각하고 먹기로 했다. 내일 동이 트면 바로 형을 찾아 나서렴. 형 부대가 행군해서 닿을 수 있는 거리에 있으면 이쪽으로 올 거야. 모든 부대들이 게티즈버그로 오도록 명령이 내려갔거든. 네 형도 금방 전투에 참가하게 될 거야. 내일이면 형을 찾을 수 있겠지."

나는 그 냄새 좋은 감자 수프를 조금만 먹고 바로 형을 찾아 움직여야지 하고 마음먹는다. 모닥불 옆에 앉아 양철 냄비에서 수프를 떠먹는다. 냄새만큼이나 맛도 좋다. 다른 병사가 자기가 배급받은 건빵을 나눠 주면서 수프에 적셔 먹으라고 가르쳐 준다. 그것도 맛있게 먹는다.

어둡거나 말거나 형을 찾아 자리를 뜨려고 하는데 악대가 연주를 시작한다. 오랜만에 듣는 메인 주 억양으로 부르는 노래가 나온다. 어쩐지 몰래 떠나는 게 예의가 아니라는 생각이 든다.

북부군이여 영원하라! 만세! 만세!
반역자들은 가라, 성조기가 온다.
깃발 아래로 모여서 다시 한 번 힘차게,
자유를 위하여, 자유를 위하여!

내 눈꺼풀이 무거워질 무렵엔 아름다운 테너 목청을 가진 어린 병사가 '전투 직전에 우리 어머니에게'라는 노래를 부른다. 사랑하는 어머니에게 걱정하지 말라고 당부하는 슬픈 노래다.

그 노래를 듣다가 잠들어서 그런지 나는 어머니들과 형제들 그리고 아들들에 관한 꿈을 꾼다.

33장

항명자 표시 M

동틀 무렵에 키가 크고 깡마른 병사가 다가와 아직 불씨가 남아 있는 모닥불 옆에서 자고 있는 나를 깨운다.

"진짜 너니?"

그가 내 어깨를 치면서 묻는다.

"진짜 호머 피그야? 피그라는 소년이 왔다고 하는 걸 들었다."

처음에는 그가 누군지 알아보지 못한다. 그렇게나 많이 변한 것이다.

"나야. 웹스터 B. 윌로우."

그가 말한다.

"전직 성직자. 전직 네 보호자. 브루스터 씨의 명을 받았었지. 케이트 니블리의 전남편. 아름다운 케이트와 소위 그 오빠라는 자한테 도둑을 맞고 버림을 받았지만. 이제 죄를 씻기 위해 메인 주 제 5연대에 자원한 윌로우 이등병이다. 전사할 것에 대비해 너에게 용서를 구하러 왔다."

그는 모자를 벗고 땅을 내려다본다. 나와 눈을 마주치는 것조차 부끄럽다는 표정이다.

"도둑맞고 버림받은 건 바로 나였어요."

나는 누운 자리에서 일어나 앉으면서 그의 말을 바로잡는다.

그가 비참한 표정으로 고개를 끄덕인다.

"네가 그렇게 경고를 했는데. 난 정말 바보였어. 아직도 바보지만. 그건 확실해. 브루스터 씨가 날 믿고 널 보살피라고 하셨는데 그걸 저버리다니."

"결혼한 지 얼마 만에 버림받았어요?"

그가 몸서리를 친다.

"몇 시간 후에. 내가 완전히 속았다는 걸 깨닫는 데 그만큼 걸린 거지. 배에서 내리자마자 프랭크와 케이트는 완전히 종적을 감춰 버렸어. 파크 애비뉴에 가서 그 둘을 찾았지. 바보같이 니블리 맨션까지 찾아갔지 뭐야. 그때까지도 실수로 서로 잃어버린 것이라고 믿고 싶었지만, 니블리 맨션에서 들은 이야기로 진실을 깨달았어. 그 둘 이름이 뭐든 간에 니블리가 아닌 건 확실해."

"날 어떻게 찾았어요?"

아직 잠에서 덜 깬 상태로 내가 묻는다.

"피그라는 꼬마가 자기 형을 찾고 다닌다는 이야기를 누가 했어. 솔직히 말하면 여기 와서 널 만나야 하나, 말아야 하나를 놓고 밤새 내내 고민했다."

"아직 해럴드 형을 못 찾았어요."

윌로우 이등병은 불편한 듯 발을 움찔거리고는 깡마른 목으로 한 번 에헴 한다.

"네게 해 줄 이야기가 또 하나 있어. 뉴욕에서 지원하고 우리 연대에 배치 받고 나서 해럴드 피그라는 이름의 신병과 마주친 적이 있어. 잠깐 같은 기차에 타고 이동했지. 너랑 굉장히 많이 닮았더라. 물론 너보다는 훨씬 더 크지만. 한 번 보고도 누군지 딱 알겠더군."

"우리 형을 만났다고요? 형 지금 어디 있어요? 내가 형을 구하러 온다고 말했어요?"

윌로우 이등병이 비참한 표정으로 고개를 젓는다.

"난, 음, 난 결국 널 안다는 사실을 네 형한테 말하지 못했다. 너무 부끄럽고 절망스러워서."

"그런 건 상관없어요!"

나는 벌떡 일어서며 말한다.

"해럴드 형 어디 있어요?"

윌로우 이등병이 그제야 내 눈을 똑바로 보고 말한다.

"네 형은 체임벌린 연대장 소속 부대에 배치됐어. 메인 주 제20연대야. 하노버에서 행군해서 오고 있으니까 몇 시간 후면 여기 도착할 거야."

그의 말뜻을 알아차리는 데 잠깐 시간이 걸린다.

"그러니까 우리 형은 어제 게티즈버그 전투장에 없었다는 말이죠? 형이 아직 전쟁터에서 싸우기 전이라는 말이죠? 그러니까 형이 부상당하거나 죽거나 하지 않았다는 말이죠?"

윌로우 이등병이 모자를 쓰고 바르게 됐는지 확인한다. 그리고 총을 어깨에 메고 좁은 어깨를 편다. 차렷 자세를 취하듯 똑바로 서서 그가 말한다.

"해럴드 피그의 현황은 정확히 알 수 없지만 그의 연대는 아직 전투에 참가하지 않았습니다. 오늘 전투에 투입될 예정입니다. 오늘 우리는 마지막 한 사람까지 싸울 것입니다. 남군 병사들도 마찬가지입니다. 수천 명이 죽게 될 것입니다."

"무서워요?"

내가 묻는다.

윌로우 이등병이 망설이다 말한다.

"너하고 이야기하고 나니 이전보다는 마음이 한결 편해졌어. 하지만 두려운 건 마찬가지야."

나는 윌로우 이등병의 손을 잡고 얼른 한번 꼭 쥐어 준다.

"내가 코끼리를 봤는데 무서워할 게 하나도 없더라고요."

나는 그에게 그렇게 말해 준다.

물론 거짓말이다. 하지만 나도 그에게 뭔가를 해 주고 싶다. 희망적인 거짓말은 벌이 좀 가볍겠지.

윌로우 이등병이 준 정보 덕에 메인 주 제 20연대가 게티즈버그로 행군해 들어올 때 나는 이미 하노버에서 오는 길목을 지키고 서 있다.

메인 주 제 20연대 350명이 고적대 리듬에 맞춰 빠른 걸음으로 행군해 들어오자 길에 먼지가 풀풀 인다. 벌써 몇 시간째 걷고 있기 때문에 다들 피곤해 보이지만 한편으론 결의에 차 있는 모습이다. 얼른 전투에 참가하고 싶다는 듯 환호성을 지르는 병사들도 있다.

그들 가운데 있을 형의 얼굴을 찾으면서 나는 지금까지 한 이 모든 모험이 결코 헛되지 않았다는 생각을 한다. 내가 때마침 와서 형이 전쟁터에서 죽는 걸 막을 수 있게 됐으니 말이다.

날 보면 형이 얼마나 놀랄까. 꼬마 동생이 자기보다 먼저 전쟁터에 와 있는 걸 보면 뭐라고 할까.

"해럴드 형!"

나는 큰 소리로 외친다.

"해럴드 피그!"

무서운 인상의 상사가 연대 깃발을 자랑스레 높이 쳐들고 걸어온다. 그는 나를 무시하려고 해 보지만 "열중쉬어!" 하는 명령이 떨어지자 깃발을 땅에 꽂아 놓고 그 굵은 팔로 팔짱을 낀 채 나를 엄한 눈으로 내려다본다.

"원하는 게 뭐냐, 꼬마야? 여기 전쟁터인 거 몰라? 얼른 집에 가서 엄마 품에나 안겨 있어!"

"우리 형 해럴드 피그를 만나야 해요!"

나는 고집스럽게 버틴다.

"처음엔 이등병으로 시작했겠지만 지금은 계급이 훨씬 높아졌을 게 분명해요."

상사가 썩은 달걀을 삼킨 표정을 한다. 그러더니 그간 갈고닦은 솜씨로 침을 멋지게 탁 뱉고는 으르렁거리듯 말한다.

"해럴드 피그라고! 이등병이 아닌 건 확실하네. 저 뒤쪽으로 보냈으니까."

"연대장이 됐어요? 아님 부대장?"

"철창에 갇혀 있다는 소리야, 이 바보야!"

상사가 외친다.

"체포돼서 철창신세야! 자, 전투가 시작되기 전에 어서 꺼져! 얼른!"

우리 형이 체포됐다고? 철창에 갇혔다고?

저 덩치 큰 상사가 나를 골려 주려고 농담한 거겠지. 굉장히 기분 나쁘고 무자비한 농담을.

그런데 삐걱거리는 짐마차와 말 몇 마리가 따라오는 행렬 뒤쪽으로 가서 만나 본 병사도 해럴드 피그 이등병을 만나려면 보초병과 이야기해야 할 거라고 말한다.

삐걱거리는 짐마차 한 대에 무장한 병사가 셋이 붙어서 지키고 있는 게 보인다. 그 짐마차 안에는 죄수가 대여섯 명 들어 있다. 그 죄수들이 입은 푸른 군복마다 크고 서툰 분필 글씨로 M이라고 씌어 있다.

"M은 뮤터니어mutineer라는 표시야. 항명자라는 뜻이지."

보초병 하나가 자기 손에 든 분필을 보여 주며 설명한다.

"내가 생각해 낸 거야. 저것들이 도망가려 하면 바로 M자만 조준하면 끝나는 거지, 으하하."

보초병의 웃음이 너무 잔인하게 들린다. 그런 농담이 누군가의 가슴을 아프게 하든 말든 아무 상관 없고 자기만 재미있으면 된다는 투다.

저 항명자들 가운데 눈가에 시퍼렇게 멍이 들고 괴혈병을 앓고 있는 것처럼 보이는 죄인이 바로 우리 형 해럴드다.

내가 형 이름을 부르자 형은 얼굴을 가리고 그대로 흐느낀다.

34장

작은 언덕 하나

지금껏 살아오면서 해럴드 형이 무서워하거나 수치스러워하는 걸 본 적이 없다. 형의 이런 모습을 보니, 뒷걸음질하다가 절벽에서 떨어지는 느낌이다. 아니면 세상의 안팎이 바뀌고 위아래가 휘딱 뒤집혔다는 것을 깨닫는 순간이 이와 비슷하지 않을까.

나는 짐마차 안으로 들어가서 쪼그리고 있는 형 옆에 앉는다. 형의 멍든 눈에 내 시선이 가지 않도록 피하고, 토하고 씻지 않은 냄새도 나지 않는 것처럼 행동한다.

"호머야, 어떻게 여기까지 왔니?"

형의 목소리가 갈라져 나온다.

"헛간 뒤로 산책이나 할까 하고 나왔는데 오다 보니 여기까지 왔네."

나는 형의 옆구리를 장난스럽게 쿡 찌르며 말한다.

"형 찾으러 왔지, 바보! 형이 군대에 들어가게 된 건 다 속임수였어. 스퀀트 이모부가 형을 대체병으로 팔아넘기고 돈을 챙긴 거야. 형은 속아서 입대한 거라고. 법에 맞는 게 아니야."

형이 고개를 푹 숙인다. 너무 작아 그쪽으로 몸을 숙여야 겨우 들리는 목소리로 형이 말한다.

"이젠 상관없어, 호머야. 군대에 들어와서 일을 저질렀으니 곧 군사재판을 받게 될 거야."

"무슨 일이 있었던 건데? 총알을 피해서 도망갔어? 포탄을 피해서 도망간 거야? 아니면 총검을 가진 사람?"

형은 고개를 젓는다. 그렇게 슬픈 표정 사이에서 픽 하고 웃음이 새 나온다.

"분대 상사에게 불복종한 죄야. 정말이지 스퀀트 이모부보다 더 지독한 사람이야."

"그래서 눈이 그렇게 된 거야?"

형이 고개를 끄덕인다.

"처음에는 좋았어. 군대 생활이. 좋은 군복을 입고 훈련을 받고. 총도 쏘아 보고. 하루 세끼 제대로 먹을 수도 있고 잠도 막사에서 자니 좋았지. 심지어 행군조차도 좋았어. 행군하고 지나갈 때면 사람들이 응원을 해 주곤 했으니까. 하지만 그 상사가 나한테 함부로 명령만 내리고 고맙다는 소리 한 번 안 하는 건 참기 힘들었어. 그래서 어느 날 내 생각을 말했더니 막 뭐라고 하면서 더하는 거야. 그다음엔 이모부한테 했던 것처럼 그 상사를 진흙에다 처박아 버렸지 뭐. 그때부터 상황이 무지하게 꼬이기 시작했어. 그 상사가 그때부터 작정하고 날 괴롭혔거든. 내가 스왐프 비렁뱅이라 병사 자격이 없다고까지 했어."

"그래서 도망갔어?"

"네가 보다시피 그리 멀리 가지도 못했지만."

"그럼 이제 어떻게 되는 거야?"

"호머야, 이젠 어떻게 되든 상관없어. 난 이미 명예를 잃었어. 얼른 여길 떠나. 형이 있다는 것 자체를 잊어버려."

"바보 같은 소리 하지도 마. 그 상사한테 얻어맞고 정신이 나갔구나, 형."

"정말이야, 호머야. 여기서 얼른 떠나! 어제 무슨 일이 일어났건 네가 뭘 봤건 간에, 여기서 오늘내일 일어날 일에 비하면 아무것도 아니야. 어느 한쪽이 완전히 질 때까지 계속 그럴 거야."

"어제보다 더 나쁠 수는 없어."

"훨씬 나빠질 수 있단 말이야. 북부군은 9만 명의 병사를 모두 전쟁에 투입할 계획이야. 반군들도 비슷한 규모고. 포탄이 계속 터지고 있는 소리 들리지? 이미 시작된 거야."

"불공평해."

"공평하고 안 하고의 문제가 아니야. 난 맹세를 하고 나서 명령에 불복종한 거야. 이제 벌 받을 일만 남았어."

"항명자들은 교수형을 당하는 거야?"

"어떤 때는 그렇지만 아닐 때가 더 많아. 아마 날 감옥으로 보낼 거야."

지금까지 나는 상황이 그다지 나쁘지 않은 것처럼 명랑하게 굴었다. 그런데 형이 죄를 져서 감옥에 갇힌다는 생각을 하니 이내 우울해져서 입을 닫고 조용히 앉아 있다.

형을 따라 감옥에 갈 수는 없겠지? 내가 면회를 가면서 톱을 숨겨 가지고 들어가 형이 탈출할 수 있게 도와주면 될 거야. 그런 다음 함께 멀리멀리 도망가면 되고. 서부 프런티어(frontier, 미국에서 개척지와 미개척지와의 경계선을 이르던 말로 17세기에 식민이 개시된 이래 서쪽으로 이동하기 시작했으며 1890년 무렵에 없어졌다: 편집자)까지 가면 땅도 공짜로 차지할 수 있고, 전쟁에서 무슨 일이 있었는지 신경도 쓰지 않는 곳에 가서 살 수 있을 거야. 형이랑 나는 옥수수를 너무 많이 키워서 아주 뚱뚱해지고, 벽난로도 있고 창문이랑 제대로 된 화장실도 있는 좋은 집을 짓겠지. 산속에 있는 시냇물에서 강아지만큼 큰 송어도 잡고. 언젠가는 포치에 놓인 흔들의자에 앉아 옛일을 회상하면서 그 못된 상사가 어떻게 형을 때려 눈을 멍들게 했는지, 그리고 어떻게 대탈출을 감행했는지 하는 이야기를 나누게 될 거야. 탈출은 말을 타고 하는 게 좋을지, 비단 기구를 타고 하는 게 좋을지 아직 결정하지 못했지만.

"괜찮을 거야, 형."

마침내 내가 입을 연다.

"사랑하는 우리 어머니가 결국엔 모든 게 다 잘될 거라고 항상 말씀하셨잖아."

해럴드 형이 날 슬픈 얼굴로 바라본다.

"어머니가 돌아가셨을 때 넌 네 살도 채 되지 않았어. 어머니가 무슨 말씀을 하셨는지, 뭘 믿으셨는지 네가 어떻게 알아?"

"형이 항상 이야기해 줬으니까 알지."

형이 고개를 끄덕인다. 내가 무슨 말을 할지 이미 알고 있었다는 표정이다.

"미안하다, 호머야. 널 실망시켰구나."

"바보 같은 소리 하지 마. 이게 다 이모부가 형을 군대에 팔아넘겨서 그런 거잖아. 형 잘못이 아니야."

"넌 이해 못해."

형이 슬픔에 잠긴 우울한 목소리로 말한다.

"일이 이렇게 되도록 한 건 바로 나야. 모두 속임수였다는 걸 난 다 알고 있었어. 부대에 배치되기 전에 말할 수도 있었고. 하지만 난 농장을 떠나고 싶었어. 그 힘든 생활도 그만하고 싶었어. 스퀸턴 리치가 더럽히지 않은 공기를 한번이라도 마셔 보고 싶었어."

"아……."

나는 말을 잇지 못한다.

"그보다 더 나쁜 건……."

형은 잠시 망설이다 숨을 깊게 들이쉬고 나서 말을 잇는다.

"평생 한번이라도 널 돌보지 않고 살아 보고 싶었어. 네 형, 네 엄마, 네 아빠 역할을 동시에 해야 하는 생활에서 벗어나 보고 싶었어. 모두 다 관두고 싶었던 거야, 호머야. 그래서 그 기회를 잡았던 거야."

가여운 해럴드 형이 너무 비참해 보여서 견딜 수가 없다. 형이 지금 하는 이야기들이 그렇게 놀랍지는 않다. 형이 이모부한테서 벗어나고 싶어 하고, 언제나 동생을 돌봐야 하는 굴레에서도 벗어나고 싶어 한다는 걸 나도 대충은 알고 있었기 때문이다.

"괜찮아, 형. 상관없어. 형이 날 돌봐 주지 않아도 돼. 이제는 내가 형을 돌봐 줄 차례니까."

형은 나를 빤히 보다가 고개를 저으며 작게 미소를 짓는다.

"진짜 어떻게 여기까지 왔니? 농장도 한번 떠나 보지 않은 어린 녀석이?"

내가 그동안 겪은 진짜 모험 이야기랑, 오는 길에 있었던 재미있던 일, 슬펐던 일을 모두 다 이야기해 주려고 막 입을 여는데, 한 장교가 명령을 내리기 시작한다.

"제 20연대 행진! 왼쪽으로 이동한다. 열에서 이탈하지 마라! 열에서 이탈하지 마라!"

보초병이 나를 죄수들이 실린 짐마차에서 얼른 내리라고 하면서도 몇 미터 밖으로 쫓아내지는 않는다. 다른 부대와 함께 형의 연대 전체가 이동하는 것을 따라가는 건 내게 일도 아니다.

언덕 아래에 수천 명의 병사들이 집결해서 명령을 기다리고 있다. 메인, 뉴욕, 펜실베이니아, 버몬트, 매사추세츠, 코네티컷, 미시간, 일리노이, 그리고 북부 연방 전역에서 온 사람들이다. 능선 너머에서 총과 포탄 소리가 끊임없이 들려오고, 병사들은 어서 전투에 참가하고 싶다는 열의를 보이고 있다.

바로 오늘이라고, 병사들끼리 주고받는 소리가 들린다. 오늘이 바로 더 이상 후퇴하지 않고 여기를 지켜 내야 하는 날이라고. 로버트 E. 리에 대항해 전세를 바꾸는 날이 바로 오늘이 될 것이라고. 오늘이 바로 전쟁에서 이기는 날이라고.

나는 그들 소매를 잡고 그렇게 서두르지 말라고, 총알이 당신들보다 훨씬 더 빠르다고 말해 주고 싶다. 하지만 나는 입을 굳게 닫고 죄수를 호송하는 짐마차에 눈을 고정시킨 채 해럴드 형을 탈출시킬 방법만 열심히 생각한다.

잠시 후 언덕 꼭대기에서 부상병들이 뒤로 실려 나오는 게 보인다. 그걸 보고 있으려니 항명죄로 죄수가 되어 있는 것도 그리 나쁜 일만은 아니라는 생각이 든다. 적어도 죄수들은 총알이 오가는 전쟁터로 나가지 않아도 되니까. 오히려 다행이다.

그런데 그때, 더 이상 다행이지 않게 된 상황이 커다란 회색 말을 타고 달려온다. 조슈아 로렌스 체임벌린 대령. 메인 주 제20연대를 맡은 젊은 대령으로, 칼과 권총으로 무장하고 잘 다듬은 커다란 콧수염을 기르고 있다. 그의 눈은 천당까지 가서 저승을 보고 온 것처럼 번뜩인다.

"제 20연대 대원들이여 나를 보라! 저 작은 언덕이 보이는가?"

그가 창으로 언덕을 가리킨다.

"목숨 바쳐 저 언덕을 지켜야 한다. 북군의 왼쪽을 지켜 주는 언덕이니 절대 반군 손에 떨어져선 안 된다! 모두 신속히 움직여라! 언덕으로 뛰어가서 위치를 잡는다! 깃발을 따르라! 어서!"

그가 말을 돌리려다 생각을 바꾼 것 같다. 그길로 죄수들에게 다가가서 칼을 꺼내 보이더니 평평한 쪽으로 자기 군화를 치며 말한다.

"싸울 의사가 있는 사람은 내가 차후에 이야기를 잘해 줄 수 있다. 명령에 복종하면 죄를 덜어 주도록 최선을 다해 보겠다."

절망스럽게도 죄수들이 한 몸이 되어 일어난다. 전쟁터에 보내 달라고 애걸하는 죄수들 중엔 물론 우리 형 해럴드 피그도 있다.

보초병이 죄수들을 풀어 준다. 죄수들은 자신들 군복에 분필로 무자비하게 갈겨 놓은 M을 싹싹 털어 내고, 곧바로 보초들과 한데 섞여 총과 탄약이 든 상자를 들고 메인 주 제 20연대 깃발을 따라 언덕을 향해 달려간다.

모든 것이 혼란스러운 상황에서 나는 총을 들려고 하는 형에게 다가간다.

"형, 지금이 기회야! 우리를 막을 사람이 아무도 없어! 도망가자! 우리가 멀리 갈 때까지 아무도 알아채지 못할 거야!"

형은 내 머리가 두 개라도 되는 듯 나를 쳐다본다.

"약속했어."

"약속이 총알을 막아 줘?"

나는 내 손을 뿌리치는 형을 붙잡고 말한다.

"약속이 포탄을 못 터지게 하냐고! 이 세상에 날 혼자 남겨 두고 형이 죽어 버리는 걸 약속이 막아 주냐고!"

형이 나를 땅으로 밀어 넘어뜨린다.

"거기 있어!"

형이 명령한다.

"짐마차 밑으로 기어들어 가서 안전하게 있어. 전투가 끝나면 찾으러 올게, 호머야. 싸움이 끝난 뒤에."

그 말을 끝으로 형은 한 손엔 총을, 다른 한 손엔 총알이 든 주머니를 들고 언덕 위로 뛰어간다.

"해럴드 형, 멈춰! 멈추라고!"

형은 멈추지 않는다.

총소리가 나는 곳을 향해 계속 뛰어간다.

내게 무슨 선택의 여지가 있겠는가? 이런 꼴을 보려고 여기까지 온 게 아닌데.

나는 그길로 형을 좇아 언덕으로 올라간다. 싸움이 벌어지는 곳으로, 게티즈버그 전투가 벌어지는 곳으로.

35장

죽은 다음에도

그 작은 언덕 꼭대기는 돌덩이와 큰 바위로 덮인 채 말라빠진 나무만 몇 그루 있다. 메인 주 제 20연대 부대원들은 등성이를 따라 대열을 만들고 재빨리 바위 뒤에 몸을 숨긴다. 여기라면 언덕 아래 있는 적들에게 총을 쏘면서 약간이나마 몸을 숨길 수 있겠다.

다들 그리 오래 기다리지 않아도 되었다. 언덕을 차지한 지 10분도 되지 않아 앨라배마 연대 전 병력이 언덕 아래서 연대 깃발을 날리며 공격을 시작한다.

회색 군복들이 갑자기 바위 사이로 나타나더니 언덕으로 해일처럼 밀려오면서 반군 함성이라고 알려진 끔찍한 전투 비명을 질러 댄다. 올빼미가 까악까악하는 소리와 귀청 찢어지는 비명 소리를 섞어 놓은 것 같은 그 함성 소리가 들려오자 내 온몸에 소름이 쫙 끼친다.

형을 찾기는커녕 내가 숨을 곳도 찾지 못했는데 총알이 마구 날아다닌다. 총알들이 바위에 맞아 되튀면서 돌먼지를 뿜어내고, 가늘어 뒤에 숨지도 못하는 나무 밑동에 맞아 우지끈뚝딱 한다.

어디로 몸을 돌려도 총알을 피할 수가 없다. 윙윙거리며 말벌 떼가 몰려드는 것 같다.

결국은 해럴드 형이 숨어 있던 바위에서 튀어나와 나를 안전한 곳으로 끌고 간다. 형이 숨을 헐떡이며 소리친다.

"여기서 뭐하는 거야, 이 바보야! 죽고 싶냐? 그런 거야?"

"집에 가고 싶어."

형은 끄응 하고 신음 소리를 내더니 들고 있는 스프링필드 라이플총을 바위 사이에 대고 조준한 다음 쏘기 시작한다. 형이 가죽으로 만든 탄띠를 풀어서 자기 옆에 놓는다. 그러고는 총을 잽싸게 꺾어 젖히고, 이로 탄창을 싼 종이봉투를 찢어 내고, 총알을 장전하고, 다시 총을 꺾어 맞추고, 뇌관을 끼우고, 공이치기를 뒤로 당긴다. 그 모든 동작이 더없이 정확하고 재빠르다.

형은 총을 조심스럽게 조준해 발사한 다음 총알을 장전하는 걸 반복한다.

가죽 탄띠에는 총알이 40개 들어 있다. 그 말은 형이 총을 37발을 더 쏘면 총탄을 다 쓴다는 얘기다. 형 속도면 총알이 떨어지는 데 20분밖에 걸리지 않을 것이다.

"어디 가?"

형이 외친다.

"총알 더 가지러."

그게 바로 내가 한 일이다.

나는 총알이 닿지 않는 언덕 뒤쪽 능선을 타고 내려간다. 다른 사람들을 따라가니 탄약이 실린 짐마차가 있다. 나는 작은 손궤짝같이 생긴 탄약상자를 짐마차에서 내린 다음 그걸 끌고 언덕을 올라간다. 형은 여전히 시계처럼 정확하게 20을 셀 때마다 총을 한 방씩 쏘고 있다.

형한테 총알이 충분한 걸 확인한 뒤에 나는 다른 병사들에게도 총알을 가져다준다. 작은 언덕의 남쪽 끝까지 늘어선 우리 쪽 병사들은 언덕 아래에서 쏘아 대는 엄청난 포화를 견뎌 내고 있다.

앨라배마 부대원들이 그 끔찍한 전투 함성을 질러 대며 무리지어 올라오기를 반복한다. 그때마다 따개비처럼 바위틈에 몸을 박고 물러서지 않는 메인 주 제 20연대 대원들을 당해 내지 못하고 마지막 순간엔 후퇴하고 만다.

총알이 한 시간도 넘게 공중을 날아다닌다. 사람들이 다치고, 비명을 지르고, 죽어 나간다. 총알은 계속 공기를 가른다.

체임벌린 대령은 동에 번쩍 서에 번쩍 한다. 그는 반군의 저격수들이 쏘는 총알이 그대로 날아드는 언덕 능선을 따라 달리면서 부대원들을 적재적소에 배치하고 앨라배마 연대가 다음번에 사력을 다해 진격하면 어떻게 막아낼지 진두지휘하고 다닌다.

총알이 대령의 주변 공기를 가른다. 머리카락이 날릴 정도로 총알이 가까이 지나갈 때도 그는 눈도 깜짝 안 한다.

나중에 알고 보니 체임벌린 대령은 대학교수였다. 책에서 읽은 것 말고는 전쟁에 대해 아무것도 몰랐다는데, 운명의 날이 오자 그는 작전을 어떻게 펼쳐야 할지 방향을 정하고 추호의 의심도 없이 나폴레옹처럼 부대원들을 통솔한다. 병사들이 어디로 움직여야 하는지 지시하고, 방어선의 길이를 언제 늘려야 하는지, 그리고 총격이 뜸할 때를 타서 부상병들을 뒤로 빼내 들것으로 나르는 시기를 언제로 해야 할지 모두 알고 있다.

죽은 사람들의 시체는 쓰러진 곳에 그대로 둔다. 전투가 끝났을 때—전투가 끝난다면—회수하기 위해서다.

심지어 죽은 다음에도 총알은 몸을 움찔하게 만든다.

총알이 든 상자를 들고 이리저리 뛰어다니는 나를 보고 대령이 가던 걸음을 멈춘다.

"거기 꼬마! 네가 지금 어떤 위험에 처해 있는지 아는가?"

"네엡!"

"좋아! 계속해!"

대령이 명령한다.

"그리고 머리를 좀 숙이고 다녀."

뒤미처 대령은 다른 데로 주의를 돌린다. 그 순간 장교 한 명이 목에 총을 맞고 쓰러져서 그를 대신할 사람을 찾아야 했기 때문이다.

병사들 몇 명이 육탄전을 벌이고 있다. 서로 엉긴 채 돌밭을 구르며 서로 상대방을 죽이려고 안간힘을 쓴다. 대부분의 피해는 25미터 정도 떨어진 곳에 있는 적의 총구멍에서 나온다. 앨라배마 병사 하나가 숨어 있던 곳에서 일어나 총을 쏘면서 몇 미터 전진하면, 쏟아지는 총알을 무릅쓰고 메인 병사 하나가 일어나 전진해 오는 앨라배마 병사를 쏜다. 대부분 둘 중 하나가 부상을 당하거나 죽거나 한다.

둘 다 당하는 수도 있다.

그 모든 게 바위투성이 언덕을 차지하기 위해서다. 전선의 가장 끝에 위치한 이 작은 언덕을 점령해야 남부군이 북부군을 양쪽에서 공격할 수 있게 되기 때문이다.

회색 화약 연기를 수의처럼 입고 부상당하고 죽은 자들의 피가 강처럼 흐르는 작은 언덕.

우박처럼 쏟아지는 총알에 나무들도 조금씩 깎여 나간다. 마치 눈에 보이지 않는 작은 도끼의 공격을 당하는 것처럼.

나는 해럴드 형과 대령이 시킨 대로 고개를 바짝 숙이고 다닌다. 그러다가 숨기 좋은 커다란 바위를 발견한다.

짐마차에 실린 총알은 모두 내려서 다 나눠 줬다. 저렇게 병사마다 1분에 두세 방씩 총을 쏘아 대니 오래갈 리 없다. 지금 당장은 총구에서 불이 뿜어져 나오고 기름을 부은 뜨거운 냄비에서 팝콘이 튀어 오르는 것 같은 딱딱 소리가 끊이질 않는다.

총소리가 좀 잠잠해지면서 간헐적으로 몇몇만 총을 쏘고 있는 틈을 타 해럴드 형이 총알을 더 달라고 외치는 소리가 들린다.

"이제 없다!"

한 장교가 외친다.

"각자 알아서 총알을 찾아보도록."

다들 이미 전사한 동료들에게서 총알을 가져다 쓰고 있다.

죽은 사람들은 개의치 않는다.

나는 몸을 움츠리고 숨어서 총알이 얼른 바닥나기를 기도한다. 그래야 빨리 후퇴할 수 있을 테니까.

내 생각은 이렇다. 반군이 이 언덕을 차지한다 하더라도 난 아무 상관 없다. 펜실베이니아에는 이런 언덕이 수도 없이 많다. 반군이 이 언덕을 그렇게도 원한다면 까짓 그냥 줘 버리고 말지!

조금 떨어진 저쪽에서 대령이 수하 장교들과 의논하는 모습이 보인다. 화약 연기에 반쯤 가린 채지만 저들의 얼굴로 봐서는 상당히 나쁜 소식인 것 같다.

나는 잘됐다고 생각한다. 얼른 후퇴 명령이나 내리시지! 총알 없이는 싸울 수도 없잖아, 그렇지 않나? 우리는 수도 적고 총알도 없다. 그야말로 패하기 직전이다. 이제 말이 되는 건 후퇴하는 것뿐이다.

그때 안개를 뚫고 들려오는 종소리처럼 선명하게 대령의 명령이 떨어진다.

"총검을 장착하라!"

대령이 그렇게 외친다.

능선을 따라 늘어선 병사들은 총알이 떨어진 총에 부지런히 총검을 끼우고 다음 명령을 기다린다.

내 앞쪽 바위 뒤에 쪼그리고 있는 해럴드 형이 나를 보면서 고개를 젓는다.

"호머야, 후방으로 가! 어서!"

형은 온갖 소동을 뚫고 소리소리 지른다.

"얼른 집에 가. 너라도 살아야지!"

그때 체임벌린 대령의 목소리가 우렁차게 퍼져 나간다. 포탄이 터지는 것보다 더 큰 소리다.

"돌격!"

대령이 칼을 쳐들며 명령한다.

해럴드 형이 벌떡 일어나 대령을 따라 언덕을 달려 내려간다. 적들의 총구가 기다리고 있는 곳으로.

지금까지도 그날 내가 왜 형을 따라 언덕을 내려갔는지 모르겠다. 무지는 아니었다. 전쟁이 어떤 것인지 이미 내 눈으로 똑똑히 목격했고 끔찍이도 싫었으니까. 용기도 아니었다. 죽는 게 두려워서 큰 소리로 마구마구 비명을 질러 댔으니까.

내가 아는 것은 오직 하나, 형을 뒤쫓아 뛰어 내려가면서 형에게 제발 피하라고 사정했다는 것뿐이다.

언덕 꼭대기를 넘어가는데 날아오는 총알로 공기 자체가 금방이라도 불이 붙을 듯 뜨겁다.

놀랍게도 우리와 적은 사오십 미터도 떨어져 있지 않다. 그 사이에서 흘린 피를 계산하면 수백 킬로미터가 넘겠지만. 사방에서 병사들이 언덕 아래로 돌격하고 있다. 사람을 죽인 광기로 눈을 부릅뜨고, 죽음의 냄새를 맡은 개처럼 이빨을 딱딱거리면서.

돌투성이 길을 아무리 빨리 달려도 해럴드 형을 따라잡을 수가 없다. 형 양쪽에서 병사들이 푹푹 쓰러져 나가는데도 형은 계속 달려간다.

형 바로 앞에 연대 깃발을 든 그 덩치 큰 상사가 있다. 형을 구박하고 스왐프 거지라고 모욕을 가한 그 사람 말이다. 상사가 갑자기 배를 움켜쥐고 쓰러지면서 깃발이 떨어지려고 한다.

발걸음을 멈추지도 않은 채 해럴드 형은 자기의 빈총을 놓아버리고 부상당한 상사로부터 깃발을 넘겨받는다.

"해럴드 형, 안 돼!"

이제 반군의 눈과 총이 모두 해럴드 형에게로 향할 것이다. 형은 깃발을 들고 전진한다. 여름소나기를 뚫고 나아가는 것처럼 몸을 숙이고 소나기처럼 쏟아지는 적군의 총알 사이를 뛰어간다.

"형, 땅에 엎드려!"

내가 비명을 지른다.

"땅에 엎드려! 아니면 죽어!"

바람에 나부끼는 깃발에 별 같은 구멍이 뚫린다. 그래도 형은 몸을 숨기지 않는다.

나는 형에게 던질 돌을 찾아 두리번거린다. 돌이라도 던져서 형을 정신 차리게 해야 할 것 같아서다. 그런데 내 손에 닿은 건 해럴드 형에게 깃발을 넘기고 쓰러진 상사다. 그는 모로 누워 상처 난 배를 움켜쥐고 너무 아파 이를 드러내고 있는데 그 모습이 배를 잡고 웃는 것처럼 보이기도 한다. 왜 우리 형 눈을 멍들게 했는지, 이제는 좀 미안한 마음이 드는지 묻고 싶지만 저렇게 죽느라 바쁜 사람에게 그런 걸 물어볼 때가 아닌 것 같아 관둔다.

그 대신 나는 그의 총집에서 권총을 꺼내 들고 조준한다. 해럴드 형 발 근처를 쏘아 주의를 끌려고.

방아쇠를 당긴다.

총알이 땅에 가서 맞는다. 형이 쓰러진다.

처음엔 결국은 형이 반군 총알에 맞은 것인가 했지만, 금방 사태를 알아차린다. 내가 쏜 총알에 깨져 나간 바위 조각이 다트처럼 형의 다리에 가서 박힌 것이다.

형은 쓰러지면서도 깃발을 바로 세우려고 애쓴다.

난 생각할 겨를도 없이 상사의 권총을 던져 버리고 어느새 그 깃발을 손에 쥐고 있다. 형은 내 발 앞에 누워 있고.

보통 때라면 당장 깃발을 옆으로 내던지고 땅에 납작 엎드려

날아오는 총알을 피하려고 했을 것이다. 그런데 내 몸속의 뭔가가 그 깃발을 계속 들고 있게 한다. 이렇게 내 손에 들린 깃발을 피로 더럽힌 땅에 내던지는 것이 옳지 않다는 느낌이 든다.

바보 같은 생각이다. 그 때문에 목숨을 잃을 수도 있는데 정말 바보같이…… 그래도 어쩔 수가 없다.

이상한 일이 벌어지고 있다. 사방에서, 언덕 아래에서 적군 병사들이 총을 버리고 항복해 온다. 총검을 든 미친 사람들에게 자비를 베풀라고 사정하고 있다. 총알 하나 없이 죽음이 뻔히 내다보이는 격전지로 돌진할 정도로 미친 사람들에게. 죽음 앞에서도 절대 포기하지 않는 사람들에게. 패배하느니 죽음을 선택한 사람들에게.

내 발 앞에서 해럴드 형이 신음하면서 다리에 박힌 돌조각을 빼내려고 애쓴다. 형이 다쳐서 마음이 아프지만 그래도 살아서 정말 기쁘다.

앨라배마 병사들이 모두 항복한 게 아니라는 사실을 깨달은 건 바로 그때다. 쓰러졌던 적군 한 명이 손에 칼을 들고 일어섰기 때문이다.

적군 병사의 눈이 깃발과 나 사이를 바삐 오간다. 증오스러운 양키 깃발과 그 깃발을 들고 있는 소년 중 어느 쪽을 먼저 벨 것인지 생각하는 것처럼.

적군이 잠시 주저한다.

정확히 바로 그때 조슈아 로렌스 체임벌린 대령이 어디선가

홀연히 나타나 칼을 쥔 적군 머리에 조용히 권총을 갖다 댄다.

"항복 아니면 죽음이다. 선택해."

적군은 칼을 떨어뜨리고 무릎을 꿇는다.

"깃발은 내가 들겠다."

대령이 말한다.

"넌 형을 보살펴라."

36장

결국 어떻게 됐냐면

전쟁은 그날로 끝났다. 다른 사람들에겐 끝이 나지 않았지만 형하고 나에겐 끝난 일이었다.

그날 내가 형과 함께 의무 막사에서 기다리는 동안에도 밤새도록 부상병들이 전쟁터에서 실려 들어왔다. 보급 물자가 들어왔고, 요리해서 먹거나 차가운 음식 그대로 먹었고, 대포를 새로운 위치로 옮겼다. 병사들은 노래하고 울면서 새벽이 오길 기다렸다. 해 뜰 녘만 해도 상황이 그다지 나쁘지 않은 것처럼 보였다. 작은 접전이 몇 번 있었고 대포가 한두 방 오갔다. 적이 자기들이 완전히 패배한 건 아니라는 것을 보여 주기 위해 슬쩍슬쩍 우리 빰을 건드리는 정도로 느껴졌다.

그런데 이른 오후가 되자 적군의 대포가 본격적으로 터지기 시작했다. 북부군 위로 포탄이 수천 개나 쏟아져 내렸다. 미친 거인이 화가 나서 발을 마구 굴러 대는 것처럼 땅이 흔들리기 시작했다.

우리가 있는 막사는 전투가 벌어진 곳에서 1마일 이상 떨어져 있었는데도 컵에 담긴 물이 튀고 땅에서 먼지가 올라올 정도로 온 세상이 흔들렸다. 어떤 의사는 꼭 지진이 난 것 같다고 소리쳤다. 지진과 달리 그 흔들림은 멈춤이 없었다.

물론 결국에는 멈췄다. 북부군 포병대가 완전히 전멸했을 거라고 여기고 남군은 보병 공격을 감행했다. 거의 13,000명에 달하는 병사들이 완전히 트인 들판을 1마일이나 건너 돌진해 왔다. 피에 물든 그 1마일을 건너는 사이 북부군 포병과 저격수들의 공격으로 남부군의 절반이 죽거나 부상을 당했다.

처음부터 실패할 수밖에 없었던 그 공격에는 내가 플리보텀 교수라고 알았던 젠틀맨 스파이 레저널드 로버트슨 크로켓도 가담했다. 자기 코트에 달린 금단추를 뇌물로 써서 감옥에서 탈출한 뒤 전쟁터로 급히 달려가 거기서 전사한 것이었다. 알라모에서 마지막까지 싸우다 장렬히 전사한 그의 유명한 조상처럼.

그날 밤 로버트 E. 리와 그의 반군들은 남쪽으로 도망가서 다시는 북쪽 땅을 밟지 않았다.

전투가 있은 지 며칠 후, 게티즈버그의 풀밭과 들판에 죽은 병사들을 묻고 전사한 장교들을 관에 넣어 고향으로 보내는 일이 계속되고 있는 와중에 체임벌린 대령이 우리를 보러 왔다.

해럴드 형의 상처는 잘 낫는 것처럼 보였고, 대령이 메인 주의 파인 스왐프로 전신을 보냈는데 답장이 왔다고 했다.

해럴드 형의 나이가 열일곱 살이라는 것이 증명됐다는 것이다.

"징집 연령 미달 이유로 제대를 명한다."

대령이 형에게 말했다.

나로서는 그보다 더 아름다운 말은 들어본 적이 없었다. 형은 그다지 반가워하지 않았다. 형은 다리가 낫기만 하면 계속 싸우고 싶어 했다.

막사에서 나가기 전에, 대령이 나를 보고 왜 그랬는지 물었다. 내가 왜 도망가지 않고 거기 서서 깃발을 들고 있었는지?

"넌 아직 어리니까 그냥 도망갔어도 하나도 창피할 게 없었는데 말이다."

그 파란 눈으로 나를 빤히 보면서 그가 물었다.

"뭣 때문에 그렇게 서 있었지?"

아무리 애를 써도 그날은 대답을 찾을 수 없었다. 그리고 이렇게 몇 년이 흐른 뒤에도 그때 내가 왜 도망가지 않았는지 여전히 그 이유를 알지 못한다. 도망가고 싶은 마음이 있었던 건 확실하다. 그런데 뭔가가 나를 거기 붙잡아 두었다.

"2년 후에도 전쟁이 끝나지 않는다면 그땐 너희 둘을 꼭 내 부대에 데리고 있고 싶구나."

대령이 말했다.

2년 안에 그 길고도 끔직한 전쟁은 드디어 끝이 났다. 그 후론 다시 전쟁터에 나가 싸우지 않아도 되었다. 형과 나는 서로 의지하면서 북쪽을 떠돌았다. 농장이나 작은 공장 같은 곳에서 일자리가 생기면 일을 하면서 플리보텀 교수의 약장수 쇼만큼 신 나는 쇼가 있으면 항상 보고 다녔다.

그런 쇼는 다시 볼 수 없었다.

결국 제베디아 브루스터 씨가 방랑하던 우리를 찾아냈다. 그리고 우리를 그의 집으로 데려가 편히 살게 해 주고 법적 보호자가 되어 주었다. 그때는 이미 노예들이 다 해방된 다음이라 브루스터 광산을 다시 열어 흙과 돌 사이에 섞인 보석을 캐내는 일을 시작한 뒤였다.

브루스터 씨는 나와 해럴드 형이 전기석 같다고 한다. 처음 캐냈을 낸 더럽지만 씻고 나면 반짝반짝 빛이 난다고 하면서. 브루스터 씨는 우리를 한 식구라고 부르는 게 자랑스럽다며 형이랑 나를 상속자로 지정했다. 내 진짜 모험 이야기를 글로 써 보라고 한 사람도 바로 브루스터 씨다. 그러니 이 책이 마음에 들지 않는다면 나 말고 제베디아 브루스터 씨를 욕하기 바란다.

우리 형 해럴드에 관해 하나 더 이야기할 게 있다. 게티즈버그 전투 다음에 일어난 일이다. 처음에는 형의 상처가 잘 아무는 듯했다. 그렇게 몇 주만 지나면 다리를 쓸 수 있을 것처럼 보였다. 그러던 어느 날 상처가 다시 감염이 돼서 시퍼렇게 부어올랐다. 형은 그 때문에 목숨까지 잃을 뻔했다. 칼과 톱 말고는 고칠 방법이 없었다.

형은 다리 하나를 잃었다.

형은 아직도 그 다리가 있는 느낌이라고 말한다. 마치 그 다리의 유령이 찾아온 것처럼 말이다. 그럴 때면 형은 미소를 지으며 말한다.

"우리 어렸을 때 기억나? 날 죽여서 살리려고 했던 것? 신발도 한번 제대로 신어 보지 못한 열두 살짜리 꼬마가 깃발을 쳐들고 꼿꼿이 서 있던 것 기억나지? 걱정 마, 동생아, 눈물 흘리지 마. 내 다리를 가져간 건 네가 아니라 전쟁이야."

내 생각엔 우리 모두가 어느 정도는 그런 것 같다. 전에 존재했던 것들 혹은 우리 머릿속에서만 존재했던 것들의 유령과 함께 사는 것 말이다. 우리 모두가 어제의 망령에서 완전히 자유롭지 못하지만 내일을 향해 계속해서 전진하지 않을 수 없다.

계속 전진하자, 소년 소녀들이여, 계속 전진.

진실임을 맹세하며(거의 대부분은)

호머 P. 피그

★ 거짓말쟁이 호머 피그의 진짜 남북전쟁 모험 제대로 즐기기 위한 말 풀이

노예해방론자 Abolitionist

노예 제도를 없애야 한다고 주장하는 사람들

에이브러햄 링컨 Abraham Lincoln

시골 변호사 출신인 에이브러햄 링컨이 대통령에 당선되자, 노예를 소유한 대지주들이 많은 남부 주들은 미합중국에서 떨어져 나와 자기들끼리 나라를 세우겠다고 선언했다. 분리한 주들은 남부 연합을 만들고 링컨이 취임한 지 39일 만에 섬터 요새를 공격했다. 원래 새로 만들어진 주에는 노예 제도가 적용되지 않아야 한다는 정책에서 시작된 링컨의 사상은 곧 노예 제도 자체를 없애야 한다는 신념으로 발전했다. 게티즈버그 전투 전사자들을 기리는 링컨의 짧은 연설은 영어 역사상 가장 유려하고 감동적인 연설 중 하나로 꼽힌다. 링컨 대통령은 남부 연합이 항복한 지 며칠 되지 않아 암살당했다.

남북전쟁에 사용된 대포 Artillery

남북전쟁 때 사용된 대포 중엔 사정거리가 1마일 이상 되는 것도 있었다. 당시 가장 강력한 대포로 이름을 떨친 것은 '나폴레옹'으로 5킬로그램짜리 포탄을 쏘면 폭발과 동시에 안에 가득 든 작은 쇠공들이 뿜어져 나오도록 설계된 무기였다. 총신을 잘라 버린 거대한 산탄총을 연상하면 된다.

열기구 Balloons

실크로 만든 커다란 풍선에 수소를 가득 채운 기구.

이 열기구를 타고 하늘 높이 올라가서 전쟁터의 상황을 관찰한 결과를 장군들에게 보고했다. 얼마간 시간이 흐른 뒤엔 적군이 기구를 쏘아 떨어뜨리는 방법을 익히는 바람에 결국 열기구 사용은 중단됐다.

야구 Baseball

'타운 볼', '배트 볼'이라고도 불린 야구는 군인들의 체력 향상에 도움이 된다는 이유로 장려됐다. 병사들이 야구를 하며 기른 팀워크가 실제 전투에서도 유용할 거라는 장군들의 희망도 야구 장려에 한몫했다. 전쟁이 끝난 뒤에도 야구의 인기는 계속됐다.

남북전쟁의 사상자 Casualties of the Civil War

남북전쟁에서 60만 명 이상이 목숨을 잃었다. 미국 역사상 미군이 가장 많이 죽은 전쟁이 바로 남북전쟁이다.

차장 Conductors

노예제도가 없는 곳으로 도망 노예들을 인도하는 역할을 맡은 사람들로 남성은 물론 여성들도 차장으로 일했다. 대부분이 흑인들이었다.

징병법 Conscription Law

징병법에 따라 1863년 4월 1일까지 20세에서 45세의 남성들은 모두 징집을 위해 등록을 해야 했는데, 300달러를 내거나 자기 대신 군대에 보낼 사람을 살 수 있는 사람들은 군대에 가지 않아도 되었다.

노예 해방 선언 Emancipation Proclamation

1863년 1월 1일, 링컨 대통령은 미합중국에서 떨어져 나가 반란을 일으킨 남부 연합에 속한 주에 있는 모든 노예들의 자유를 선언했다. 그러나 웨스

트버지니아, 켄터키, 미주리, 메릴랜드, 델라웨어 등 경계 주의 노예들은 전략상 전쟁이 끝날 때까지 해방되지 못했다.

남북전쟁에 사용된 총 Firearms

줄여서 라이플이라고 부르는 라이플머스킷총이 남북전쟁에서 가장 많이 사용되었다. 클로드 미니에라는 프랑스 육군대장이 개발해서 '미니에 볼'이라고도 한다. 직경 1센티미터가 약간 넘는 총구 안에 나선형으로 홈을 파 놓아 명중률이 이전 총에 비해 훨씬 높았다. 반 마일 떨어진 데서 쏘아도 목표물을 정확히 맞힐 수 있어 전쟁의 양상이 바뀌었다.

프레더릭 더글러스 Frederick Douglass

19세기 최고의 인물 중 한 사람으로 꼽힌다. 메릴랜드에서 노예로 일하면서 몰래 독학으로 글을 익히고 다른 노예들에게도 글을 가르치자 위협을 느낀 주인들이 그에게 몽둥이와 돌로 때리는 벌을 가했다. 몇 번의 실패 끝에 20세가 되던 1838년에 도망해서 자유의 몸이 됐다. 그 후 얼마 되지 않아 노예 해방 군중집회에 초대를 받아 연설하기 시작했으며, 지적이고 유려한 연설로 당대 최고의 연설가이자 저자로 이름을 날렸다. 1895년에 세상을 뜰 때까지 흑인, 여성, 아메리카원주민, 기타 이주민을 가리지 않고 모든 인간의 권리를 옹호하는 일에 일생을 바쳤다.

도망노예법 Fugitive Slave Law

탈출한 노예는 재판 없이 '주인'에게 돌려줘야 한다는 법이다. '주인'이라는 사람의 말만 일방적으로 효력이 있었기 때문에 법적으로 자유를 찾은 흑인들이나 애초 자유인 신분으로 태어난 흑인들까지도 '주인'이라는 사람들에게 귀속되는 일이 다반사였다. 도망노예법은 노예 제도를 반대하지 않는 사람들까지도 반대하는 경우가 많았다.

제퍼슨 데이비스 Jefferson Davis

1861년부터 1865년까지 남부 연합의 대통령을 역임했다. 전쟁을 시작하는 이유를 열거하면서 다음과 같이 썼다.

"우리의 권리를 주장하지 않으면 안 되게 된 이유가 무엇이냐고? 그건 바로 연방 정부가 아프리카인 노예들이 제공하는 노동력을 우리한테서 빼앗아 가려고 하기 때문이다."

당시 부통령 알렉산더 스티븐스는 데이비스보다 더 노골적이었다.

"우리가 벌이는 혁명의 직접적인 원인은 노예제도에 대한 위협이다. 깜둥이들은 백인과 평등하지 않다. 그들이 더 우월한 인종에게 종속되는 노예제도는 자연스럽고도 도덕적이라는 진리야말로 우리가 세우는 새 정부의 토대이다."

링컨-더글러스 논쟁 Lincoln-Douglas Debates

1858년 에이브러햄 링컨은 스티븐 A. 더글러스와 일련의 논쟁을 벌였다. 미 상원 후보인 두 사람은 정반대의 의견을 보였다. 링컨은 새로운 주에서 노예제도를 금지해야 한다는 주장을 했고, 더글러스는 각각의 주가 원하는 대로 노예제도를 합법적으로 지속할 권리를 줘야 한다고 주장했다. 관심 있는 시민 수천 명이 두 사람의 연설을 보도하는 신문을 열렬히 구독했다. 결국 상원에 선출된 건 더글러스였지만, 링컨은 유려한 연설로 명성을 얻어 1860년에 대통령에 당선됐다.

약장수 쇼 Medicine Show

말이 끄는 짐마차를 타고 여행을 다니면서 음악과 각종 버라이어티 쇼를 벌이는 사람들이다. 공짜 쇼를 보겠다고 모여드는 사람들에게 병에 담긴 약을 팔곤 했다.

전쟁을 수행하는 새로운 방법 New Ways of Waging War

다음에 열거하는 무기와 장비는 남북전쟁 때 처음 사용됐던 것들이다: 무쇠 전함, 실용성 있는 잠수함, 열기구 정찰선, 군 전보 시스템, 잠망경(참호에서 바깥을 보기 위해 사용), 지뢰밭, 전기로 폭발을 조절할 수 있는 지뢰와 폭탄, 개틀링 기관총, 화염방사기, 장거리 라이플총, 전쟁 사진, 징병 제도, 명예 훈장.

옥외변소 Privy

집에서 따로 떨어진 작은 판잣집으로 용변을 보는 데 사용됐다.

퀘이커 Quakers

종교 친우회, 형제들의 단체라고도 부르는 퀘이커 교도들은 인간은 단순, 평등, 진실을 추구해야 하고 전쟁의 폭력에 참여하지 말아야 한다고 믿는다. 이 책에 나오는 브루스터 씨의 말투는 미국의 퀘이커 교도들이 사용한 '평범한 화법'이다.

철도 Railroads

철도는 남부군과 북부군 모두에게 중요한 수단이었다. 많은 병사들이 증기기관차가 끄는 열차를 타고 전장으로 이동했고, 전쟁에 필요한 물자와 무기도 기차로 실어 날랐다. 그래서 양 진영 모두 적의 기차와 철도를 파괴하는 데 총력을 기울였다.

노예 사냥꾼 Slave Catchers

도망간 노예들을 잡아서 주인에게 돌려주고 상금을 챙길 수 있도록 법적으로 보장받은 사람들을 말한다.

전보를 보내는 방법 Telegraph

북부군은 수천 마일에 걸쳐 전신망을 구축하고 전기로 모스 부호를 송신해서 메시지, 신호, 명령 들을 전달했다.

전쟁 War

서로 다른 의견을 가진 부족, 씨족, 단체, 나라들이 상대방을 죽임으로써 문제를 해결하는 방법이다. 남북전쟁은 1861년에 시작돼서 1865년에 끝났다.

★ 거짓말쟁이 호머 피그가 참전한 진짜 남북전쟁에 관해 잘 알려지지 않은 몇 가지 재미있는 사실

남부군 사령관 로버트 E. 리 장군은 북부군 사령관직을 맡아 달라는 제안을 받은 적이 있다?

버지니아 주는 남부 연합에게 무척 중요한 주였다. 남부에서 가장 인구가 많은 데다 이미 남부 연합에 가입한 7개 주를 합친 것보다 산업 자원이 많았기 때문이다. 로버트 E. 리 또한 버지니아의 소중한 자산이었다.

그는 버지니아에서 가장 전통 있는 가문의 아들로 태어나 신뢰와 존경을 한 몸에 받는 신사로 자리 잡았다. 웨스트포인트 사관학교를 2등으로 졸업하고 멕시코 전쟁에서 혁혁한 무공을 세운 뒤 미국 육군에 재직했다.

1861년 5월 23일 버지니아 주가 북부 연합에서 분리를 선언하는 순간까지 리는 분리에 반대했다. 그는 1700년대에 그토록 힘겹게 싸워 쟁취한 미합중국은 일부 분파가 아닌 모든 국민의 합의를 거쳐야 해체할 수 있다고 주장했으며, 도덕적이지 않다는 이유로 노예제도를 공개적으로 반대했다.

1861년 4월 18일, 미 육군·최고사령관이자 같은 버지니아 출신인 윈필드 스콧이 리에게 북부군 사령관이 되어 달라고 요청했다.

리가 연대장으로 승진한 지 한 달밖에 되지 않은 때 이 요청을 받았다는 사실은 그의 능력과 리더십이 얼마나 높이 인정받았는지를 단적으로 보여준다.

리는 스콧에게 사령관 자리를 수락할 수 없을 뿐만 아니라 미 육군에서 완전히 물러나겠다는 의사를 밝혔다. 버지니아 주와 버지니아 주민들에게 등을 돌릴 수도, 그들과 싸울 수도 없다는 것이 사퇴 이유였다.

그로부터 5일 후인 4월 23일, 로버트 E. 리는 버지니아군 최고사령관으로 취임했다.

구레나룻 수염은 남북전쟁 때 처음 유행하기 시작했다?

남북전쟁 동안 병사들은 날마다 면도하기 어려웠을 뿐만 아니라, 수염을 기르는 것이 유행이었다. 1850년대 중반에 영국식 턱수염이 미국에 소개되면서 빠르게 유행이 됐다. 당시 깨끗이 면도를 한 남자는 거의 찾아보기 힘들 정도였다고 한다. 남북전쟁에 참전한 장군들은 남북을 막론하고 모두 콧수염, 턱수염 등을 길렀다. 당시 앰브로즈 번사이드가 개발한 수염은 그의 이름을 따서 '사이드번', '사이드보드'라고 불렀다. 이 사이드번이 한국말로 구레나룻이다.

여자들이 남자 옷을 입고 남북전쟁에 참가했다?

19세기에는 여성들에게 금지된 일이 많았다. 그 시절엔 모든 일에 남녀 구분이 엄격했을 뿐더러 대부분의 사람들은 여성이 집에 남아서 아이를 돌보고 남자를 도와 가정을 꾸리는 일을 해야 한다고 여겼다. 따라서 여성들은 아들, 형제, 남편 들이 전쟁터로 떠날 때도 같이 가지 못했다.그러나 수많은 여성들이 남성들과 함께 자신의 신념을 위해 싸우고 싶어 했다. 그래서 머리를 남자처럼 짧게 자르고, 남자 옷을 입고, 남성적인 몸짓과 말투를 배우고, 남자 이름을 붙인 남장여자들이 나왔다. 그렇게 변장하고 군대에 들어간 여성들은 용맹하게 싸웠으며, 몇 년 동안이나 발각되지 않고 지내는 경우도 있었다. 남장여자의 진짜 성별이 밝혀지면 그 즉시 군대에서 쫓겨났지만, 많은 경우 다시 변장을 하고 다른 부대에 들어가기도 했다.

병들고 부상당한 병사들 중 많은 수가 의사의 치료를 받느니 차라리 군 병원에 들어가지 않는 쪽을 택했다?

남북전쟁 당시의 의료 기술은 현대와 비교하면 수준이 형편없이 낮았다. 의사들은 병사들이 앓는 병이나 부상을 제대로 치료할 만한 지식도, 자원도 없었다. '균'이라는 개념이 발견되기 전이라 의사와 간호사 들은 씻지도 않은 손으로 더러운 도구를 가지고 수술을 하곤 했다. 따라서 환자들 사이로 균이 옮겨 가는 건 시간 문제였고, 많은 환자들이 죽음을 맞았다. 당시 상당수의 병사들이 의사들은 약보다 병을 주는 경우가 더 많다고 생각하는 게 이해가 가는 상황이었다.

팔이나 다리에 부상을 입은 경우 거의 대부분의 의사들은 절단을 선택했다. 부패한 상처를 치료하는 방법이 개발되기 전이었기 때문이다. 병들고 부상당한 병사들을 치료하기 위해 세워진 캠프와 야전병원 들은 감염과 전염병의 온상이 됐다. 비위생적인 환경에 너무 많은 수의 환자가 모여 있었으니 홍역, 이하선염, 편도선염, 장티푸스, 이질, 천연두 등등의 치명적인 질병이 급속도로 퍼지는 것을 막을 길이 없었다. 지금은 이런 질병을 앓는 병사들을 효과적으로 치료할 수 있고, 나아가 예방도 할 수 있다. 그러나 남북전쟁 당시 의사들은 그렇게 할 수 없었기 때문에 많은 수의 환자들과 동료들이 죽어 가는 것을 속수무책으로 지켜봐야 했다.

조잡한 물건이라는 뜻의 영어 단어 쇼디shoddy는 원래는 옷감의 한 종류였다?

남북전쟁이 시작되었을 때부터 양쪽 군대는 모두 물자 부족에 시달렸다. 양군의 병사들은 음식, 신발, 말, 텐트, 군복, 총 등과 같이 꼭 필요한 물자마저도 제대로 갖추지 못하는 경우가 허다했다. 남부는 북부보다 산업이 덜 발달해서 군수물자를 공급하는 데 더 어려움을 겪었다. 그때까지 북부에서 무기나 의류를 비롯한 공산품을 만들어 남부에 공급했기 때문이다. 북부 또한 군수물자를 제때 공급할 수 있을 만큼의 생산 능력이나 돈이 부족했다. 군복과 담요 수요를 충당하기 위해 북부의 방직 공장들은 모직을 재생해서 쇼디라고 부르는 천을 만들어 냈다. 쇼디는 질이 아주 낮아서 몇 주만 사용해도 찢어지거나 해지고 말았다. 그 결과 쇼디라는 단어는 '조잡한, 싸구려의, 질이 나쁜' 이라는 형용사로 통하게 됐다.

남북전쟁 스파이 잉크

이 소설에 나오는 인물 플리보텀 교수(일명 레저널드 로버트슨 크로켓)는 마차단 단장으로 가장하고 북부 도시들을 돌면서 정보를 수집하는 남부군 스파이로 나온다. 이와 비슷하게, 보빈의 틸다는 남부군을 감시하기 위해 북부군에서 보낸 공중 정찰용 열기구였다.

한편 여성들이 스파이로 나서서 정보를 수집하고 첩보 활동을 하는 경우도 많았다. 남부군의 스파이 집단 우두머리였던 한 여성은 무려 82통이나 되는 비밀 편지를 속옷에 꿰맨 상태로 체포되기도 했다.

남북전쟁 내내 양 진영이 감행했던 비밀 작전들은 전쟁의 승패를 결정하는 데 큰 역할을 했다.

다음은 보이지 않는 잉크를 만드는 방법이다.
이제 여러분도 친구들과 비밀 편지를 주고받을 수 있다!

1. 비밀 편지를 쓰는 방법

이쑤시개나 면봉, 펜촉 등에 레몬주스를 묻혀
종이에 비밀 메시지를 쓴다.
레몬주스가 마르면 종이에 쓰인 메시지는
더 이상 보이지 않는다.

2. 비밀 편지를 읽는 방법

어른의 도움을 받아 비밀 메시지가 쓰인 종이를
백열전구에서 약 10센티미터 정도 떨어진 곳에 대고
골고루 달군다(할로겐 등은 사용하지 않는다).
이때 종이를 태우거나 손가락을 데지 않도록 주의한다.
종이가 달궈지면 투명 잉크가 천천히 갈색으로 변하면서
메시지가 나타날 것이다.
전구로 달구는 방법 말고 다림질하는 방법도 있다.

가족, 친구들과 투명 잉크로 편지를 주고받으며
비밀을 나눠 가지길!